KB055828

아카유키 토나 지음
우에다 유메히토 일러스트
이신 옮김

이세계 여행

치트 약사의

3

나무에 등을 기대고 앉아 꾸벅꾸벅 고개를 흔드는 열살 정도로 보이는 소녀 마카벨이 있었다

"잠시 어울려줘. 기분이
너무 좋아서 멈출 수 없을 것 같으니까."

드라이어드는 기뻐하며 춤추듯 움직였다.
세리에의 손을 잡고 억지로 파트너로 삼아
함께 춤을 추었다.

"잠깐, 그만둬.

하인드는 점액과
키트레제의 사이로 들어와
방패를 들고 막아섰다.

점액을 앞에 둔 키트레제의 안색은 나빠졌고
몸도 덜덜 떨렸다.

"도련님, 괜찮습니다!

제가 방패가 되겠습니다.

도련님께는 손가락 하나

대지 못한다."

패션 안경을 쓴 교사도,
무녀복도 포기할 수 없지.
큰맘 먹고 버니도 주문할까?"

"세리에의
간호사복 차림을
보고 싶어."

"흰색도 좋지만,
핑크도 좋은데.

낯선 옷 이름에 세리에는
고개를 갸웃거렸다.

이 세 계 여 행

ISEKAI

TABI

3

치 트 약 사 의

CHEAT

KUSUSHI

☑ *Introduction*

두 사람 관계에 진전이……?!

"너에게 한눈에 반했어."
주인공 사와베 유지로가 하프 엘프 미소녀 세리에를 처음 본 후
이상한 흐름으로 두 사람은 함께 여행을 시작하고,
유지로의 거센 좋아해 좋아해 공격에
세리에는 질려 했지만, 그런 두 사람의 관계에
3권에서는 드디어 진전이 보입니다.

치트 약사의 이세계 여행
3

아카유키 토나 지음 | **우에다 유메히토** 일러스트 | **이신** 옮김

치트 약사의 이세계 여행 3

illustration 우에다 유메히토

일러스트/ **우에다 유메히토**
장정 · 본문 디자인/ **5GAS DESIGN STUDIO**

6장

인재 (人災)

cheat kusushi no
isekai tabi

Tona Akayuki
illustration / kona

22 꽃 피는 마을에서 태어난 재난

벨리아와 재회한 후로 시간은 흘러, 지금은 6월. 녹색 달의 종반이다. 맥이 빠져 있던 세리에는 시간이 흐를수록 서서히 원래 상태로 돌아와 엉뚱한 실수 같은 것은 하지 않게 되었다.

관광하는 기분으로 이곳저곳을 다니던 유지로와 세리에는 현재 에젠스트라는, 헤프시밍 북부에 위치한 마을에 있었다. 이곳에는 유명한 화원이 있는데, 지금 시기에는 색색의 수국이 피어 있다는 이야기를 듣고 꽃을 보러 찾아온 것이었다.

마차를 두고 마을로 들어가 보니 예상보다 사람이 많아서 조금 놀랐다. 마을 규모를 보면 약간 많은 듯 느껴졌다.

"이 사람들 전부 화원을 보러 온 걸까? 이렇게나 인기가 있다는 건, 기대해도 괜찮을 것 같지 않아?"

"얼마나 대단하려고. 나도 조금 기대되는걸. 하지만 사람이 이렇게나 많으면 숙소를 잡을 수 있을지가 걱정이야."

"아, 그러네. 없으면 마차에서 자야 하려나."

이제 익숙하기도 하고, 망을 보지 않아도 괜찮으니 야영보다는 나았다. 그래도 가능하면 침대에서 자고 싶은 마음이었다.

일단 숙소를 찾으면서 약을 팔 가게도 함께 찾아보자며 걸음을 옮겼다.

먼저 약국을 발견한 두 사람은 그곳으로 들어갔다.

"어서 오게. 뭐가 필요한가? 이것저것 다 있다네. 없으면 만들어줄 수도 있어."

"아뇨, 치유 촉진제를 팔러 왔습니다. 이건데, 사주실 수 있을까요?"

평소처럼 흰색 치유 촉진제를 카운터 위에 꺼내놓았다. 그것을 본 점주는 곤란한 표정이 되었다.

"헐값이 될 텐데, 괜찮겠나?"

"얼마나요?"

지금까지는 4천을 조금 넘는 정도였다.

"2500 정도려나?"

"엄청나게 내려갔잖아? 평소의 반값에 가깝지 않아?"

세리에의 반응에 점주가 대꾸했다.

"재고가 좀 많거든. 그나마 흰색이니까 사는 거지, 이게 녹색이면 안 샀을 게야."

"팔 수 있으면 그걸로 됐지만, 대량으로 판 사람이라도 있었던 겁니까?"

점주는 치유 촉진제를 상자에 담으며 고개를 저었다.

"몇 명이나 되는 약사가 조금씩 팔러 와서 재고가 쌓여 있다네. 당신처럼 흰색만 가져오는 경우는 드물지만. 다른 사람들은 녹색과 노란색도 함께 팔러 왔었지. 그래서 지금은 다 소비할 수 없을 만큼 많다네."

사용 기한이 지나기 전에 다 팔 수 있을지 모르겠다고 말하는 점주는 한숨을 내쉬고 싶은 심정인 듯 보였다.

"그렇게 많은 약사가 오다니, 이런 우연도 다 있군요."

"당신 모르고 온 건가?"

무슨 말이냐며 고개를 갸우뚱하는 두 사람에게 점주는 돈을 건네며 설명했다.

"여기, 5만일세. 지금 이 마을에서는 실력 좋은 약사를 정하는 이벤트가 개최되고 있거든. 상위에 들어가면 귀족에게 소개받을 수도 있어서 많은 약사가 모여드는 중이지. 그약사들을 만나려고 환자를 데리고 있는 사람들도 모여들고. 소문에 따르면, 모여든 귀족의 심부름꾼 대부분은 사와베라는 약사를 찾는다더군."

"호오."

여러 사람이 찾고 있다는 그 당사자는 메마른 웃음을 지었다. 어느 틈에 그렇게 유명해진 건가 싶어 질려버릴 정도였다.

"반응을 보니 몰랐던 모양이군."

"저희는 꽃을 보러 왔거든요. 좋은 시기라고 들어서."

그렇군, 하고 점주는 납득했다.

"그런가. 확실히 예쁘지. 거기는 1년 내내 많은 꽃이 피어있어서, 나도 매일 산책하며 즐기고 있다네."

"기분 좋게 산책할 수 있겠네."

"그렇지, 맑은 날의 꽃과 비에 젖은 꽃, 바람에 흔들리는 꽃, 흰 눈에 비치는 꽃, 밤에 마법 조명을 받은 꽃도 예쁘다네. 매년 봐도 질리지 않아."

점주는 매년 보고 있는 꽃들을 떠올리며 이야기했다. 잠시 계절에 따른 꽃 이야기를 듣고, 두 사람은 가게를 나섰다.

"이 마을에 있는 동안 나는 사베 유라는 이름을 쓰도록 할 게."

유지로는 전에 린드가 잘못 말했던 이름을 조금 바꿔 쓰기로 하고, 귀족과는 얽히지 않는 노선으로 가야겠다고 생각했다.

"연관될 마음이 없는 거야?"

"한두 사람의 의뢰라면 돈벌이로 좋으려나 싶기도 하지만, 그 이상이 되면 오랫동안 구속될 것 같아서."

자신을 필요로 하는 환자가 있으니 열심히 해보자는 마음은 일지 않았다. 특정한 몇 명 외에는 산술적으로 생각할 뿐이다. 불특정 다수에게까지 인술을 베푼다는 건, 귀찮다는 마음이 앞서서 생각도 하지 않았다.

"그럴지도 모르겠네. 그렇게 하고 싶다면 반대는 하지 않을게. 이 마을에 있는 동안은 유라고 부르면 되는 거지?"

"응."

활기찬 거리 이곳저곳을 구경하며 두 사람은 숙소를 찾았고, 세 번째에 빈방을 발견했다.

그리고 그날은 화원에 가지 않고 피로를 풀며 느긋하게 지낸 뒤 다음 날부터 관광에 나섰다.

화원은 마을 안이 아니라 옆에 있었다. 한창때라고 들었던 대로, 다양한 파스텔 컬러의 수국이 피어 있었다. 유지로가 잘 아는 푸른색과 보라색 외에도 분홍색과 노란색 같은 색도 있었고, 물을 뿌리면 은색으로 물드는 은수국이라는 것도 있었다.

"꽃 같은 건 볼 만큼 봤다는 생각도 있었는데, 여유로운 마음으로 보면 또 다른 느낌이 드는 것 같아."

색조를 즐기며 세리에는 미소 지었고, 꽃을 바라보았다. 이전의 생활에서 꽃을 즐긴다는 것은 쓸데없는 짓일 뿐이었다. 하지만 자연과 함께하는 숲의 민족의 피가 섞여 있는 만큼, 원래는 풀꽃을 좋아했다. 이렇게 느긋한 생활을 보내게 되리라고는, 1년 정도 전의 자신에게 말해본들 믿어주지 않을 거라는 생각이 들었다.

어릴 때 부모님과 함께 꽃을 심었던 일을 떠올리고, 유지로와 그 꽃에 관한 이야기를 나누면서 즐거운 시간에 젖어들었다.

"세리에, 저기 저거 꽃잎 시식이래. 가보자."

"어쩔 수 없네."

네네 하고 미소를 띠며 세리에는 유지로를 따라갔다.

유지로가 발견한 것은 스위트 로즈라고 하는 희미하게 붉게 물든 백장미로, 꽃잎이 두툼하고 달았다. 거칠어진 피부를 회복시키고 촉촉하게 만드는 약용 크림의 재료가 된다.

"호오, 설탕처럼 단 게 아니라, 채소 같은 단맛이네."

한 장 받아서 먹은 유지로는 그렇구나 하고 호기심을 충

족시키고 고개를 끄덕였다.

"더운 날에 얼린 걸 먹으면 또 다른 느낌이랍니다."

"그거 더위를 나는 데 좋을 것 같은데?"

더위에 약한 세리에게 얼려 먹는 방식은 매력적이었다.

스위트 로즈에서 멀어져 두 사람은 다른 꽃도 보러 갔다. 사람이 올라탈 수 있을 만큼 커다란 연꽃, 거리에 따라 다른 향기가 나는 꽃, 여왕의 향수라고 불리는 향수의 재료가 되는 꽃 등, 수국 이외에도 한창때인 꽃이 여럿 있었다.

언젠가 한곳에 자리를 잡게 된다면 키워보는 것도 괜찮겠다며 몇 종류의 씨앗을 사두었다.

점심에는 화원의 꽃에서 모은 벌꿀을 사용한 허니 토스트를 먹었다. 버터와 벌꿀을 섞은 기술이 절묘했다.

오후에도 보지 못한 곳을 구경했고, 그러다 망가진 화단을 발견했다.

"어떻게 된 걸까?"

"그러게. 여기 심어졌던 건…… 블루 드롭스라는 꽃이었나 본데?"

남아 있는 잔해로 종류와 어떠한 약이 되는지를 알았다.

고개를 갸웃거리고 있는 두 사람에게 한 손님이 다가왔다. 60을 넘은 노부인으로, 양산을 쓰고 있는 모습이 어딘가 품위 있어 보였다.

"그건 약사가 망가뜨린 거란다. 품질 좋은 약의 소재가 된다면서 밤에 숨어들었다더구나."

"바보 아냐?"

"바보네."

단번에 그리 잘라 말한 두 사람에게 동의하며 끄덕이는 노부인.

"그렇지. 교섭을 통해 나눠 받지 못했다고 해서 이런 짓을 하다니, 약사로서의 실력이 좋다고 해도 그다지 신세 지고 싶지 않지."

"어쩌면 부족한 실력을 재료로 얼버무려 보려고 한 것일지도 몰라. 꽤 진귀한 재료니까."

"형씨도 약사인가?"

"네. 약사가 모여 있다는 건 몰랐지만 말이죠. 꽃을 보러 왔습니다. 이것도 예뻤으려나."

"자그맣고 귀여운 꽃 몇 송이가 한데 피는 아이란다. 그다지 눈에 띄는 꽃은 아니지만, 그건 그것대로 괜찮지."

간단한 설명에 감사 인사를 하고 두 사람은 그 자리를 떠났다. 노부인도 잠시 화단을 살펴본 후 걸음을 옮겼다.

다음 날은 약사가 모여 약을 전시한다고 하는 광장에 가보았다. 가지 않아도 괜찮을 듯했지만, 모르는 약이 있을지도 모른다 싶기도 해서 훑어보는 정도는 해두기로 마음먹은 것이다.

유지로의 머리에는 이 세계에 오기 직전까지 존재했던 모든 약의 제조법이 있다. 그러나 이곳에 온 후로 새롭게 생긴 약의 제조법은 몰랐다. 진열된 약이, 새로운 약을 만들 때 힌트라도 되었으면 하고 생각했다.

　개방된 광장은 마을 남부에 있었고, 장소 대여료를 내면 약을 전시할 수 있었다. 이 광장을 둘러싸듯 자리를 잡고 멋대로 전시를 하는 자들도 있었지만, 그것들은 장소 대여료를 낼 수 없을 만큼 곤궁하게 보여서 상대해주는 사람이 많지 않았다.

　"프리마켓이나 코믹마켓 같네."

　"뭐라고 했어?"

　흘러나온 자그마한 감상은 옆을 걷던 세리에에게도 들리지 않았다. 아무것도 아니라며 고개를 가로젓고, 약을 훑어보러 갔다.

　진열된 것은 여행에 도움이 되는 것, 생활에 도움이 되는 것, 싸움에 도움이 되는 것 등 다양했다.

　백 명이 넘는 약사 중에는 솜씨 좋아 보이는 사람도 있었지만, 새로운 약은 없었다. 신약이라며 놓여 있는 것도 옛날에 있던 약을 부활시켰을 뿐인 물건이었다. 다른 약사들에게는 신기하게 여겨지며 인기를 끌었지만, 유지로에게는 기대가 빗나간 행사였다.

　"돌아가자."

　"벌써?"

　"대충 봤는데, 이거다 싶은 건 없었어."

　유지로가 그렇게 판단했다면 약에 관해서는 문외한인 세리에가 더 할 말은 없었다. 세리에는 그만 돌아가자며 고개를 끄덕였다. 세리에게도 사고 싶은 물건은 없었다. 기초 화장품은 세리에가 부탁하지 않아도 유지로가 온 힘을 다해 만들어주었고, 효과에 불만은 없었다. 두통이나 복통에 듣는 약도 마찬가지였다. 덕분에 여행을 하고 있는 중에도 피부도 머리카락도 전혀 상하지 않았고, 몸 상태가 나빠지는 일도 없었다. 왕족조차도 쓰지 못할 만큼 효과 좋은 약이니 당연한 일이리라.

광장을 벗어나기 위해 두 사람이 걸음을 옮기던 때, 어디선가 다투는 소리가 들려왔다. 주위 사람들도 뭐야? 무슨 일이야? 하며 그쪽을 보았다.

"무슨 일일까?"

두 사람도 걸음을 멈추고 그쪽으로 다가갔다.

그곳에서는 열 명 정도의 약사가 사람들에게 둘러싸인 채 언쟁을 벌이고 있었다.

"내가 바로 사와베다! 그쪽 같은 가짜와 똑같은 취급 하지 말라고!"

"무슨 소리야? 가짜는 그쪽이잖아?! 우리 선생님이야말로 사와베 유지로다."

"가짜는 입 다물어! 우리 선생님이야말로 거짓 없는 진정한 사와베라고!"

아무래도 유지로를 흉내 내던 가짜 세 사람이 우연히 마주치는 바람에 소동이 일어난 모양이었다.

나름대로 정보를 모았는지, 유지로 역을 맡은 약사는 모두 젊은 편이었지만 그래도 20대 후반은 되어 보였다. 세 사람 모두 위세를 내보이기 위해서인지 장식이 주렁주렁 달린 로브를 두르고 있었다. 솔직히 어울린다고는 말하기 어려웠고 옷에 눌리는 느낌이 들었다. 게다가 여행에도 적당하지 않아 보였다.

"저기 유지가 아니라 유, 저건……."

세리에가 어이없다는 듯 손가락으로 그쪽을 가리켰다. 유지로는 그런 세리에에게 답할 여유가 없었다. 얼굴을 붉히고 고개를 숙이고 있었다. 처음에는 화가 난 것인가 싶었지만, 어깨가 잘게 떨리는 것을 보고 다른 느낌을 받았다.

"웃고 싶은 걸 참고 있는 거야?"

"배가 아파."

유지로는 눈에 눈물을 글썽이며 겨우 그렇게 대답했다.

가짜까지 나올 줄은 생각도 못 했다. 자신만만하게 가슴을 펴고 자신이 바로 진짜라고 말하는 모습이 웃겨서 웃음 버튼이 눌린 모양이었다.

"가짜를 보고도 화가 안 나?"

"멋대로들 해라, 하는 느낌인데. 아아, 배 아파. 더 하라고 소리 질러도 괜찮을까?"

"그만둬."

세리에가 어이없다는 듯 대꾸했다. 아무런 관심도 끌지 못하는 가짜들에게 아주 조금 동정하는 마음이 들었다. 세리에도 구경거리라고 여기고 지켜보기로 했다. 그리 생각하니 꽤 재미있기도 했다. 본인들의 심각함과 진짜를 알고 있다는 데서 생겨나는 차이가, 재미를 더했다.

5분 정도 지나자 소동을 전해 들은 경비가 달려왔다.

"웬 소란이냐!"

가짜 유지로를 따르는 자들이 제각기 설명을 시작했다. 경비는 시끄러움에 얼굴을 찌푸리더니 이내 사정을 이해했다.

"일단 너희는 촌장님 댁으로 따라와. 사와베라는 약사가 나타나면 부탁하고 싶은 게 있다고 전해달라는 말을 들었다. 거기서 자세한 이야기를 듣도록 해."

이곳의 촌장은 자작의 숙모로, 꽃을 돌보는 기술이 뛰어나며 그 지식을 높이 산 왕실에 초대된 일도 있다고 한다. 그것을 알고 경비의 말에 촌장과 안면을 틀 수 있는 기회라고 판단했는지, 가짜 유지로 일행의 얼굴이 기쁨과 흥분으로 붉어졌다. 의뢰를 잘 성공시키면 왕족에게도 소개될지 모른다며, 기합이 들어간 표정으로 경비를 따라갔다. 그 뒤를 따르듯 다른 몇 사람도 자신이야말로 진짜라고 주장하며 나섰고, 그들도 함께 저택으로 향했다.

진짜는 그 모습을 웃으며 지켜보고 있었다. 방치할 마음으로 가득했다. 가짜가 실패해서 이름에 흠집이 난다고 해도, 지금처럼 그대로 근처 가게에 약을 파는 데는 아무런 문제가 없었다. 약을 팔 때 이름 같은 걸 묻는 일은 없었던 것이다.

"어떻게 되려나. 결말을 볼 때까지 머물고 싶은데, 괜찮을까?"

"다음에 갈 곳도 정하지 않았으니까, 상관없어."

세리에도 결말은 신경 쓰였다.

모여들었던 사람들이 흩어지고, 유지로와 세리에도 숙소로 돌아갔다.

다음 날, 가짜들이 촌장에게 받은 의뢰 내용은 사용인들을 통해 마을 전체에 퍼졌다.

"마른 꽃을 다시 살릴 수 있겠는가?"

"그런 게 가능해?"

"성장을 촉진하는 거라면 가능하지만, 그건 말도 안 돼. 죽은 사람을 되살리라는 거나 마찬가지잖아. 죽은 사람을 움직이게 하는 약은 있지만 그건 되살아난 게 아니야. 사후 한 시간 이내라면 소생도 가능하지만, 이번 과제는 완전히 말라버린 꽃을 지정했다고 하니까."

지정된 꽃은 블루 드롭스로, 망가진 화단에서 가져온 것을 약사들에게 내보였다고 한다. 그 메마른 꽃을 부활시킬 약을 열흘 이내에 만들라는 것이 과제였다.

꽃은 촌장이 보관하기 때문에 바꿔치기한 걸 제출할 수는 없다. 촌장 일행이 보고 있는 앞에서 말라 죽은 것을 부활시켜야만 한다.

솔직히, 성공하게 할 마음이 없는 과제가 아닌가 싶었다. 가짜들도 이러한 말도 안 되는 의뢰를 받으리라고는 생각하지 못한 탓에 무척이나 곤란해하고 있었다.

"어떤 방법을 쓰려나."

"유라면 어떻게 할 거야?"

"나라면⋯⋯ 시간을 되돌리는 약이라도 만들면? 아니, 그런 건 없지. 과거를 보는 약을 응용해서 환상을 덧씌운다? 부활에는 해당하지 않으려나. 반칙 기술이라면 심사 위원들에게 약을 써서, 부활했다고 판단하게 하는 방법도 있으려나?"

모두 편법일 뿐, 제대로 된 방법은 떠오르지 않았다.

"적절한 방법은 없다는 거야?"

"떠오르질 않아⋯⋯ 아니, 효과가 강한 회복약, 그리고 거기에 블루 드롭스가 아주 조금이라도 생명력을 갖고 있으면, 씨앗을 맺을 만큼 성장할 수 있으려나? 그리고 그 씨앗이 성장해서 꽃이 필지도? 가능성일 뿐이지만."

재료를 모으는 것조차도 큰일인지라 해보고 싶은 마음은 들지 않았다.

어려운 과제라는 건 누구나 알 수 있었고, 그 문제를 어떻게 돌파할지 주민들과 약사들은 주목했다. 그리고 가짜들의 초조함은 더해갔다. 도망가고 싶다는 마음으로 가득했지만, 많은 사람들에게 얼굴을 보인 이상 간단히는 도망칠 수 없었다. 가짜였다고 사과하고 싶어도, 먼 훗날까지 악평이 돌 가능성을 생각하면 쉽사리 말을 꺼낼 수 없었다.

야반도주를 하려 한 자는 엄중한 경비 태세에 체포되어 마을 안을 끌려다닌 다음 어딘가로 사라졌다.

약을 만들어야 하는 기한인 열흘 동안, 유지로 일행은 소개소에서 의뢰를 받아 북쪽 숲에 출몰한 늑대 마물을 퇴치하러 다녀왔다. 거기에 엿새가 걸렸고, 보수를 받은 다음에는 결과가 나올 때까지 느긋하게 지냈다. 이레째는 바인과 실컷 시간을 보내고, 여드레째는 다시 화원에 갔다.

"언제 와도 훌륭하네."

세리에는 멍하니 감탄 섞인 한숨을 내쉬고 화원을 구경했다. 사람들의 이야기에 따르면 촌장도 누군가와 함께 화원을 돌고 있다고 한다. 중요한 손님인지, 촌장이 직접 마을의 명소를 안내하고 있는 것이다.

이곳저곳을 구경하고 잠시 휴식을 취하기 위해 벤치를 찾았다. 그곳에는 이전에 블루 드롭스에 관한 설명을 해주었던 노부인이 있었다.

인사를 하자 살짝 놀란 듯한 미소를 지었다.

"어머. 또 보는구나."

"우연이네요. 옆에 앉아도 괜찮을까요?"

그러라며 몸을 비켜 두 사람이 앉을 공간을 비워주었다.

"꽃을 보러 왔다고 하길래 이미 관광을 끝내고 떠났을지도 모르겠다고 생각하고 있었단다."

"사와베라는 약사 소동이 신경 쓰여서, 그 결과를 볼 때까지 머무를까 싶어서요."

"그렇구나. 그러고 보니 너도 약사라고 했지? 그 과제를 어찌 생각하는지 물어봐도 되겠니?"

"터무니없는 소리 적당히 해라 싶었죠. 진짜 사와베란 사람이라도 해내지 못할 거예요."

"그렇게 생각하니?"

"죽은 사람을 부활시키는 것에 가까운 과제니까요. 말도 안 되는 난도의 과제잖아요? 저라면 거절할 겁니다."

"너처럼 단호하게 포기하면, 그 사람들도 고민하지 않아도 될 텐데."

자그맣게 고개를 가로저으며 노부인은 말했다.

"어머니, 여기 계셨군요."

이야기를 나누고 있으려니 마흔은 넘어 보이는, 잘 만들어진 좋은 옷을 입은 여자가 다가왔다. 씩씩한 분위기를 가졌고, 살짝 위엄도 느껴졌다. 조금 떨어진 곳에는 동행자로 보이는 이들이 몇 명 있었다. 그중 세 사람이 경비와 같은 복장을 하고 있는 것을 보면, 그녀가 바로 촌장이 아닐까 싶었다.

"손님 안내는 끝난 거니?"

"일단은요. 이제 집으로 돌아갈까 하는데, 함께 가시겠어요?"

"……그렇구나. 그럼 그만 실례해야겠구나."

노부인은 유지로와 세리에에게 고개를 숙이고 자리에서 일어섰다. 그때 손님으로 보이는 여자가 놀란 표정을 하고 다가왔다. 유지로와 세리에는 그 손님을 어디선가 본 듯했기에 어디서 봤더라? 하며 고개를 갸우뚱했다.

그 손님이 서둘러 촌장에게 말을 걸었다.

"저, 저기!"

"왜 그러시나요? 조금 더 돌아보시겠어요?"

촌장은 달리 보지 않은 곳이 있었던가 생각하며 대답했다.

"아뇨, 화원은 충분히 감상했습니다. 참으로 훌륭했습니다."

"감사합니다. 그럼 무엇 때문에 그리 다급하신지?"

"저쪽 두 사람 말입니다만."

"어머니와 이야기를 나누고 있는 분들이요?"

놀랄 만한 인물인가 하며 촌장은 고개를 갸웃거렸다.

여자는 잠시 실례하겠다고 촌장에게 양해를 구하고, 두 사람 앞으로 가서 고개를 숙였다.

"오랜만입니다. 여기서 만날 수 있으리라고는 생각 못 했습니다."

"어디선가 만난 건 기억하고 있기는 한데."

"나도 낯이 익어……."

두 사람의 반응에 여자는 무리도 아니라며 쓴웃음을 지었다. 여러 번 만난 것도 아니고, 눈에 띌 만한 일을 했던 것도 아니었으니까.

"메르모리아의 남작가에서 한 번 뵈었을 뿐이니, 무리도 아니지요."

"메리모리아라고 하면…… 아."

"남작가의 메이드?"

세리에의 지적에 여자는 웃음을 띠고 고개를 끄덕였다.

그제야 유지로는 도자기 마을의 남작가에서 있었던 일을

떠올렸고, 그녀가 방으로 식사를 가져다주었던 메이드라는 것을 기억해냈다.

이러한 행사에는 거짓 이름을 대는 자가 나올 것이라는 지적을 받은 촌장이 카인츠에게 유지로를 아는 자를 보내달라고 부탁을 했고, 그렇게 불려 온 사람이 바로 그녀였다.

유지로 일행은 이름을 밝힐 생각이 없으니 여기서 이렇게 만나는 건 곤란하다고 생각했지만, 이미 늦었다.

"멜리사 씨, 그분은 혹시."

"네, 사와베 님이십니다."

멜리사라고 불린 메이드는 자신 있게 고개를 끄덕였다. 그 대답에 유지로는 이런, 하며 한 손을 얼굴에 가져다 댔다.

"네가, 진짜였던 거니?"

촌장의 어머니가 놀란 듯 유지로를 보았다. 촌장도 경비들도 마찬가지로 놀랐다.

시치미를 떼고 싶었지만 멜리사가 있으니 무리였다. 떨떠름하게 고개를 끄덕였다.

"가짜가 나왔을 때 신분을 밝힐 생각은 하지 않았던 겁니까?"

"전혀요. 아까도 한 번 했던 말인데, 결말을 보고 즐길 생각은 있었어도 관여할 마음은 없었어요. 앞으로도 그럴 마음은 없고요."

"유력자와 연줄을 가질 생각이 없는 겁니까? 가짜들은 그걸 원하고 있는데."

"치유 촉진제를 파는 것만으로도 평범하게 살기엔 충분한 지라."

느긋하게 여행을 즐기고 싶다는 말에 촌장의 어머니는 어딘가 납득한 듯한 표정을 지었다.

촌장 자리에서 물러났을 때 속박이 줄어들어 해방감을 느꼈기에 그 마음을 이해할 수 있었던 것이다.

"그렇다는 건, 저택에는 와주실 수 없다는 뜻인지요?"

촌장의 말에 유지로는 고개를 끄덕였다.

"가지 않아도 문제가 없는 거라면, 가지 않겠습니다."

"몇몇 귀족들이 당신의 힘을 필요로 하고 있습니다만."

"다른 약사로도 어떻게든 되지 않을까요? 나서서 관여하고 싶지는 않습니다. 멜리사 씨는 아실 테지만, 그때 같은 성가신 일이 일어나지 않는다고도 할 수 없으니까요. 라이트루티에서도 귀족과 얽혀서 변변찮은 꼴을 당했고요."

"그러네요. 연줄이 생기는 게 좋기만 한 건 아니지요."

촌장의 어머니와 멜리사는 그도 그렇다며 고개를 끄덕였다. 촌장도 생각하는 바가 있는지 부정하지는 않았다.

"그렇다면 귀족들에게는 말하지 않는 대신, 한 가지 의뢰를 받아주실 수는 없을지요? 의뢰비도 지불하겠습니다."

"오늘 마을을 떠나면 그만인 일이니 그 제안에 의미는 없겠네요."

가짜들의 결말은 신경 쓰이지만, 성가신 일을 피하는 것과 비교하면 후자 쪽으로 기운다.

"강요할 수는 없겠군요. 알겠습니다."

촌장은 포기한 듯 자그마한 한숨을 내쉬더니 어머니와 멜리사를 데리고 자리를 떠났다.

"뭔가, 미안. 서둘러 떠나야 하게 됐네."

"마음 쓰지 마. 화원은 충분히 구경하고 즐겼으니까."

두 사람은 화원을 나와 숙소 열쇠를 반납하고 여행 준비를 시작했다.

그러는 사이에 어떤 시선을 느꼈지만, 촌장이 감시로 붙인 자이리라 생각하고 방치해두기로 했다.

준비를 마치고 마차에 올라 천천히 이동하기 시작한 것은 네 시간 후, 해가 지기 전이었다.

"다음은 어디로 갈 거야?"

"선물로 산 벌꿀을 티크한테 주러 갈까 싶은데."

"그럼 진로는 동쪽이네."

출발하고 한 시간을 조금 넘겼을 무렵, 어슴푸레한 숲속 길을 나아가고 있을 때 세리에와 바인은 양쪽에서 기척을 포착했다.

차체 안에 있는 유지로에게 주의하라는 말을 하려던 순간에 나무들 사이에서 화살이 날아왔다. 그에 놀란 바인이 발을 멈추었다.

"무슨 일이야?!"

아무것도 눈치채지 못한 유지로는 갑자기 벽을 꿰뚫고 몸 옆을 통과한 화살에 정말로 놀랐다.

빠르게 고동치는 심장 소리를 들으며, 방패를 들고 마차에서 내렸다. 방패에 맞아 떨어진 화살은 젖어 있어 독을 발랐다는 사실을 알 수 있었다.

방패를 들고서 마부석으로 이동해 세리에와 바인이 무사하다는 것을 확인했다. 찰과상은 있었지만, 몸에 특별한 통증이나 저림은 없는 모양이었다. 매일 마시고 있는 독 내성 차가 효과를 발휘한 것이리라.

"도적이나 뭐 그런 건가?"

"아마도?"

모습을 전혀 드러내지 않는지라 세리에도 자신 없이 대답했다. 지금은 찰과상 정도지만 머지않아 명중할지도 모른다.

"걸음을 멈춘 게 실수였어."

바인을 재촉해 움직이게 해야 했다며 세리에는 분한 듯 주변을 노려보았다.

"유지로, 일단 양쪽에 마법을 날려서 화살을 멈추게 하고 전속력으로 달릴까 하는데."

"알았어."

세리에는 오른쪽을 보고 유지로는 마부석에 올라 왼쪽을 보았다.

사용할 것은 회오리 마법이다. 물 보강약을 써서 얼음 덩어리를 주변에 날리는 것도 괜찮으려나 생각했지만, 상대의 수를 모르기도 하고 화살도 막을 수 있어 회오리를 선택했다.

두 사람은 타이밍을 맞춰서 좌우로 회오리를 발생시켰다.

나뭇잎과 가지와 잡초를 휩쓸며 굉음이 울리고 바람이 거칠게 불어닥쳤다.

지금이라고 세리에는 바인에게 신호를 보내 달리게 했다. 차체로 돌아온 유지로는 만약을 위해 마비 독의 해독제를 꺼내 마셨다. 그리고 다시 마부석까지 이동하여 세리에의 입으로 약을 가져가 마시게 했다.

기세 좋게 나아가던 마차는 숲을 빠져나가지 못하고 멈춰섰다. 전방에 길을 막듯 마차와 사람이 서 있었던 것이다. 바인에게 몸으로 들이박게 해도 돌파할 수 있을지 어떨지 알 수 없어 멈출 수밖에 없었다.

"만약을 대비해 매복해 있길 잘했군."

그렇게 말한 여자의 가슴에서는 검은 송곳니 펜던트가 흔들리고 있었다. 다른 네 사람의 가슴에도 같은 송곳니 펜던트가 있었다.

"잔당이라는 건 알겠는데, 이런 데서 도적질을 하고 있을 줄은 몰랐네."

"정정해주겠어? 도적이 아니야. 너희들을 앞질러 와서 기다리고 있었던 거지."

유지로의 말에 여자는 불쾌하다는 듯 얼굴을 찌푸렸다.

도적 따위와 같은 취급을 받아서는 곤란하다며 여자는 말했다. 어느 정도 역사가 있고, 나라까지 상대했었다는 자부심이 있는 것이다. 여기저기 널린 도적과는 격이 다르다는 긍지를 갖고 있었다.

"앞질러 왔다고? 그 말투로 보면 우리를 노리고 있었던 건가?"

"그 말대로야. 무리 짓는 영견(影犬)이 힘을 잃은 원인이니, 노려져도 이상할 것 없잖아?"

"원망하려면 왕국군을 해야 하지 않아?"

괴멸시킨 것은 왕국군이며, 유지로 자신은 무언가를 한 기억이 없었다.

"실행한 건 분명 라이트루티지만, 그렇게 된 계기는 너희들이라는 걸 알고 있어. 점술 신전에서 점을 보고 안 결과니까 신뢰할 수 있지."

"분명 원인은 나라고 할 수 있으려나. 너희에 관해 점을 본 게 원인 같네. 그나저나, 신전 내의 스파이는 배제했다고 들었는데."

"정체를 숨기고 손님으로 가는 정도라면, 그대로 통과지."

"그렇군."

그리 대답하며 유지로는 회오리 마법으로 길을 막고 있는 마차를 치울 수 있을지 생각했지만, 배드오도로를 움직이지 못했던 일을 떠올리고 마음을 접었다.

"원인을 더욱 거슬러 올라가면 너희가 우리를 죽이려 했던 데 이르는데, 그 부분은 어떻게 생각해?"

"그런 말을 하다 보면 원인의 소재가 점점 바뀌게 되니 알 바 아니라고 대답하도록 할까?"

"그것도 그런가."

유지로는 납득한 듯 어깨를 으쓱였다.

"시간 벌기는 이제 그만 됐을 테지. 마비 독의 효과가 퍼지기 시작했을 거야. 너희들, 잡아."

여자의 말에 따라 네 사람이 움직였다.

"세리에는 그대로 마부석에 있어. 좀 때려눕히고 올게."

"네 명 모두 꽤 할 것 같은데, 괜찮겠어?"

"그때 그 산의 민족에 비하면 약한 편이지."

곤도르와 비교하면 전부 피라미가 되고 말리라. 곤도르가 세계 제일인 건 아니지만, 그래도 네 종족의 상위권에 위치한다.

마부석에서 내려온 유지로에게 그녀는 조소를 날렸다.

"독을 용케 막은 모양이지만, 약사 혼자 뭘 할 수 있지?!"

'아, 괜찮겠네.'

상대가 유지로의 신체 능력이 높다는 사실을 모른다는 것을 알자마자 세리에는 여유로워졌다. 유지로가 상대하고 있는 사이에 주변을 탐색하여 복병을 찾기 위해 정신을 집중했다.

유지로는 재빠르게 한 명에게 접근하더니 옆차기로 배를 차고, 그대로 발꿈치로 옆에 있던 남자의 관자놀이를 찼다. 매일 유연 운동을 한 덕분에 다리가 잘 올라가게 되었다.

두 사람이 일격에 쓰러진 것을 보고 놀란 다른 두 사람의 배에 주먹을 때려 넣었다. 두 사람은 상상 이상의 충격에 배를 누르며 그 자리에 주저앉았다. 네 사람을 처리하는 데 1분도 걸리지 않았다.

그것을 본 여자는 떡하니 입을 벌리고 멍청히 서 있었다.

"뭐야? 실력 좋은 약사 아니야? 강하다고?! 약사 수행에 시간을 다 쓰느라 단련할 틈 같은 건 없었을 텐데!"

"특별히 몸을 단련한 기억은 없거든."

"그게 뭐야?! 가까이 오지 마!"

조금 전까지 자신만만했던 표정이 어디론가 사라진 여자는 겁을 먹고 뒷걸음질 치기 시작했다. 유지로는 그런 그녀에게 다가가 주저 없이 배를 차올렸다.

너무 큰 대미지에 의식은 있어도 움직이지 못하는 다섯 사람. 그 다섯 명을 한데 모으고 펜던트를 회수했다. 그리고 그들의 마차를 뒤져 밧줄을 찾아내 한 명씩 손발을 칭칭 동여맸다. 밧줄을 풀지 못하게 묶는 법을 모르는지라, 몇 겹으로 적당히 묶었다. 덕분에 손발이 하얗게 변했지만, 유지로는 남 일이라며 신경 쓰지 않았다. 입도 다 막았을 때, 세리에가 유지로를 불렀다.

"유지로!"

"왜 그래?"

"열 명 이상이 접근하고 있어!"

세리에는 두 사람이 지나온 방향을 노려보듯 바라보고 있었다.

"화살을 쏜 사람들인가?"

"모르겠어. 경계는 하는 편이 좋을 거야."

"이 사람들을 얼른 감추고 우리도 숨자. 그러다 상대가 접근하면 회오리 마법 같은 걸로 기습하는 건 어때? 적이었을 경우에 말이야."

"괜찮은데?"

다섯 명을 근처 수풀 속에 던져놓고, 두 사람은 자신들의 마차 뒤에 몸을 숨겼다. 세리에는 속도 능력 상승약을 복용했고, 유지로는 바람의 보강약을 한 손에 들고 마법을 쓸 준비를 갖추었다.

1분도 지나지 않아 숲에서 활을 든 자들이 모습을 드러냈다. 가슴에는 송곳니 펜던트가 있었다.

확정이라며 약을 뿌리고 마법을 사용했다.

"에워싸는 결박의 바람!"

조금 전에도 불었던 거센 바람이 다가온 자들을 다시 덮쳤다.

그들도 있어야 할 두 사람이 없다는 사실에 경계는 하고 있었지만, 숨을 죽이고 있던 유지로와 세리에의 위치는 눈치채지 못했었다.

유지로와 세리에는 바람에 휩쓸려 지면에 쓰러진 자들에게 접근해 차 부수고 베어갔다. 정보원은 방금 잡은 다섯 명이면 충분하기 때문에, 그들을 살려두어야 할 이유가 없었던지라 전혀 봐주지 않았다. 세리에를 죽일 뻔한 녀석의 동료이니 적당히 봐줄 마음은 처음부터 없었지만. 괴롭게 할 생각도 없어 즉사하도록 공격했다. 상대를 괴롭히는 취미는 없다.

차례차례 비명이 터져 나왔고, 피 냄새가 진동을 했다. 수풀 속에 던져졌던 자들은 동료의 비명에 분한 표정을 지었다.

"끝이야."

마지막 한 사람의 목뼈를 꺾은 유지로는 주변을 확인했다.

"숨어 있는 사람은 없지?"

"없는 것 같아."

주변을 둘러본 세리에는 검을 휘둘러 피를 털어내고 검집에 돌려놓으며 고개를 끄덕였다. 바인도 무언가를 찾아낸 기색은 없으니 괜찮으리라고 유지로는 생각했다.

"다음은 마차를 뒤져서 괜찮은 게 없는지 찾아보고, 저 사람들한테 정보를 캐낼까?"

"그래야겠지."

"내가 수풀에서 끌고 나올 테니까, 세리에는 마차 쪽을 부탁해."

세리에는 고개를 끄덕이고 움직이기 시작했다.

유지로도 수풀 쪽으로 걸음을 옮겨 포박해둔 자들을 끌고 나왔다. 노려보거나, 막힌 입으로 무언가 말을 했지만, 전부 무시하고 다섯 명을 땅에 쓰러뜨려 두었다.

바인이 자그맣게 울며 에젠스트 쪽을 보았다.

"바인, 왜 그래? 누가 또 숨어 있어?"

바인의 머리를 쓰다듬으며 그쪽을 보자 곧장 말이 접근해 오는 것이 보였다. 어둑어둑해지고 있는 시간이라 말 위에서 조명 마법을 써서 주변을 비추고 있었다.

"순찰 중인 병사인가? 마차를 치우지 않으면 방해가 되겠는데?"

유지로 일행은 사정을 이야기하고 잠시 기다려달라 해야 겠다고 생각했다.

금속 갑옷을 입은 남자가 말을 몰고 있었다. 나이는 예순 정도일까? 흰머리가 섞인 흑발을 가졌고, 얼굴에는 살짝 주름이 졌다. 그러나 등은 곧았고, 몸도 살이 늘어져 있는 것 처럼은 보이지 않았다.

그는 지나갈 수 없다는 것을 알고 말을 선회시키며 멈춰 섰다.

"이게 어찌 된 일입니까?"

"도적에게 습격당해서 그걸 격퇴한 참입니다."

"그거 큰일이었겠군요."

"바로 마차를 옆으로 치울 테니 잠시 기다려주세요."

"거들지요. 길을 서두르고 있는지라."

그렇게 말한 남자는 말에서 내렸다. 그리고 정면에서 유지 로의 얼굴을 보더니 고개를 갸우뚱했다. 조금 전까지는 빛 때문에 유지로가 손으로 얼굴을 가리고 있어 깨닫지 못했지 만, 얼굴 등의 특징이 찾고 있는 사람과 비슷했던 것이다.

"혹시 성함이 사와베 유지로입니까?"

"네? 그렇습니다만."

대답하자마자 아차 하고 후회했다. 무심코 솔직하게 대답 하고 말았지만 그리 물은 것을 보면 자신을 찾고 있었을 가 능성이 높았다. 서둘러 마을을 나온 의미가 없어졌다며, 방 심한 자신을 탓했다.

"오오, 주인님께서 찾으라는 명을 내리셨습니다! 부디 저희 집으로 와주셨으면 합니다! 주인님의 성함은 욤룬조 탄타 자작. 아드님이 병을 앓고 있어 실력 좋은 약사를 줄곧 찾고 있었습니다."

"아니, 갈 마음이 없습니다만."

전혀 조금도 요만큼도 없다며 밝게 웃었다. 거절의 뜻이 넘칠 만큼 가득 담긴 미소였다.

남자는 으으음 하고 작게 신음하고 다시 부탁했다.

"이유가 무엇입니까? 귀족과 연줄을 맺을 수 있는 둘도 없는 기회입니다."

"지금까지 두 번쯤 귀족과 얽혔고, 그 두 번 모두 사고가 생겼고, 얽혀봐야 좋을 것 없다는 걸 배웠기 때문입니다. 귀족과 얽힐 마음이 없다고, 그렇게 전해주십시오."

"아뇨 아뇨, 겨우 찾아낸 약사 나리를 놓칠 수는 없습니다! 사고 같은 건 일어나지 않도록 세심한 주의를 기울이겠습니다!"

놓치지 않겠다며 유지로의 손을 잡는다. 그것을 떨쳐내고 거리를 두었다.

"아무리 주의를 기울여도 사고는 일어나는 것이지 않습니까? 죽을 뻔하는 건 이제 더는 싫습니다."

"무슨 소란이야?"

도적의 마차에서 나온 세리에가 고개를 갸웃거렸다.

"아무것도 아니야."

"보수는 얼마든지 드리겠으니, 부디 저희 주인님께로!"

"따라잡힌 거라고 이해하면 될까?"

"그런 참이야. 하지만 갈 마음은 없어."

거절한 것으로 평판은 떨어질지도 모르지만, 목숨과 보수 중 어느 쪽을 택할 것이냐고 한다면 세리에도 목숨을 선택하는 쪽에 찬성이었다.

평가가 내려가면 이 나라에서는 일하기 어려워질지도 모르지만, 그런 경우에는 다른 나라로 가서 더욱 진중하게 일하면 될 뿐이었다. 경우에 따라서는 대륙을 건너는 것도 괜찮다. 몇 년쯤 그쪽에 있으면 소문도 잠잠해지리라.

세리에도 고향은 없다고 해도 좋은 상황인 만큼 이 대륙에 집착은 없었다. 대륙을 건너는 데 반대는 하지 않는다.

"경비도 엄중하게 하고, 다른 귀족에게 주목받는 일이 없도록 하겠습니다! 치료가 끝나면 아무에게도 들키지 않고 원하는 곳으로 갈 수 있게 보내드리겠습니다. 그리고 저희 주인님은 평판이 좋은 인물이시라 원한을 살 만한 일도 없고, 정쟁에 휩쓸릴 일도 없습니다."

"원한을 사지 않는 건 무리라고 보는데. 자신도 모르는 곳에서 누군가에게 원망을 받고 있을 수도 있으니까."

어느샌가 무리 짓는 영견에게 원한을 사고 만 몸으로서, 그러한 실감을 하고 있는 중이다.

그것을 부정할 수는 없는지 남자는 말을 잇지 못했다. 하지만 평판 좋은 인물이라는 것은 사실이었다. 다소는 떳떳하지 못한 일도 하고 있지만, 그것이 백성을 괴롭게 만드는 일은 아니었다. 그저 범죄자를 단속하는 데 필요한 조치였다. 다른 사람을 배신한 일도 없었고, 약속은 확실하게 지켰다. 성실한 성격이라 손해를 보는 일도 있지만, 그 덕분에 고관들이나 다른 사람들에게 두터운 신뢰와 신임을 받고 있다.

"그 사람이 좋은 사람이라고 해도, 갈 마음이 없는 건 변하지 않습니다."

"그렇다면 마음이 바뀔 때까지 따라가겠습니다!"

"……마음대로 하시죠."

어느 정도 따라오다 포기하리라 판단하고 자그맣게 한숨을 내쉬었다.

"세리에, 뭐가 있었어?"

"귀금속 같은 건 없었어. 30만 밀레랑 나름 괜찮은 무구라든가 약초와 광석 약간."

"무구는 세리에가 쓸 수 있을 것 같아?"

"내 것보다 좋을지도 모르겠지만, 무게가 좀. 약을 먹으면 문제없을 것 같지만."

검과 어딘가에 쓸 수 있을지도 모를 창은 보관해두기로 하고 방패 등은 팔기로 했다. 마차도 팔 생각이다.

돈과 약초와 광석은 챙겨서 우리 쪽 마차로 옮겼다.

"다음은 정보를 캐내는 것만 남았나."

쓰러져 있는 여자와 그 동료들을 내려다보았다. 할 말은 아무것도 없다는 듯 입을 한일자로 꾹 다물고 있었다. 동료를 간단히 죽이는 것을 보고 이야기해본들 목숨을 건질 수 있는 것도 아니라는 사실을 깨달은 것이다.

"솔직하게 말할 마음은 없나 보네."

"어찌하실 겁니까? 고문이라면 돕도록 하겠습니다만."

여러 번 해본 경험이 있는 것인지 심부름꾼 남자가 한 걸음 앞으로 나섰다.

그럴 필요는 없다고 말하고 전에 만들어두었던 자백제를 마차에서 꺼내왔다.

"사용 기한이 지났을지도 모르지만, 뭐 배탈이 난다고 해도 아무런 문제도 없으니까."

여자를 일으켜 세리에게 잡아달라고 하고 약을 입으로 가져갔다. 당연히 입을 열려고 하지 않았다. 세리에게 여자의 코를 막아달라고 부탁하고 유지로는 여자의 입을 막았다.

처음에는 태연하던 여자도 점점 괴로워하는 기색을 보이더니 이내 입을 벌리려고 몸을 뒤틀었다.

"이제 되지 않았을까요?"

이 이상 하면 기절할 거라는 남자의 조언에 유지로는 입에서 손을 뗐다. 여자가 공기를 들이쉬기 위해 입을 열자 유지로는 그 즉시 약을 먹였다. 억지로 먹인 탓인지 호흡기로 약이 들어가 기침을 했다. 공기를 들이쉬고 싶은데 뱉어낸다고 하는 괴로움이 진정되고, 여자는 어딘가 멍한 표정을 지었다. 전에 사용했을 때와 비슷한 상태였지만, 사용 기한에 자신이 없는 만큼 연기일 가능성도 염두에 두고 질문을 시작했다.

이름은 세이브 로트. 나이는 25세, 출신지는 라이트루티 동부. 어머니의 재혼으로 생긴 아버지와 사이가 나빠 가출했고, 여기저기를 헤매다 무리 짓는 영견에 거둬진 것이 10년 정도 전. 조직 안에서는 중간직에 위치하고 있었다. 인원이 줄어 상위로 이동했지만, 하는 일은 그다지 다르지 않았다고 한다.

점을 봐서 유지로와 세리에가 들를 마을과 시기를 알았고, 연이 있는 촌장에게 약사와 관련된 행사를 열게 하여 유지로를 꾀어내려 했다. 무시하리라고는 생각하지 않고 있었는데 촌장에게 연락이 왔다. 그렇게 유지로와 세리에가 떠난 방향을 알고 앞질러 온 것이다.

촌장은 조직을 통해 입수하기 어려운 약을 정기적으로 받고 있었고, 조직이 힘을 잃은 현재 상황에서도 계속해서 약을 제공받는다는 조건으로 행사를 개최했다.

이렇게까지 일을 크게 벌인 것은 점을 통해 유지로가 실력 좋은 약사라는 사실을 알았기 때문이다. 조직에 있던 약사는 대부분 죽어 일손이 부족했다. 그런 상황에 마침 딱 좋은 인재가 나타난 셈이다. 죽이지 않고 복수를 대신해 잔뜩 혹사시켜주겠노라 생각했다. 참고로 가짜 유지로들도 조직으로 보내지게 되어 있었다.

그 외에도 조직의 현재 상황이나 간부의 이름과 특징, 본거지 등을 여자의 부하들에게도 물어 종이에 받아적었다.

조직의 규모는 10분의 1로 줄었고, 여기서 죽은 자들은 조직에 가볍지 않은 타격이 될 것이라고 했다. 은신처가 라이트루티에 없다면 밟아버리는 것도 괜찮을지 모르겠다고 유지로는 판단했다. 이 일을 카트루나들에게 편지로 알려서 현지의 병사와 모험가를 움직일 수 있게 된다면 행운이라고 생각하기로 했다.

듣고 싶은 것을 전부 다 들었으니 세이브 일행에게 더는 용건이 없었다. 그래서 날붙이로 목을 베었다.

생물을 조종하는 약을 이용해 자연스럽게 행동할 수 있게만 한다면 세이브 일행을 스파이로 보낼 수 있지 않을까 하는 생각도 했지만, 한번 시도해본 결과 무리일 듯하여 실행은 하지 않았다.

사체는 숲속에 던져버려 먼저 죽인 자들과 마찬가지로 짐승과 마물의 먹이가 되게 두었다.

마차의 짐을 한곳에 모으고 남은 두 대의 마차는 부수었다. 마차에 묶여 있던 네 마리의 블란지스는 들에 풀어주었다. 마차를 전부 가져가기에는 인원수가 부족했던 것이다.

모든 작업을 마친 세 사람은 완전히 어두워진 숲속을 나아가기 시작했다. 팔 예정인 마차는 유지로가 몰았다. 바인이 조금 질투하듯이 유지로를 보았지만, 휴식 시간에 신경을 써주었더니 바로 기분이 나아진 모양이었다.

아무도 없게 된 숲에서 움직이는 그림자가 하나 있었다. 유지로 일행이 발목을 잡혔던 곳에서 20미터도 떨어지지 않은 위치였다.

스무 살쯤 되어 보이는 남자로, 가슴에서는 송곳니 펜던트가 흔들렸다. 무리 짓는 영견의 생존자였다.

표정은 좋지 않았다. 동료가 살해당하는 모습을 처음부터 끝까지 보았던 것이다. 구하러 나서지 않았던 것은 강철 같은 정신력이 있었기 때문이라든가 그런 이유가 아니라, 그저 무서워서 움직일 수 없었기 때문이었다. 운 좋게도 바람 방향에서 벗어나 있었고, 필사적으로 기척을 죽인 덕분에 바인에게 감지되지 않을 수 있었다.

남자는 풀려난 블란지스의 뒤를 쫓아 겨우 한 마리를 회수한 다음, 동료들이 있는 곳으로 돌아갔다.

"실패?"

"네, 네."

차가운 목소리로 묻는 상사에게 사죄하듯 고개를 숙였다.

남자는 헤프시밍에 있는 상사와 만나 상황을 전부 보고했다. 움직이지 못했던 부분은 숨긴 채 저 혼자만 겨우 도망쳤다고 속였다.

"상대는 두 사람이고, 싸울 수 있는 건 여자뿐이지 않았나? 그 여자가 예상을 뛰어넘을 만큼 강했던 건가?"

"아뇨, 주로 싸운 건 약사 쪽입니다. 자신을 잡으려는 자들을 일격에 쓰러뜨려버렸습니다. 마법도 평원의 민족의 것이 아닌 듯한 걸 썼습니다."

"거친 일에 나름대로 대응할 수 있는 자들을 일격에 말인

가. 잘못 판단했군. 이건 정면으로 상대했다가는 또 같은 꼴
이 되겠어."

"그렇다면 뭔가 다른 방책이라도?"

"그래…… 왕도에서 마침 적당한 소동이 일어났지. 그걸
이용하도록 할까. 산 제물을 원하는 귀족들에게도 빚을 지
워둘 수 있겠군."

남자에게 물러가도 좋다고 말하고, 자리에 남은 상사는
연줄을 이용해 귀족들에게 접촉할 방법을 생각하기 시작했
다.

그리고 몰락하기 전과 같을 수는 없겠지만, 잘만 풀린다
면 힘을 꽤 되찾을 수 있을지도 모르겠다며 작게 미소를 지
었다.

23 일과 관광

들른 마을에서 마차 등을 대강 팔고, 에젠스트를 떠난 지 15일 정도 만에 세겐트에 도착했다. 전에 들렀던 때로부터 약 반년이 지났다.

탄타 자작가에 속한 남자도 여전히 함께 행동하고 있었다. 이렇게까지 함께 움직였으니 아무리 그래도 자기소개 정도는 해두었고, 이름이 프레이드 그린게일이라는 것을 알았다.

본격적인 여행 준비 같은 건 하지 않은 채 두 사람을 따라나섰던 프레이드는 가지고 있던 보석을 팔아서 준비를 갖추었다. 무슨 일이 있을 때를 대비해 늘 보석 하나를 가지고 다닌 것이 도움이 되었다.

"안녕하세요."

현관 앞을 청소하고 있던 린드에게 인사를 건넸다.

"어머, 두 사람 다 오랜만이야! 잘 지냈어?"

"네. 이번에도 숙박하고 싶은데, 빈방 있나요?"

"있지. 이번에는 방 세 개려나? 아니면 4인실로 잡을래?"

프레이드를 동료라 판단하고 한 질문이었다. 그 물음에 유지로는 고개를 가로젓고, 방 세 개를 부탁했다.

짐을 푼 유지로는 선물인 벌꿀과 인형을 들고서 세리에와 함께 티크를 찾아 나섰다. 프레이드는 방에서 느긋하게 피로를 풀고 있었다.

뒤뜰에서 빨래를 하고 있던 티크는 두 사람을 보고 재회를 기뻐했다.

바르가 곧바로 벌꿀을 넣어 간식을 만들어주었고, 세 사람은 간식을 먹으며 이야기를 나누고 재회의 시간을 즐겼다.

"이번에는 얼마나 있을 수 있어?"

"특별한 예정은 없으니까, 지난번처럼 급할 건 없지."

"정말? 언니도 같이 놀 수 있겠네?!"

자신을 따르는 티크의 모습에 당황하면서도 세리에는 약간 어색한 미소와 함께 티크가 내민 손을 잡아주었다.

두 사람은 파크를 산책시키러 간다는 티크를 따라나섰다. 벳세와 비아나 같은 친숙한 얼굴을 만나 잠시 이야기를 나누고 산책을 계속했다.

도중에 친구를 만나 놀러 가겠다는 티크와 헤어진 두 사람은 조금 더 산책을 즐기다 숙소로 돌아왔다.

한숨 돌린 프레이드는 저녁이 되자 외출했다. 그리고 이제 슬슬 저녁 식사를 할까 하는 참에 두 사람에게 손님이 찾아왔다.

소식을 알리러 온 종업원의 이야기로 찾아온 손님이 보르츠의 심부름꾼이라는 것을 알았다.

"남작의 사촌이 저녁 식사에 초대했다고?"

"응. 전에 한 번 만났었어. 왜 초대한 걸까?"

"이곳 남작 대리도 유지로에 관한 소문이라도 들은 게 아닐까?"

"그것밖에 없으려나. 귀찮네. 용건은 거절해도 될까?"

"간단한 거라면 들어줘도 괜찮지 않을까 싶은데. 그걸 계기로 몇 번이나 부른다면 떠나는 편이 덜 귀찮을 테고."

한 번은 가보기로 정하고, 세리에는 숙소에 남기로 했다. 그럴 일은 없으리라고 생각하지만, 또 독에 당하는 일은 겪게 하고 싶지 않았다.

정장 같은 건 갖고 있지 않은지라 그대로 심부름꾼과 함께 남작가에 들어갔다. 이번에는 본관으로 안내되었다. 그대로 식당까지 이동하니, 그곳에는 보르츠와 쿠시와 프레이드가 있었다.

오랜만에 만난 두 사람에게 고개를 숙인 다음 프레이드를 보았다.

"프레이드 씨가 어째서 여기에?"

"보르츠 님과는 아는 사이라 인사를 드리러 왔다네."

보르츠의 사촌과 프레이드의 주인이 친구라 그 인연으로 몇 번인가 만난 적이 있었고, 근처에 왔으니 인사를 하자고 생각했다고 한다.

"사와베 님, 오랜만이오. 각지에서 활약한 이야기는 소문으로 들었소."

"감사합니다."

이미 프레이드에게 이야기를 들은 보르츠는 그 마음이 담기지 않은 대답에 쓴웃음을 지었다.

자리를 권하고 식사가 시작되었다. 이전의 경험을 바탕으로 처음에는 음식을 아주 조금 입에 넣고 신중하게 맛을 확인한 다음, 괜찮다고 판단되었을 때 평범하게 먹었다.

"무척이나 경계하는군."

"경계해서 나쁠 건 없으니까요."

프레이드에게 그리 대답하고 식사를 계속했다. 무례하다고 화를 내도 어쩔 수 없는 행동이었지만 보르츠는 화내는 일 없이 흘려넘겼다.

어디서 무엇을 했는지 같은 질문에 답하면서 식사를 했고, 디저트 차례까지 이르렀다.

"의뢰를 거절하고 있다는 이야기를 프레이드 씨에게 들었소만?"

"네, 귀족의 의뢰는 아무래도 마음이 내키지 않아서요."

"그 마음을 어떻게 돌려줄 수 없겠소? 욤룬조 님은 훌륭한 분이시오. 분명 사와베 님께도 잘해주실 게요."

"미리 말을 맞춘 거 아닌가요?"

"그리 생각하는 것도 무리는 아니지만, 정말로 좋은 분이시라오. 형님도 신세를 지셨지. 나로서도 걱정거리를 줄여드리고 싶소."

이렇게 부탁한다며 고개를 숙였지만, 높으신 분이 고개를 숙인다고 한들 유지로에게는 그다지 의미가 없었다. 머리를 조아리는 것은 교섭 수단의 하나지만 그 의미를 이해하지 못하는 자에게는 좋은 방법이 되지 못한다.

별다른 반응이 없자 보르츠도 프레이드도 곤란한 듯 한숨을 내쉬었다.

"만약 받아들인다고 한다면, 어떤 조건이 필요하지?"

조용히 지켜보고 있던 쿠시가 유지로에게 물었다.

"절대 안전, 일까요? 귀족의 사정에 휘둘리는 건 싫거든요."

"귀족에 대한 경외의 마음이 얕네."

감탄하는 듯도 어이없어하는 듯도 한, 언젠가의 세리에와 비슷한 반응을 보였다.

"한 번쯤 우리 주인을 믿어줄 수 없을까? 이런 일로 거짓말을 할 사람이 아니야. 상대도 아들을 살리기 위해서라면 웬만한 요구는 들어줄 테고."

"제가 말해두고 뭐한 이야기지만, 절대 안전 같은 건 무리거든요? 그런 요구를 무조건 받아들인다는 건가요? 처음부터 무리라는 걸 알면서 적당한 마음으로 승낙했다가 곤란해지는 건 이쪽이라고요."

"진심으로 약속을 지키겠다고 맹세한다면 어떨까? 계약에 관한 마법의 물건이 있었을 거야. 그걸 쓰면 약속을 깰 경우 실명 같은 대가를 치르게 되지."

"음…… 그 정도로 해준다면 괜찮을지도 모르겠네요."

"정말인가?! 주인님께 그 뜻을 전해 반드시 통과되도록 하겠네."

프레이드는 희망이 보인다며 만면에 기쁨을 드러내더니 자리에서 일어섰다. 쿠시에게 고개를 숙여 감사를 표하고 자리에 앉아 맛있게 술을 마셨다.

"승낙한 게 아닌데…… 안 듣고 있잖아."

못 들은 척하는 것인지, 드디어 역할을 다하게 된 것이 기쁜 나머지 들리지 않는 것인지, 프레이드의 안에서는 조건을 지키면 간다는 것으로 확정되어버린 모양이었다.

이런 흐름이 되리라는 것을 알고 이야기를 꺼낸 것인가 싶어 뚱한 눈으로 쿠시를 보았지만, 표정에 변화가 없어 속마음을 읽을 수 없었다.

"무시하고 도망치는 것도 괜찮을지도."

시험 삼아 그렇게 중얼거려 보았다. 그 말에 어떤 반응을 보일지 떠본 것이다.

프레이드는 기분이 너무 좋은 탓인지 들떠서 유지로의 말을 듣지 못하고 아무런 반응도 보이지 않았지만, 쿠시는 아주 살짝 움직임을 멈추었다. 프레이드는 연기가 아니라 정말로 기뻐하고 있지만, 쿠시는 유지로의 동향을 살피며 이야기의 흐름을 유도했을 가능성이 높다고 봐야 할까?

조금이라도 이상한 분위기가 느껴지면 약을 만들지 않고 바로 도망치겠다고, 세 사람에게 들리도록 말하고 유지로도 술을 마셨다.

입에 맞지 않았는지 유지로의 표정이 일그러졌고, 술에 섞기 위해 준비되었던 주스로 입가심을 했다.

저녁 식사를 마치고 숙소로 돌아온 유지로는 숙소 앞에서 세리에와 티크, 두 사람과 만났다. 머리가 젖어 있어 목욕을 하고 왔다는 걸 알 수 있었다.

그대로 세리에와 함께 방으로 들어가 상황을 설명했다.

"이대로 계속 프레이드가 따라다니는 것도 성가시니까 괜찮다고 생각해."

"러브러브 단둘만의 여행을 방해받고 싶지도 않으니까 말이지!"

"러브러브인지 어떤지는 제쳐두고, 다른 사람이 있으면 긴장을 풀 수 없으니까."

유지로는 옆에 있는 것이 당연하다는 증언이리라.

조금씩 진전을 보이고 있다고 실감한 유지로는 미소를 지었다.

다음 날 바로 출발하거나 하는 일은 없었다. 닷새 정도 느긋하게 지냈다. 티크에게 여유롭게 있을 거라고 했던 말을 지킨 것이다. 프레이드는 함께 움직이려 했지만, 결국 참지 못하고 두 사람에게 자작가의 위치를 알려주고는 먼저 출발했다.

엿새 후의 아침, 두 사람은 티크 일행의 배웅을 받으며 자작가가 있는 리피크스로 향했다.

리피크스는 세리에의 고향인 피트네 가까이에 있었다. 그곳과 두 개의 마을을 더 합한 토지가 탄타 자작의 영토였다.

고향에 들르지 않아도 괜찮겠냐는 유지로의 물음에 세리에는 아무도 없으니까, 라며 고개를 가로저었다.

리피크스에 도착한 것은 8월 중순에 들어설 무렵이었다.

다시 더위 대책용 화장수가 활약을 시작해야 했다.

마차를 맡기고 근처를 걷고 있던 경비병에게 자작가의 위치를 물었다.

"이 길을 곧장 가면 오른쪽에 커다란 저택이 보일 겁니다. 그곳이 자작가의 저택입니다."

"감사합니다."

"아뇨, 곤란한 일이 있으면 언제든 이야기해주십시오."

정중하게 대답한 병사는 다시 순찰로 돌아갔다.

"무척이나 정중한 사람이네. 여기 경비병은 모두 저런 느낌이려나?"

문을 지키던 병사도 위압감이 적고 온화한 사람들이었다는 것을 떠올렸다.

"그렇다면 자작의 인품이나 교육 같은 게 뛰어난 거겠네."

세리에도 감탄한 듯 멀어지는 병사를 바라보았다. 여행을 하는 동안 거만하게 굴지 않는 병사는 별로 보지 못했던지라, 자작의 성실함이 병사들을 통해서도 드러나는 듯 느껴졌다.

설명을 들은 대로 길을 나아가 자작 저택 앞에 섰다.

집을 올려다보는 두 사람에게 문지기 병사가 다가왔다. 수상한 자를 보는 눈이 아니라 무언가를 눈치챈 듯한 표정이었다.

"혹시 두 분이 사와베 님과 세리에 님이십니까?"

"그런데요."

"기다리고 있었습니다. 어서 안으로 들어가시죠."

미소를 띠고 인사한 병사는 두 사람을 안내했다.

여기서 병사에게 쫓겨난다면 기꺼이 떠나리라는 생각도 했던 유지로는 맥이 풀린 채 그 뒤를 따랐다.

건물로 들어가 메이드와 안내역을 교대한 병사는 인사를 하고 물러났다.

메이드를 따라 응접실로 들어가 기다리자, 10분 정도 후에 프레이드와 40대 중반의 온후한 분위기를 띤 남자와 그 남자를 닮은 분위기를 지닌 스물을 넘긴 듯 보이는 남자가 나타났다. 젊은 남자는 지팡이를 짚은 채 걷고 있어, 치료를 필요로 하는 것은 그 사람이리라 예상할 수 있었다.

"처음 뵙겠습니다. 욤룬조 탄타라고 합니다. 이렇게 먼 곳까지 일부러 와주시다니, 감사드립니다."

"제 치료를 위해 멀리까지 와주셔서 고맙습니다. 욤룬조의 아들인 아가르타라고 합니다."

부자가 고개를 숙이자 유지로와 세리에도 고개를 숙였다. 거들먹거리지 않은 부자에게서는 좋은 됨됨이가 배어 나왔다. 이 사람들은 무조건 믿을 수 있다, 그런 분위기까지도 느껴졌다.

사람 좋은 아우라가 대단해서, 의심을 품고 있던 유지로와 세리에는 약간 밀리는 기분까지 들었다.

"저기, 진찰은 하지 않아도 괜찮겠죠?"

"네. 치료법은 알고 있습니다. 하지만 약을 만드는 게 어려워서요."

아가르타는 긴 팔 셔츠의 소매를 걷어 올려 유지로에게

팔을 보여주었다. 옷 아래에는 잿빛 반점이 퍼져 있었다.

이것은 특수한 마물에게 물렸을 때 발생하는 병으로, 즉사하지는 않지만 확실히 일찍 죽게 되는 종류였다. 약으로 증상의 진행을 늦추는 것은 가능하지만 내성이 생기기 때문에 일시 방편일 뿐이었다.

"필요한 약 이름은?"

"리테아기마 연고, 제게 필요한 건 그 약입니다."

유지로의 지식 속에 그 이름은 있었다. 투아에게 필요했던 플라카와 마찬가지로, 회복약을 재료로 하는 약이다. 사용법은 자기 전에 얼룩이 생긴 곳에 바를 뿐. 그것을 계속하면 사흘 정도 후부터 얼룩이 옅어지고 닷새 후에는 사라진다.

"만들 수는 있습니다만, 재료는?"

어려워하는 기색 없는 말에 세 사람은 기쁜 표정을 지었다.

"물론 모아두었습니다."

욤룬조가 분명하게 대답했다. 지금까지 갖고 있던 연줄을 이용해 문제없이 모을 수 있었다.

바로 약을 만들기로 했고, 객실로 안내되었다. 그곳에 모아둔 재료를 보고 유지로는 조금 곤란해하는 표정을 지었다.

욤룬조가 구한 회복약은 노란색이었는데, 확실하게 만들고자 한다면 녹색인 편이 좋았다. 이대로 노란색을 쓸 것인가, 직접 만들어버릴 것인가 조금 고민되었다.

"무슨 문제라도 있습니까?"

옆에 서 있던 욤룬조는 유지로가 고민하고 있다는 사실을 눈치챘다. 그런 욤룬조를 빤히 바라보며 어찌할지 생각했다. 이 사람에게 회복약을 만들 수 있다는 사실을 들켜도 괜찮을까? 비밀로 해달라고 부탁하면 비밀로 해줄까?

회복약 제조법을 알고, 만들 수 있는 자는 귀중하다. 잘 사용하면 재산을 늘리는 건 물론이고 정치적인 재료로도 쓸 수 있다.

"아뇨, 아무것도 아닙니다."

"뭔가 문제가 있다면 뭐든 말씀해주십시오."

"네. 필요할 때는 사양 않고 말씀드리겠습니다."

세 사람은 방해하지 않겠다며 방을 나갔고, 남은 세리에가 유지로에게 다가왔다.

"그래서, 뭐가 문제야?"

"역시 눈치챘어?"

유지로는 기뻐하며 그렇게 답했다. 간파당한 것이 기뻤다.

욤룬조는 자신 없이 물었지만, 세리에는 확신을 갖고 물었다. 1년 이상 함께한 사이다. 약간의 감정 변화 정도는 알아챌 수 있다.

"회복약이 있잖아. 저게 노란색이면 약 만드는 데 실패할 수도 있어. 녹색이라면 거의 확실하게 성공인데."

"유지로는 녹색 회복약도 만들 수 있잖아?"

"응. 그래서 만들지 말지 생각하는 중이야. 몰래 사용할 수 있으면 좋은데, 마차에서 재료를 가져오면 아무래도 들킬 것 같거든. 그래서 회복약을 만들 수 있다는 사실을 밝혀야 할지 어째야 할지 망설이고 있었어. 부탁하면 비밀로 해줄까?"

"분위기로 봐서는 나쁜 느낌은 들지 않았지만…… 확실히 망설여지네. 아, 사정을 말하고 구해달라고 하는 건?"

딱히 직접 만들지 않아도 괜찮은 것 아니냐는 대안이 나왔다.

아, 하는 표정을 짓고서 유지로는 그 방법으로 가기로 했다.

여장을 푼 유지로는 청소를 하고 있던 사용인에게 부탁해 욤룬조의 집무실까지 안내를 받았다.

노크를 하자 대답이 들려 안으로 들어갔다. 들어온 인물을 확인한 욤룬조는 의외라는 표정을 보였다.

"이런, 어쩐 일이십니까?"

"실은 말이죠."

노란색으로는 실패할 가능성이 있다는 이야기를 전했다. 복수 능력 상승약을 만들 때 몇 번이나 실패한 경험이 있는 만큼, 반드시 성공한다고는 단언할 수 없었던 것이다.

사실 이 세계에 올 때 받은 조정 덕분에, 기성품은 극단적으로 대충대충 만들지 않는 한은 실패하지 않는다. 그러나 지식에 만들기가 무척이나 어려운 약이라고 되어 있으니, 그것을 진지하게 받아들이기로 한 것이다.

"그렇습니까. 하지만 어려울지도 모르겠습니다."

"어째서죠?"

"가능한 한 좋은 걸 부탁해서 받은 게 노란색입니다. 녹색은 없는지 물었더니, 녹색을 만들 수 있는 제작자는 죽고 말았고, 지금은 한창 교육을 하는 중이라고 하더군요."

"그렇군요. 그럼 노란색으로 만들 수밖에 없으려나."

"그래야 할 것 같습니다. 다른 토지에는 있을지도 모르겠지만, 주문해서 여기까지 오는 사이에 사용 기한을 넘길 가능성도 있으니까요. 참고로 노란색의 성공 확률은 어찌 됩니까?"

"약 65퍼센트."

"반반 정도로군요."

녹색이면 80퍼센트를 조금 넘는 정도다. 이것은 유지로 이외의 숙련된 약사를 기준으로 한 확률이다. 여러 번 도전하면 언젠가 성공할 테지만, 그리 간단히 모을 수 있을 만큼 저렴한 재료가 아니었다.

이번에 준비된 양이라면 두 번에 성공해야 한다. 그 이상이 되면 치료에 쓰기엔 양이 부족해진다.

이건 확실히 하기 위해 녹색을 만드는 편이 나을지도 모르겠다는 생각이 들었다.

"일단 노력해보겠습니다."

"부탁드립니다. 저희도 녹색 회복약을 찾아보겠습니다."

한 번은 노란색으로 만들어보기로 정하고, 유지로는 집무실을 나왔다.

약이 완성되는 이틀 동안, 저녁 식사를 함께하며 아가르타가 병에 걸린 경위를 들을 수 있었다.

지금으로부터 6년 정도 전, 호위병과 함께 마을 밖으로 나왔다가 주민들이 놀고 있는 모습을 발견했다고 한다. 마을 주변의 마물은 병사들이 자주 정리하니 안전하다며 주민들이 밖으로 놀러 나오는 경우는 종종 있었다. 그 주민들도 너무 멀리 가는 건 위험하다는 사실을 잘 알고 주의했지만, 운 나쁘게도 배고픈 마물 집단과 딱 마주쳤다.

주민들을 지키기 위해 병사들은 마물을 맞아 공격에 나섰고, 아가르타는 백성과 함께 마을로 돌아가려 했다. 그때 병사를 피해 접근해 온 마물이 한 주민을 노렸다. 아가르타는 몸을 던져 백성을 지켰지만 팔을 물려 병에 걸리고 말았다. 아가르타 덕분에 목숨을 건졌던 소녀는 그 사실을 알고는 사죄와 보은의 뜻으로 자작가를 찾아와 봉공했고, 급료도 받지 않고 열심히 일했다. 봉공을 시작했을 무렵에는 주변 시선이 무척이나 차가웠지만 그에 굴하지 않고 계속 일했다.

그것이 인연이 되어 아가르타와 소녀는 훗날 결혼에 이른다. 어쩐지 연극의 소재가 될 법한 이야기였다.

아가르타에게 도움을 받았던 메이드가 찾아와 고개를 숙이는 등의 일을 겪으며 유지로는 약을 만들었다. 그리고 숙성시킨 약이 무사히 완성된 것을 보고 괜한 기우였다고 생각하며 가슴을 쓸어내렸다.

유지로는 완성품을 들고 탄타 부자 앞에 앉았다. 테이블에는 계약서가 있었다.

"이게 마법의 계약서입니다. 이미 팔 하나가 움직이지 않게 된다고 하는 계약으로 설정해두었습니다. 이제 사와베 님의 손을 올리고 마력을 주입하면 계약 완료입니다."

"괜찮으시겠습니까?"

"네, 만약 계약을 깬다고 해도 자식을 위해서라면 팔 하나쯤 아깝지 않습니다."

"아니, 깨면 곤란한데요."

약속을 제대로 지키기 위한 계약서다. 약속을 깬다는 이야기는 불안을 부채질했다.

유지로는 뚱한 눈을 했고, 욤룬조는 쓴웃음을 지었다.

"이거 실례했습니다. 이 욤룬조 탄타, 한 번 한 약속을 깰 마음은 없습니다."

계약 내용은 유지로가 약을 만든 사실을 아무에게도 말하지 않는다. 유지로가 여기에 있는 동안 성가신 일에 휩쓸리지 않게 한다. 약이 효과가 없었을 때 계약은 무효가 된다. 이상의 세 가지였다. 마지막은 만약을 위해 유지로가 덧붙인 것이다.

재차 확인하듯 유지로는 욤룬조를 보았고, 욤룬조는 유지로를 향해 고개를 끄덕여 답했다.

계약서에 손을 올린 유지로가 마력을 주입하고 손을 떼자 계약서는 저 혼자 떠올라 욤룬조에게 다가가더니 티끌이 되어 몸에 달라붙었다.

"이게 약입니다. 이상하게 탁해지거나 하지 않은 것을 보아 성공이 아닐까 싶습니다."

"고맙습니다!"

고대하던 약을 눈앞에 두자 욤룬조는 유지로의 손을 잡고 감사를 전했다. 프레이드는 눈물을 글썽였고, 아가르타는 기쁜 듯 약을 끌어안았다.

약을 사용한 지 사흘째에 조사했던 대로 얼룩이 옅어졌고, 닷새째에는 나른함 등도 전부 사라졌다.

아가르타와 욤룬조만이 아니라 다른 가족과 사용인들에게도 감사를 받았고, 성대한 연회가 열렸다. 온 마을을 동원해 축제를 열고 싶을 정도였지만 유지로의 정보를 숨기겠다는 약속을 한지라 요란하게는 치를 수 없어 저택 안의 홀을 개방한 연회가 되었다.

욤룬조와 프레이드는 경사라고 연호하며 얼굴을 붉히고 술을 마셨다. 아가르타는 예의 그 메이드와 서로를 바라보며 두 사람만의 세계에 빠져 있었다. 아가르타의 어머니와 여동생은 유지로에게 몇 번이나 감사를 전했다.

다시 세리에의 드레스 차림을 볼 수 있었기에 유지로에게도 만족스러운 연회였다.

다음 날 아침은 메르모리아 때처럼 비명을 듣고 잠에서 깨는 일 없이 상쾌하게 잠자리에서 일어났다. 과음한 욤룬조와 프레이드는 숙취로 기분이 좋다고는 할 수 없었지만.

"두 분, 안녕히 주무셨습니까?"

식당에 들어가자 처음 만났을 때와는 비교도 할 수 없는 안색과 발랄한 목소리로 아가르타가 인사를 했다.

"안녕하세요."

"아버지와 프레이드는 숙취로 식욕이 없다고 하니, 먼저 식사 하시죠."

"어제 그렇게 마셨으니 숙취가 생길 만도 하지."

들이붓는다는 건 이런 걸 말하는 거구나 싶을 만큼 마셔댔다. 그만큼 아들의 완치가 기뻤던 것이리라.

쓴웃음과 약간의 기쁨을 비치며 아가르타는 인사를 마치고 식사를 시작했다.

"두 분은 앞으로 어찌할 셈이십니까?"

"특별한 예정은 없으니까 여기저기를 다녀볼까 해요. 근처에 가볼 만한 곳이 있을까요?"

"그렇군요…… 그러고 보니 서쪽에 있는 유적에는 가보셨습니까? 예전 그대로의 형태를 유지하고 있는 지하 유적이지요. 그곳을 이용해서 와인을 만들고 있기도 하니 한 번 정도는 가보는 것도 괜찮을지 모르겠습니다."

"유적이라."

어떡할래? 하고 세리에를 보았다.

둘이 유적을 본 것은 무관리지대에서와 벅스 노이드 건 때 정도로, 자세히 구경한 적은 없었다. 안전하게 볼 수 있다고 한다면 가보는 것도 좋지 않을까 싶다.

"이 저택을 중심으로 움직여주셨으면 합니다. 은인인 두 분이라면 얼마든지 체재해주셔도 괜찮으니까요."

이 말은 진심이었고, 한 달은 물론이고 1년을 머무른다고 해도 잘 대접할 셈이었다. 그 정도의 장기 체재는 두 사람 쪽이 사양이지만.

15일 정도 체재하면서 각지의 유명한 곳을 차분히 조사하는 것도 나쁘지 않으리라 생각하며 한동안 신세를 지겠다고 고개를 숙였다. 그러자 아가르타도 자작 부인도 그리고 딸도 흔쾌히 받아들여 주었다.

아가르타가 지리에 관한 책을 서고에서 내어주었고, 아침 식사 후에는 방에서 그 책을 읽으며 시간을 보냈다.

"헤프시밍 남부에 무지개 정원이라는 곳이 있대."

남부에는 한 번 가보았지만 그런 곳이 있다는 이야기는 들은 적 없었기에 어떤 곳일까 둘은 상상을 해보았다.

"어떤 풍경일지 조금 흥미가 생겼어."

세리에가 그렇게 말했다.

그곳은 살아 있는 유적으로, 정기적으로 분수가 작동하여 무지개가 인공적으로 만들어지는 곳이라고 한다. 여름에는 시원하기도 해서 인기 관광지가 된다고도 쓰여 있었다.

한 시대 전의 유적으로, 무지개를 보는 것을 목적으로 생긴 마을은 아니었다. 무지개는 덤이다. 주요 목적은 경주(硬珠)라고 하는 보석의 원석을 연마하기 위한 마을이었다. 마을 안의 지하를 지나가는 전용 수로에 경주를 모래와 함께 흘려 넣어 몇 번이고 수로를 돌게 하여 모난 부분을 깎아간다. 사람이 직접 가는 것보다 자연의 흐름에 맡기는 편이 부드러운 광택을 낸다.

지금은 사용 목적이 잊혀 전용 수로는 사용되지 않고 있다. 그저 물과 모래가 흐르고 있을 뿐이라, 주민들은 빗물이 흐르는 것이리라고 착각하고 있었다.

　"이쪽에는 피로를 잊게 하는 온천이라는 게 있어."

　장소는 왕도에서 북서쪽. 이 리피크스에서 조금 남쪽으로 가면 나오는 곳이다.

　뛰어난 약효가 있는 탕으로, 어떤 피로도 치유하는 온천이라고 한다. 모험가와 용병이 들르는 인기 있는 탕이라고 쓰여 있었다.

　"혼욕이야?"

　몸을 쑥 내밀고 기대를 담아 물었다.

　"제일 먼저 묻는 게 그거야?"

　"중요한 부분이라고."

　아쉽게도 아니었다. 거친 이들이 많이 모이는지라, 방종하게 굴지 못하도록 남녀별로 나뉘어 있었다.

　"또 다른 곳으로는 단풍이 예쁜 풍절산(風切山)이라는 곳도 있어."

　"조금 더 있으면 딱 보기 좋은 시기인가 봐."

　앞으로 두 달 정도 지나면 그때가 절정이려나?

　풍절산이라는 이름의 유래는 바람을 가르며 나아가야만 하는 산이라는 데서 따왔다고 한다. 입지와 관계가 있는 것인지 겨울이 끝날 무렵부터 초여름에 걸쳐 강풍이 자주 불어, 그것을 뚫고 짐을 나르는 자들이 많았던 것이다.

"이쪽에는 과일 명산지라는 곳이 있대. 과일을 좋아하는 사람으로서 한 번쯤은 가보고 싶지 않아? 과일을 이용한 과자 같은 게 많을 것 같은데."

그것들을 상상했는지 세리에의 표정이 조금 풀어졌다.

빌린 책에는 관광지만이 아니라 대륙 내의 위험한 곳도 실려 있었다. 세 마역은 물론이고, 육식 게로 넘쳐나는 바닛사 호수, 늘 시선이 느껴지는 보이는 황야, 여름이든 겨울이든 연중 밤낮 40도를 넘는 고열 사막, 독초와 독을 가진 생물밖에 없는 죽음의 숲, 큰 사마귀가 활보하는 살인마의 초원 등등이었다.

즐겁게 앞으로의 예정을 이야기하고, 종이에 각지의 정보를 써넣었다. 그 김에 지금까지 이동한 곳을 떠올리며 간단한 지도를 만들었다.

"이렇게 써보니까, 여기저기 다녔네."

"10년 후에는 온 대륙을 다 돌았을지도 모르겠는걸."

"이런 페이스라면 그럴 수도 있다, 고 봐야 하려나?"

여행 목적이 여기저기를 어슬렁어슬렁 다녀보는 것이라고 했던 말을 떠올리고, 그럴 수도 있겠다며 수긍하는 말을 했다. 거기에 더해 안심하고 살 수 있는 토지를 찾는 것도 나쁘지 않으리라 생각한다. 세리에는 목적을, 안주할 땅을 찾는 것으로 정했다.

지하 유적에 간 다음에는 온천에 가기로 정했다. 그 후에는 그대로 여행을 떠나려 했지만, 용문조가 감사의 표시로 제안했던 마차 수리와 강화를 받아들였기 때문에 마차를 받으러 다시 돌아올 필요가 있었다.

마차 강화는 마법을 이용해 이뤄지는데, 내구성을 더하고 진동도 줄인다고 한다. 여행을 하는 사람으로서는 감사한 기술이었다.

효과를 내려면 정제된 지정(地晶)이나 마력이 필요한데, 마력에 여유가 있는 유지로에게는 나쁠 것 없는 개조였다. 마력을 사용하지 않는 경우에 필요한 정제된 지정의 가격도 8천 밀레로 그리 비싸지 않아 주머니 사정에도 부담이 적었다.

참고로 개조비는 2백만을 넘는데, 지금까지 받은 보수 중에서 가장 큰 액수다.

두 사람은 여행 준비라도 할까 했지만, 자작 부인에게 티타임 초대를 받아 그쪽에 가게 되었다.

"어서 오세요. 두 분 다 이쪽으로 앉으시죠."

"주방장이 실력을 발휘한 과자가 있습니다."

욤룬조의 부인 리아테와 딸인 베일이 손짓해 불렀다.

"초대해주셔서 감사합니다."

"감사합니다."

예법에 따른 세리에의 인사에 이어 유지로가 불안불안하게 고개를 숙였다. 부인과 딸은 그 모습에 미소를 지을 뿐, 예법은 신경 쓰지 않았다.

두 사람이 의자에 앉자 리아테가 함께 있던 서른 정도의 여자를 소개했다.

"이쪽은 우리 집안의 의사 겸 약사인 디트라고 한답니다."

"처음 뵙겠습니다. 오늘은 사와베 님께 이야기를 듣고 싶어 불청객인 줄 알면서도 찾아왔습니다."

자신으로서는 어찌할 수 없었던 병을 치료한 유지로는 자신 이상의 약사이리라 확신하고, 배울 점이 있으리라 생각하고 참가한 것이다.

다과회가 시작되자 디트가 유지로에게 말을 걸었다.

감춰야 할 부분은 확실하게 감추며 대답했지만 디트에게는 충분하고도 남을 정도의 시간이었다. 알지 못했던 약과 더 효과 좋은 재료의 조합법 등, 꾸준히 공부했었음에도 모르고 있던 부분이 많았다.

세리에는 듣는 쪽이 되어 적당히 맞장구치면서 차를 즐겼다. 억지로 화제를 넘기지 않고, 타이밍을 계산해 던진 물음에 세리에는 불쾌함을 전혀 느끼지 않았다. 그런데 이야기가 화장품으로 넘어가면서 맞장구치고만 있을 수는 없게 되었다.

"세리에 씨는 피부도 매끈하고 머리카락에서도 윤이 나네요. 뭔가 비결이라도 있는 건가요?"

"아버지의 부하 중에도 여자 병사가 있는데, 모두 피부와 머리카락 손질로 고생하고 있답니다."

거친 여행길에서도 자신들과 비슷한 피부와 머리카락 상태를 유지하고 있다는 점은 관심을 끌기에 충분했다.

적의나 전의와도 다른 기백에 세리에는 살짝 질리고 말았다.

"비결 같은 건 없어, 요. 나는 그저 유지로가 만든 걸 쓰고 있을 뿐이니까."

"사와베 씨가 만드시는 건가요?"

"약만이 아니라, 그런 것까지 만들 수 있다니."

두 사람의 시선이 유지로에게 향했다.

어딘가의 제품이 아니라 유지로 수제라는 말에 모두의 관심이 유지로에게 집중됐고, 세리에는 안도의 한숨을 내쉬었다.

"사와베 씨. 세리에 씨의 화장품을 직접 만들고 계시다는 게 정말인가요?"

"정말인데요."

"만드는 법을 부디 꼭!"

몸을 쑥 내밀고 부탁하는그 기백에 유지로도 눌렸다.

디트의 눈도 호기심으로 빛났다.

"감출 만한 게 아니니까 상관없기는 합니다만."

우선 사용하는 재료를 읊기 시작하자 디트가 메모를 했다. 재료 중 하나인 치유 촉진제는 다른 고급 화장품에도 쓰이고 있어 의외라고 할 정도는 아니었지만, 독으로 여겨지는 것까지 쓰이리라고는 예상하지 못했다.

"벳피의 조릿대 잎은 맹독이지 않습니까? 정말로 그런 걸?"

"맹독인 건 잎과 뿌리고, 뿌리 부근의 싹은 비교적 약한 독이에요. 그걸 으깨서 다섯 배의 물에 하룻밤 재워두면 약해져요. 재료에 있는 미지트 개구리의 점액으로 더욱 약하게 만들면 피부에만 자극을 주는 미약한 독이 됩니다. 적당한 자극이 피부를 활성화시키는 거죠."

"자극이라. 하긴 그런 건강법이나 온천이 있었지."

무언가가 기억난 듯 디트는 수긍했다.

이야기는 만드는 방법으로 이어졌고, 그것도 빠짐없이 메모했다. 그리고 화제는 잡담으로 옮겨갔다.

다음 날 여행 준비를 마친 두 사람은 오랜만에 걸어서 여행을 했다. 바인도 함께다.

해가 저물기 직전에 유적이 있는 마을에 도착한 두 사람은 바인을 맡기고 숙소를 찾았다.

"어쩐지 또 분위기가."

"응, 무겁네."

또 소동이 일어난 것이냐며 두 사람은 한숨을 쉬었다. 와크뭄트의 벅스 노이드 사건처럼 누군가를 악의에 내던지려하는 느낌은 아니었다. 뭔가 좋지 않은 일이 있었고, 그래서 마을 사람들이 풀 죽어 있다는 느낌이었다.

말려들지 않으면 좋겠다고 생각하며 숙소에 들어갔다.

방 두 개를 잡고, 돈을 내려고 할 때 숙소의 주인이 충고를 해주었다.

"너무 밤늦은 시간에는 외출하지 않는 편이 좋습니다. 요즘은 어느 가게고 일찌감치 가게를 닫기도 하고요."

"뭔가 이유가 있는 건가요?"

유지로의 말에 특별히 감출 마음은 없는 것인지 주인은 긍정했다.

"열흘 정도 전부터 시체가 마을을 배회하게 되어서요."

"마물이 아니라?"

세리에의 확인에 숙소 주인은 다시 한번 시체라고 말했다.

묻은 지 얼마 안 된 시체가 움직이는 것을 본 자가 있다. 죽었다고 오진을 한 것이 아니라, 치정 싸움으로 배를 마구 찔려 누가 보아도 죽었다는 것을 알 수 있는 상태였다.

"움직이며 뭔가를 하는 건가요?"

"아니요, 시체들 전부 그저 서성대기만 할 뿐, 뭔가를 부수거나 누군가를 죽이거나 하지는 않습니다."

"일단은 해를 끼치지는 않나 보네."

"해가 없다고 한다면 없지만, 역시 기분 나빠서 말이죠. 모험가에게 해결을 의뢰했답니다."

"얼른 해결되면 좋겠네요."

"그러게요."

두 사람은 열쇠를 받아 방으로 향했다.

짐을 푼 유지로는 세리에와 함께 저녁 식사를 하기 위해 식당으로 향했다.

요리를 주문한 두 사람은 음식이 나오기를 기다리며 심심풀이 삼아 이곳에서 일어난 사건에 관한 이야기를 무심히 나누게 되었다.

"시체가 움직이다니. 기분 나쁠 것 같기는 한데, 죽은 사람이 돌아왔다며 기뻐하는 사람도 있을까?"

"없을 거라고 봐. 자신의 의지가 있는 게 아닌 모양인 데다, 사후 며칠이나 지났다면 분명 봐주기 힘든 상태일 테고."

"그것도 그러네. 시체가 움직인다는 얘기는 처음 들었어. 원인은 마법과 관련이 있을까?"

"마법은 모르겠지만, 제작이 금지된 마법약 중에 시체를 움직이게 하는 약이 있어."

"그 얘기, 사실인가?"

조금 떨어진 테이블에서 식사를 하던 모험가들이 관심이 생긴 듯 유지로를 보았고, 그중 한 사람이 말을 걸어왔다.

"누구신지?"

"우리는 이번 사건 해결 의뢰를 받은 사람들인데."

"흐음. 약 이야기라면 사실이야. 사체 기동약이라는 마법약. 움직이는 사체에 세세한 명령을 내릴 수는 없는지라 별의미 없는 약이지만."

내릴 수 있는 명령은 걸어, 멈춰 같은 단순한 차원의 것들로, 어디에 가서 무엇무엇을 가져와라 같은 명령조차도 수행하지 못한다.

"어째서 그런 약이 있는 거지?"

세리에의 물음에 유지로도 고개를 갸우뚱했다. 죽은 사람을 되살리고 싶다, 그런 바람을 이루려다 탄생한 약이 아닐까 하고 짐작을 해보았다. 그 예상은 정답이었다. 지금으로부터 7백 년 정도 전에 만들어진 약으로, 이 약을 만든 자는 결국 바람을 이루지 못했다.

"평범한 시체 상태로 되돌릴 수는 없을까? 진전이 없어서 말이야. 시체가 원래대로 돌아오면 범인이 어떤 행동을 보일 거라고 생각하거든.”

“약으로 움직이고 있으니까, 약 효과를 없앨 수 있으면 되겠네. 그런 약 없어?”

해결을 바라는 것이 아니라, 단순한 호기심으로 세리에는 그렇게 물었다.

잠시 생각한 다음 유지로는 입을 열었다.

“독에는 해독제, 불에는 물. 상성이 반대인 걸 맞부딪히면 효과가 없어지지. 그럼 움직이는 시체의 반대가 되는 건?”

호기심에 답하며 수수께끼 같은 질문을 던졌다.

“움직이지 않는 살아 있는 인간, 이려나? 그러니까 인간을 움직이지 못하게 하는 약이 답? 독? 하지만 이미 죽었으니 독은 듣지 않을 것 같은데.”

“불을 끄는 데 효과적인 건 물 말고도 있잖아?”

“작은 불이라면 바람으로도 끌 수 있지. 흙으로 덮어도 되고. 반대가 되는 건 한 가지만이 아니라는 말을 하고 싶은 거지……? 물리적으로는 밧줄로 묶는 것도 방법이겠네.”

세리에 나름대로 답을 내놓았고, 유지로는 장난기 가득한 표정을 지었다.

“퀴즈처럼 말해두고 미안하지만, 그렇게 형편 좋은 약은 없어. 세리에가 말한 것처럼 밧줄로 묶거나, 손발을 잘라서 다시 묻는 게 답일 거라고 생각해.”

게임이라면 움직이는 시체는 언데드라는 결론이 될 테고, 성수 등이 효과를 발휘할 터다. 이 세계에는 시체 상태로 움

직이는 마물은 없다. 지구에서 언데드라고 여겨지는 흡혈
귀는 이쪽에도 있지만 피와 마력을 흡수하는 마물이지 언데
드는 아니다.

약은 시체를 움직이게 할 뿐, 괴력과 무한의 재생력을 주
는 것은 아니다. 움직일 수 없게 만들면 밧줄을 풀 만한 지
능이 없는 만큼 간단히 움직일 수 없게 된다.

"원래대로 되돌릴 수는 없지만 움직이는 시체 수가 줄면
범인이 반응을 보일지도 모르지."

"아무런 죄도 없는 시체를 베는 건 좀."

"세리에가 말한 것처럼 밧줄로 묶어서 다시 묻으면 될 뿐
이야. 반드시 베야만 하는 건 아니거든. 게다가 움직이고 있
어도 죽은 거니까 생매장은 아니라고."

"아, 그런가."

의뢰를 받은 모험가들은 문드러진 시체에 닿는 건 내키지
않지만 이대로 아무런 진전도 없는 상태보다는 나을 것이라
며, 오늘 밤부터 시체를 다시 묻는 작업을 시작하기로 했다.

날이 밝자 두 사람은 유적에 들어갔다. 마을 안에 있는 입
구는 누구나 들어갈 수 있었다. 어둡고 조용한 곳이리라 예
상했는데 현실은 조금 달랐다. 여기저기에서 이야기하는
소리가 들렸고, 마법 조명이 군데군데 밝혀져 있어서 그리
어둡지도 않았다.

이곳이 발견되었을 때 찾은 자료에 따르면 파괴 지진 대
책 중 하나로 만들어진 지하 공간이라고 한다.

가로세로 수백 미터가 파여 있었고, 높이는 5미터 정도.

마법 장치로 만들어진 이곳은 지진에 대비하기에 완전한 강도는 아니었는지, 마을의 3분의 2가 흙에 묻혀버렸다. 지금도 조금씩 발굴하는 중이다. 조사를 마친 곳을 창고와 휴식 장소로서 개방하고 있는 모양이었다. 자료관이 지상에 있었는데, 그쪽은 유료로 구경할 수 있었다.

"밖보다 공기가 차네. 이러면 체감 온도를 내리지 않아도 지낼 수 있겠어."

"북적거려서 어쩐지 유적이란 느낌이 안 들어."

"원래 생활하기 위해서 만들어진 곳이라고 하니까, 엄숙한 분위기를 풍기게 짓지도 않았을 테고."

그런 건가라고 납득했다. 지금도 발굴이 계속되는 곳을 조금 떨어진 위치에서 보거나 하며 지상으로 나왔다.

숙소의 저녁 식사에는 몇 년 숙성시킨 와인이 나왔고, 세리에는 그 와인을 맛있게 마셨다.

"나는 떫다고 할까 농도가 별로라고 할까."

"이 깊이가 좋다고 보는데. 뭐, 취향 같은 건 제각각이니까."

여행길에 마시기 위해 방금 마신 와인을 작은 통으로 구입했다. 그리고 두 사람은 이틀 뒤 온천을 향해 출발했다.

두 사람이 출발하고 사흘 후, 의뢰를 받았던 모험가들은 범인과 접촉했다. 범인은 다른 숙소에 장기 투숙하고 있던 유적 조사원 중 한 명이었다. 움직이는 시체가 줄어들자 줄어든 만큼 늘리기 위해 묘지에 나타났고, 감시하고 있던 모험가들에게 잡혔다.

거친 일은 특기가 아닌 조사원은 툭 건드리자 바로 사정을 이야기했다. 그 내용은 모험가들이 감당할 수 있는 것이 아니었다.

시체가 움직인 원인은 유지로가 말했던 약이 맞았지만 그걸 만든 것은 조사원이 아니었다. 만든 사람은 나라를 섬기는 약사였다. 자세한 내용은 이야기하지 않았지만, 앞으로 일으킬 예정인 일에 쓸 수 있을지도 모른다며 약을 만들고, 그 효과를 조사한 것이다.

이 마을은 땅에 묻어 장사를 지내는 풍습을 가진 곳 중 왕도에서 가장 가까운 위치에 있어 우연히 선택되었다고 한다. 아무것도 모르는 용룬조가 사건을 알고 해명에 나설 때까지 조사할 예정이었다.

조사원이 모험가들에게 잡히면서 상황은 정리되었고 사건은 끝을 맞이했다. 소동을 일으킨 조사원은 처벌하지 못했다. 모험가들로서는 국가를 섬기는 자를 어찌할 수 없다. 반대로 입막음을 당했다.

조사원들은 장소를 바꾸어 실험을 계속했다. 한동안 헤프시밍 각지에서 움직이는 시체 소문이 돌게 된다.

희미하게 약초 향기가 감도는 마을에 도착하여 숙소를 잡은 두 사람은 여행의 피로를 풀기에 딱 좋겠다며 곧장 온천에 들어갔다.

숙소마다 온천이 있는 것은 아니었고, 마을 두 곳에 커다란 욕탕이 있었다. 다른 손님이 없으면 세리에가 입욕하는 모습을 엿보았겠지만 손님이 많아 어쩔 수 없이 포기했다.

"이 한 잔을 위해 사는 거라니까!"

온천에서 나와 숙소로 돌아온 유지로는 입욕 전에 통에 얼음을 채워 차갑게 해두었던 주스를 맛있게 마셨다.

세리에는 아직 온천에 있는지 방에는 아무도 없었다. 주스를 차게 해두었다는 이야기는 미리 했으니 온천욕을 마치면 찾아오리라.

부채질을 하며 열기를 식히고 창문 밖 마을 풍경을 바라보았다. 체격이 단단한 사람, 몸에 상처가 있는 사람 등이 오가고 있었다. 아주 적은 수지만 산의 민족과 숲의 민족의 얼굴도 보였다. 다만 험악한 표정을 짓고 있는 자는 없었다. 오히려 쌓인 피로를 치유하여 부드러운 분위기를 풍기고 있었다. 그런 자들을 노린 호객 소리가 여기저기에서 들려와 활기 있는 마을이라는 인상을 주었다.

홀짝홀짝 주스를 마시고 있으려니 문을 노크하는 소리가 들렸다. 들어오라고 대답하자 세리에가 들어왔다. 젖은 머리카락을 비녀로 틀어 올려 목덜미가 드러나 있었는데, 그 모습이 정말 섹시했다. 유지로는 굿 잡 하고 엄지를 치켜세웠다.

"그 동작은 뭐지?"

"섹시함이 감도는 모습이 엄청 좋다는 의미의 손짓. 아,

주스는 거기 통에 들어 있어."

"주스는 받겠지만."

세리에는 유지로에게 참으로 변함이 없다고 대꾸하면서도 칭찬받은 사실이 기뻐 아주 자그맣게 웃음 지으며 주스를 컵에 따랐다. 달아오른 몸의 온도를 내려주는 차가운 주스는 맛있었다.

그대로 방에서 함께 열을 식히며 느긋하게 지냈다.

온천은 분명 피로를 풀어주었고, 식사도 나름대로 맛있었다. 여유로운 시간이었다.

식사 때 사람들이 나누는 대화를 통해 꽤 전에 왕도에서 어떤 사건이 일어났었던 모양이라는 사실을 알았다. 두 사람에겐 관계없는 이야기인지라 흘려넘겼다. 그렇게 온천을 만끽한 두 사람은 리피크스로 돌아갔다.

그날은 티크에게 있어 최악의 날이라 할 수 있을지도 모른다.

평소처럼 일어난 티크는 잠이 덜 깬 눈으로 타박타박 우물까지 걸어가 얼굴을 씻었다. 하늘은 구름 한 점 없이 쾌청해서 눈부실 정도였다. 아름다운 파란 하늘을 보며 오늘은 좋은 일이 있을 것만 같아 기분이 좋아졌다.

발치로 달려온 파크의 머리를 쓰다듬고 그릇에 물을 담아 주었다.

"안녕히 주무셨어요."

인사를 하며 주방으로 들어가자, 바르가 조리하던 손을 멈추지 않고 잘 잤니? 하고 인사해주었다.

"이제 곧 밥이 다 되니까 기다리렴."

"응."

3인분의 접시와 컵을 가까운 테이블로 옮기고 아침을 식사를 기다린다. 그때 현관 청소를 마친 린드가 들어왔다.

"안녕, 티크."

"좋은 아침이에요."

"머리가 뻗쳤잖니. 정리해줄 테니까 가만히 있어."

린드가 티크의 등 뒤로 가서 상냥한 손놀림으로 머리카락을 빗겨주었다. 콧노래를 부르며 빗질을 받고 있는 사이에 모락모락 김이 피어오르는 아침 식사가 완성되었다.

그렇게 맛있는 식사를 한 뒤 파크 몫의 밥을 받아서 뜰로 나왔다. 밥이라는 걸 안 파크가 달려와 빨리 달라며 꼬리를 흔들고 짖었다.

"기다려."

당장에라도 밥에 달려들 것 같은 파크에게 손바닥을 내보이며 제지했다. 파크는 순순히 앉아서 빤히 밥을 바라보며 기다렸다.

착한 아이라며 파크의 머리를 쓰다듬고 "먹어" 하고 신호를 보냈다. 고기 부스러기와 채소 쪼가리가 들어간 먹이를 정신없이 먹는 파크를 싱글벙글 웃으며 바라본다. 금세 비어버린 그릇을 물로 가볍게 씻어서 주방에 가져다 두었다.

이미 식사를 마친 린드는 손님들이 사용한 식기를 회수하고 있었다. 티크도 함께 거들었다.

여덟 시를 지났을 무렵에는 바쁜 게 일단락되어, 바르도 아침 식사를 할 수 있었다. 티크는 그것을 보면서 한숨 돌리고 객실의 시트를 회수하러 갔다.

"티크, 안녕."

"안녕."

침대 정리를 하던 종업원에게 인사를 하고, 교환한 시트를 받았다. 조금 비틀비틀하면서 시트가 몇 장이나 담긴 바구니를 들고 우물로 향했다.

대야에 물을 담고 시트도 세 장 넣었다.

"열심히 해야지!"

다가온 파크의 머리를 한 번 쓰다듬고 비누 마법을 써서 첨벙첨벙 빨기 시작했다.

"영차영차."

"도와줄게."

열심히 빨래를 하고 있으려니 침대 정리를 마친 종업원이 다가와 대야에 손을 넣었다.

휴식해가며 한 시간 반 정도 세탁을 계속하고, 때가 진 시트를 빨랫줄에 널었다. 새하얀 시트가 부드러운 바람에 흔들리는 것을 보며 두 사람은 만족스레 고개를 끄덕였다.

"날씨가 좋으니까 잘 마르겠다."

"잘 마른 시트에서 자면 기분 좋을 거야."

"그럼, 우리가 열심히 하얗게 만든 시트인걸. 분명 쾌적할걸?"

오늘도 일 한번 잘했다며 가슴을 펴고 서로 웃었다.

티크는 기분 좋게 건물로 들어가 청소를 하고 있던 린드를 도왔다.

가게 안 청소는 더 할 게 없었던지라 점심까지 뜰에서 잡초를 뽑았다.

뽑은 잡초를 한데 모으고 손을 씻은 다음 차려준 점심을 먹고 있으려니 병사가 숙소에 들어왔다. 점심을 먹으러 온 것이 아닌지, 카운터에 있던 린드에게 종이 한 장을 건넸다.

내용을 확인하던 린드의 표정이 놀라움으로 물들었다. 그것을 본 티크는 흥미가 일었다. 서둘러 밥을 먹은 티크는 접시를 들고 린드에게 다가갔다.

"엄마."

"응? 어디 놀러 갈 거니? 조심히 다녀와야 한다."

"그게 아니라. 병사분들이 뭘 가져온 건지 궁금해."

"아, 그래."

린드는 망설이듯 눈을 이리저리 굴렸다. 그것은 감출 수 있다면 감춰두고 싶은 것이었다. 특히 티크에게 보여주는 건 좋지 않으리라는 생각이 들었다. 하지만 병사들에게 눈에 잘 띄는 곳에 붙여달라고 부탁받았으니 내용을 알게 되는 건 시간문제일 뿐이리라.

종업원에게 카운터를 맡긴 다음 린드는 자그마한 한숨을 내쉬며 티크를 데리고 뜰로 나왔다.

"침착하게 들으렴."

"으, 응."

무서울 만큼 진지한 린드의 모습에 티크는 야단을 맞는 것인가 싶어 겁을 먹었다.

"그 종이는 임금님이 나쁜 짓을 한 사람을 잡아달라고 하는, 그런 내용이 쓰여 있는 종이야. 그 종이에 있지, 유지로 이름과 얼굴이 실려 있었어."

"뭐어?"

깜짝 놀란 표정으로 어머니를 올려다보았다.

"오빠가 나쁜 짓을 한 거야?"

망설이는 느낌으로 티크는 되물었다. 린드는 곤란한 표정으로 고개를 끄덕였다.

"그런가 봐."

"거, 거짓말이야! 오빠는 착한걸. 나쁜 짓을 할 리 없어!"

"진정해. 나도 믿을 수 없지만, 수배서가 가짜라고는 생각할 수 없어. 어쨌든 임금님이 내린 명령인걸."

유지로의 됨됨이를 아는 린드로서도 수배서가 믿기지 않았지만, 영주도 아니고 임금이 내린 지시인 만큼 사실일지도 모른다는 생각이 들고 마는 것이다.

그런 태도의 엄마를 노려보듯 바라보는 티크.

"오빠는 나쁘지 않아! 분명 임금님이 거짓말을 하고 있는 거야!"

"이 녀석, 함부로 말하면 안 돼. 누가 듣기라도 하면 병사한테 끌려가서 엄청 매를 맞을 거야. 맞고 싶지 않지?"

"하, 하지만."

받아들일 수 없다는 듯이 눈꼬리에 눈물을 매달고서 린드를 바라본다.

"잘못된 거라면 금방 수배서가 취소될 거야. 그걸 믿고 기다리렴."

린드는 티크의 머리를 쓰다듬으며 달랬다.

엄마가 쓰다듬어주어도 티크의 기분은 전혀 나아지지 않았고, 오전 중의 좋았던 기분이 거짓말이었던 것처럼 가라앉았다.

오후부터는 자유 시간이지만, 어디 놀러 갈 기분도 들지 않아 뜰에서 파크를 끌어안고 유지로와 만나고 싶다고 생각하며 시간을 보냈다.

가족들은 그런 티크를 걱정하며 바라보았지만 격려할 방법을 찾을 수 없었다. 어서 수배서가 철회되기를 바랄 뿐이었다.

그날부터 며칠이 지나도 티크의 기분은 가라앉은 채였고, 숙소의 일을 거드는 데도 집중하지 못하는 상태였다.

탄타가에서 사정을 적은 편지가 오면서 그런 상태는 나아졌다. 대신에 무사하기를 기도하는 나날이 이어졌고, 다시 만나기를 간절히 바라게 되었다.

그 바람이 이뤄지는 데는 연 단위의 시간이 필요하리라는 사실을 티크는 알지 못했다.

투아가 그것을 본 것은 마을에서 멀리 떨어진 곳의 마물 퇴치를 하던 때였다.

볼일이 있어 왕도에 갔다가 잠시 귀향하기 위해 마차를 탔고, 마차를 갈아타려면 며칠 대기해야 하는 일이 생겼다. 그 사이 한가했던 투아는 단련을 대신해 마물 퇴치 의뢰를 받았다. 그리고 의뢰를 마친 다음 날, 숙소에 붙은 벽보를 보았던 것이다.

"안녕하십니까, 투아 씨."

"아, 좋은 아침일세."

아침 식사를 하고 있는 투아에게 말을 걸어온 것은 이틀 동안 함께 마물 퇴치에 나섰던 자들 중 한 명이었다. 투아 나이쯤 되면 보통은 슬슬 은퇴를 생각한다. 처음에는 그런 투아가 자신들과 섞여 꽤 강한 편인 마물을 상대로 싸울 수 있을 것인지 회의적이었다. 하지만 첫 전투에서 투아가 보여준 움직임에 그런 의혹은 날아갔고 경의마저 품게 되었다. 그리고 곁에 있으면서 힘의 비결을 배워보려 하는 사이에 친해졌다.

"정말로 한 팀이 되어주실 수 없는 겁니까?"

"가끔 싸우러 나오는 건 괜찮지만 말일세. 마을에서 나와 빈번하게 싸우게 되면 약이 부족해질 게야. 그리고 수행을 중심으로 해나가고 싶으니, 누군가와 한 팀을 짜는 건 맞지 않는다네."

"아쉽네요. 아직 더 강해지고 싶으신 건가요?"

그 정도로 강하면 충분하리라고, 남자는 생각했다. 자신이 약간 버거워했던 마물을 발차기 한 번으로 쓰러뜨리는 모습을 보았다. 그 정도라도 충분히 먹고살 만큼은 벌 거라고 여긴 것이다.

남자는 먹고살기 위해 싸우고, 투아는 강해지기 위해 싸운다. 생각하는 방식이 다르니 이해하기는 어려우리라.

"더 위를 노리고 싶다네. 젊었을 때 꿈꾸었던 만큼 강해지려면 아직 멀었거든."

"한결같이 나아갈 수 있는 목표가 있다는 건 부럽네요. 기회가 생긴다면 또 함께 싸워주세요."

"좋지. 그때는 잘 부탁하네."

남자는 벌써부터 그때가 기대된다고 말하며 근처를 지나가던 점원에게 아침 식사를 주문했다.

요리를 기다리는 사이에 카운터 옆쪽 벽에 벽보가 나붙었다. 두 사람은 뭔가 싶어 종이를 살폈다.

"수배서인가?"

"그런 것 같네요. 액수가 엄청 크네. 몇 년쯤 놀고먹으며 살 수 있을 정도예요. 이름은…… 사와베 유지로? 특이한 이름이네."

"뭐?"

너무나도 익숙한 이름에 투아는 무심코 소리를 냈다.

남자는 투아의 그 목소리에서 관심의 감정을 포착했다.

"흥미 있으신가요?"

"조금은. 죄상은…… 왕족 살해라. 이것 참."

이유를 본 투아는 바로 그 내용을 믿거나 하지는 않았다. 린드에게는 귀족과 왕족은 대단하신 분들이라는 것이 상식이었지만, 옛날 그런 자들과 만난 적이 있는 투아는 그들도 평범한 인간이라고 이해하고 있었던 것이다.

유지로의 성격을 생각해봤을 때, 과연 그가 왕족 살해 따위를 계획할까 하는 의문이 생겼다. 정말로 실행했다고 한다면 세리에를 인질로 잡히거나 했기 때문일 것이다. 유지로 자신이 적극적으로 움직일 가능성은 낮다고 판단했다.

참고로 근처에 있던 용병들은 흔히 봐온 범죄자를 넘는 액수의 현상금에 일확천금을 꿈꾸었다. 보통 사람들은 그가 왕족 살해 같은 엄청난 짓을 저질렀다고 믿고 있는 듯했다.

투아는 과연 유지로와 세리에가 앞으로 어떤 행동을 취할지 예상해보며 수배서에서 시선을 돌렸다.

자신을 의지한다면 잠시 동안은 숨겨줄 수 있을지도 모른다. 그러나 해결을 도울 마음은 없었다. 왕족을 상대로 자신이 무언가를 할 수 있으리라 생각하지 않기 때문이다.

냉정하다는 말을 듣는다고 해도, 평민에게 왕과 귀족의 권력에 대항할 힘을 기대하는 쪽이 이상한 것이다.

두 사람이 앞으로 할 고생을 생각하며 무사하기를 기도하고, 투아는 식사를 재개했다.

24 도망 생활 전

　리피크스에 도착한 것은 출발한 후 20일, 9월 초를 조금
지난 무렵이었다.

　탄타가에 돌아가자 곧바로 메이드가 두 사람을 욤룬조의
집무실로 데려갔다. 돌아오면 데려오라는 말을 들은 모양
이었다.

　방 안에는 굳은 표정을 한 욤룬조, 아가르타, 프레이드가
있었다.

　"어서 오시오. 이렇게 불러 면목 없소. 여행이 어떠했는
지 묻고 싶지만, 급히 알려야만 할 일이 있다오."

　욤룬조의 말투는 표정과 마찬가지로 무척이나 굳어 있었다.

　"알려야만 할 일?"

　탄타가가 자신과의 약속을 깨고 성가신 일을 만든 것인가
했지만, 그렇다고 하기에는 욤룬조의 모습이 멀쩡해 보였
다. 계약서가 작동하지 않은 것을 보면 그쪽은 아니리라 판
단했다.

　"사와베 님에게 생사 불문이라는 수배서가 내려졌습니다."

　파발마를 써서 헤프시밍 각지에 수배서를 뿌렸다고 한다.
몽타주가 포함된 수배서로, 욤룬조도 갖고 있었다. 정보를
바탕으로 그린 것인지 그럭저럭 비슷하다 싶은 그림이 그려
져 있었다.

　"……네?"

갑작스런 말에 의미를 이해하지 못한 유지로와 세리에는 고개를 갸웃거렸다. 그 모습에 세 사람은 무리도 아니라며 수긍했다. 세 사람도 보고를 받았을 때 무척 놀랐던 것이다.

"어째서 그런 게 내려온 건지, 정말로 자각이 없는데요."

"수배서가 내려온 경위를 들으시겠소?"

당연히 듣겠다며 유지로는 고개를 끄덕였다. 듣는다고 해도 납득은 되지 않겠지만, 듣지 않을 수 없었다.

"얼마 전 왕의 후궁이, 유산이 원인이 되어 죽은 건 알고 있소?"

"소문으로 들었던가?"

온천이 있는 마을에서 우연히 흘려들었다며 세리에가 긍정했다.

"그 사인이 약에 의한 것이라고 되어 있소. 성의 약사가 준비한 것이 아니라, 친정에 부탁해 직접 입수한 걸 먹었다고 하더이다. 그게 사실인지는 알 수 없소만."

후궁의 아이라고는 해도 왕족의 피를 이은 자다. 태어나면 현재 성 내의 세력도에 변화가 생길 터였고, 그것을 좋지 않게 여기는 귀족은 적지 않았다. 탄생을 저지하기 위해, 위험하다는 걸 알면서도 살해에 나선 귀족이 있는 것은 아닐까. 그리 보고 있다고 한다.

용룬조로서는 후궁 주변의 관계도는 알 도리가 없었고, 범인을 예측할 수도 없었다.

모르는 것이 당연했다. 실제로 사고였던 것이다. 죽일 수 있다면 죽이고 싶다고는 생각했지만 타이밍을 잡지 못해 아무도 손을 대지 못했다.

그렇다면 어째서 죽었는가? 그것은 알레르기 때문이었다. 임신하며 정신적으로 불안정해진 후궁은 조금이라도 기분을 편하게 하기 위해 허브 계열 차를 가족에게 구해달라고 부탁해 마셨다. 그리고 성의 약사에게 컨디션을 조절할 수 있는 약을 올리게 하여 복용했다. 그것이 체내에서 섞이며 우연히 알레르기를 일으킨 것이다. 그런 곳에 지뢰가 있으리라고는 아무도 생각하지 못했다. 사망은 불행한 사고였다.

원인이 밝혀지지 않아 해명이 미뤄지는 사이, 누군가가 독을 탄 것은 아닐까 하는 독살설이 성 안에서 돌았다.

그때까지의 인간관계를 따져봤을 때도 사고사보다 암살로 보는 편이 납득이 되었기에 모두가 그 방향으로 생각하기 시작했다. 왕조차도 마찬가지였다.

"귀족들은 후궁과 아이가 죽은 책임을 떠넘길 희생양을 원했고, 거기에 사와베 님이 선택되고 말았을 가능성이 있소."

"사와베 님은 현재 평판 높은 약사십니다. 곁에서 시중을 드는 자나 가까이에 둔 귀족들을 통해 후궁의 귀에 들어갔다고 해도 이상하지 않지요. 소문이라는 형태로 관심을 끌고, 가족에게 부탁해 약을 구하도록 부추기고, 친정에서 보내온 약과 미리 준비해둔 가짜 약을 바꿔치기해서 건넸을 수도 있습니다."

프레이드가 욤룬조의 말을 이어 자신의 의견을 이야기했다.

계약서의 효과가 발휘되지 않았던 이유는 여기에 있었다. 성가신 일의 원인이 욤룬조가 아니었던 것이다. 효과가 나올 리 없었다.

유지로 범인설을 퍼뜨린 것은 무리 짓는 영견의 잔당이었다. 유지로 일행은 그 사실을 눈치채지 못했지만.

시간이 아무리 흘러도 후궁을 살해한 범인이 잡히지 않는 것에 왕의 짜증이 더해졌다. 초조함이 커져가던 귀족들에게 무리 짓는 영견이 제시한, 유지로를 대역으로 삼자는 이야기는 마침 딱 좋은 제안이었다.

제안을 실행하기 위해 바로 몰락 귀족에게 주모자가 되지 않겠느냐고 말을 걸었고, 몰락 귀족과 유지로가 짜고 후궁 살해를 실행한 것으로 꾸몄다. 몰락 귀족은 집안을 다시 일으킬 수 있는 공적을 얻기 위해 상사인 귀족 대신에 독단적으로 방해가 될지도 모르는 아이를 죽이고, 거기에 협력한 유지로는 상위 귀족과의 연줄과 고액의 보수에 눈이 멀었다는 각본이었다.

몰락 귀족은 집안을 버리는 대신 거금을 받았다. 그 돈으로 빚을 청산하고 외국으로 도망을 가게 되었다. 하지만 각본과는 달리 성실하게 집안을 일으킬 생각 따위는 없었던지라, 이 제안을 받고는 서둘러 준비를 갖춰 거금을 짊어진 채 기뻐하며 나라를 떠났다.

그러자 귀족은 사라진 범인 대신 몰락 귀족의 가족과 같은 수의 인간을 데려와 처형하는 것으로 왕을 납득시켰다.

왕과 몰락 귀족은 얼굴을 마주한 적이 없었으니 머리 모양, 나이, 피부색을 비슷하게 해두면 얼굴이 다르다고 해도 왕이 눈치챌 리 없었다. 하물며 그 가족 따위 성별과 나이만 같게 하면 문제는 없었다. 왕은 왕대로 어떤 계획에 정신이 팔린 상태라, 인원수만 맞으면 설령 성별이 다르다고 해도 신경 쓰지 않았을지도 모른다.

다음은 누명을 씌운 유지로를 잡기만 하면 된다.

"수배를 풀려면 어떻게 해야 할까요?"

영문을 모르겠다는 표정을 유지한 채 유지로는 그렇게 물었다.

"후궁의 죽음에 관계된 귀족을 찾아서 사정을 불게 하고 왕 앞에 내놓는다. 그것밖에 없는 게 아닐지."

유지로는 자신에게는 무리라고 바로 판단했다. 지금 상황에 성으로 가면 그대로 체포되어 사형이리라는 것은 쉽게 상상할 수 있었다.

이미 유지로가 약을 만들었다는 거짓 증언을 할 자도 준비되어 있어, 성에 가면 변명할 틈도 없이 상상한 그대로의 일이 일어날 터였다. 천하무쌍 등을 마시고 날뛰면 죽지는 않을 테지만, 그렇게 되면 대륙 전체에 수배서가 돌 가능성도 있었다.

문제없이 성에 갈 수 있는 건 욤룬조지만, 아가르타를 살려줬다고는 해도 거기까지 기대할 수는 없었다. 유지로와 세리에를 체포하지 않고 놓아주는 시점에서 이미 무리를 하고 있다고 할 수 있었다.

　귀족끼리의 다툼이라면 그래도 어떻게 해볼 수 있겠지만 왕족이 얽히면 욤룬조로서는 끼어들 수 없다.

　"이 나라에서 도망치는 편이 낫다는 건가."

　"그렇소. 그게 제일일 게요. 마차 개조는 끝났소. 당장에라도 떠날 수 있소이다."

　"세리에."

　어찌하겠느냐며 유지로는 세리에를 보았다. 수배서에 실린 인물은 유지로뿐이다. 세리에에 관한 건 여자가 동행하고 있다는 정보가 전부였다. 여기서 유지로와 헤어지면 쫓기는 일은 없으리라.

　함께 가주길 바라지만 무리는 시킬 수 없다. 그렇지만 역시 함께 있고 싶다는 마음이 생기고 만다.

　"말할 것도 없어. 함께 가겠어. 여기저기 떠도는 생활에는 익숙하니까."

　보은으로는 딱 적당하다는 생각이 들었기에 어쩔 수 없다며 쓴웃음을 머금으면서 함께 가겠다고 전했다. 안주할 땅을 찾는다는 계획과는 멀어지지만, 어쩐지 헤어질 마음은 생기지 않았다.

　"도망친다고 한다면 남쪽이 좋을지도 모르겠소."

　"남쪽? 국외로 나간다면 북쪽의 라이트루티가 더 가까운데요."

　"그렇기 때문에 그쪽으로 도망치리라 생각하고 병사들이

대기하고 있을 가능성이 높다고 보오만."

"그것도 그러네요."

하지만 남쪽은 남쪽대로 왕도 방면인 것이다. 병사가 많으리라며 골머리를 앓았다.

"고민할 시간이 많지 않소. 아가르타가 완치되었다는 것이 어디서 새어 나갔는지, 여기에 사와베 님이 있는 것이 아닌지 확인하러 온다는 모양이오."

"생각할 시간도 없는 건가."

사람 입에 자물쇠를 채울 수는 없다, 그 사실을 실감했다.

아가르타는 유지로에게 폐를 끼치지 않도록 지금까지와 마찬가지로 몸이 안 좋은 척을 했지만 역시 건강한 몸과 정말로 불편한 상태는 당연히 차이가 난다. 거기에 위화감을 느낀 마을 사람이 있었던 것도 원인일지 모른다.

바로 움직이기로 하고 방에 두었던 짐을 들고 마차까지 안내를 받았다. 마차 인도를 매끄럽게 진행하기 위해 아가르타가 동행했다.

"수배가 풀릴 수 있도록 어떻게든 움직여볼 셈입니다. 가능할지 어떨지는 알 수 없어, 그리 큰 기대는 할 수 없을 테지만요."

"그렇게 해주시는 것만으로도 감사하죠."

바인을 마차에 매고, 유지로와 세리에는 마차에 올랐다.

세리에는 차체 안에서 낯선 상자를 발견했다.

"아, 그건 장기 여행용으로 급히 구한 수납함입니다. 겉보기보다 많은 걸 넣을 수 있는 마법이 걸려 있다던가요? 수배서에 대해 듣고 서둘러 준비했습니다."

많이 넣을 수 있을 뿐, 음식을 넣어도 상하지 않고 오래 간다거나 하는 기능은 없었다. 그래도 공간 절약이 될 테니 감사한 물건이다.

"이런 것까지 준비해주시고, 정말 고맙습니다."

"저야말로 병을 치료해주셔서 감사드립니다. 평온한 생활을 할 수 있기를 기도하겠습니다."

"마지막으로, 가능하다면 부탁을 들어주실 수 있을까요?"

"가능한 일이라면."

"왕도 동쪽에 세겐트라는 마을이 있습니다. 그곳의 두 마리 여우라는 숙소 사람들과 친하게 지내고 있는데, 그 가족들에게 누명이라는 걸 알려주셨으면 합니다. 수배서를 믿을 가능성도 있지만, 믿지 않는다면 걱정하고 있을 테니까요."

수배서가 내려왔으니 믿는다고 해도 어쩔 수 없다고 생각한다. 섭섭하기는 하지만. 믿는다고 한다면 주변 사람들과 의견이 다를 일도 없을 테고, 불화의 씨앗이 되는 일 없이 넘어갈 테니 문제는 없겠지만 말이다.

"편지여도 괜찮겠습니까?"

"네."

아가르타는 알겠다며 받아들였다.

유지로와 세리에는 감사의 마음을 담아 아가르타에게 고개를 숙이고서 리피크스를 떠났다. 처음에는 아가르타의 제안대로 도주 경로를 속이기 위해 북쪽으로 향했다. 찾아온 사자에게 북쪽으로 갔다고 이야기할 셈이니 실제 목격 증언이 필요하다고 했다. 그리고 어느 정도 나아가 주변에 사람이 없는 것을 확인하고 길을 벗어나 서쪽으로 진로를 바꾸었다.

두 사람이 떠나고 한 시간 뒤, 왕도에서 유지로가 있는지 확인하기 위한 사자가 찾아왔다.

욤룬조는 의심받지 않기 위해 솔직하게 대답한 다음 북으로 간 것 같다고 한 번 중얼거리듯 말했다. 아가르타에게 유지로 일행이 사실은 서쪽으로 향했다는 보고를 받았으니 이렇게 얼버무려 조금이라도 시간을 벌 수 있었으면 했다.

체포하지 못한 데 대한 질책과 벌은 있었다. 하지만 은인을 도망치게 하고 받은 벌이다. 자랑스럽게 느껴지기까지 했다.

"앞으로 어떻게 할 거야?"

마을을 나오고 30분 정도가 지났을 때, 어디로 가야 할지 전혀 떠오르는 바가 없는 세리에가 물었다.

"정말로 어째야 하려나."

세리에의 물음에 곤란하게 되었다며, 유지로는 얼굴을 찌푸리며 답했다.

국내의 도시와 커다란 마을에서 상황을 살핀다는 생각은 바로 각하했다. 왕족 살해쯤 되면 여기저기에 마구 정보를 뿌리며 찾고 있을 것이다. 아주 벽지인 동네가 아니라면 쫓길 뿐이리라고 두 사람은 생각했다.

"근처 숲 같은 데 숨어가며 나라 밖으로 가야 하려나."

"국외로 나가려면 식량을 모아야겠네."

도시 등에서 한 번에 구입할 수 없는 상황이니 하루하루 조금씩 모으는 것이 중요해지리라.

"사냥을 한다든가 해서 모을 수 있으면 좋을 텐데."

"그쪽은 괜찮을 거야. 사냥하고 남아서 버린 일도 있을 정도니까, 그걸 얼려서 보존 마법을 걸면 저장해둘 수 있어. 어디에나 동물은 있으니까."

유지로의 걱정에 세리에가 그렇게 대꾸했다. 마물 중에도 먹을 수 있는 게 있다. 언뜻 위험해 보이는 것이라도 독을 빼면 괜찮아지는 것도 있다. 뭐가 안 되고 뭐가 괜찮은지는 세리에가 잘 알고 있다.

방침을 정한 후 더욱 서쪽으로 나아갔고, 그렇게 하루가 지났다.

숲에서 나와 길도 없는 곳을 이동하고 있으려니 바인이 무언가를 발견한 듯 왼쪽을 보았다.

"마물인가? 세리에, 바인이 왼쪽을 신경 쓰는데?"

차체에서 나온 세리에는 마부석으로 몸을 내밀고 바인과 같은 방향을 보았다. 그 방향에는 숲의 녹음이 있었을 뿐 그 너머는 보이지 않았다. 1분 정도 지나자 나무들 너머에서 같은 방향으로 나아가는 기병 집단을 발견했다.

총 네 명으로 가슴에는 어딘가의 문장에 새겨져 있었다. 그들은 유지로를 찾기 위해 귀족이 파견한 사병이었다. 두 사람이 그 사실을 알 리는 없었지만, 경계는 했다.

"병사인가? 위험하려나?"

"아마도."

세리에는 험악한 표정으로 차체 안으로 들어갔다. 오래된 쪽의 활을 옆에 두고 물 보강약을 꺼내 언제든 쓸 수 있도록 준비했다.

"갑자기 속도를 올리면 수상하게 여길까?"

"확실히 수상하게 여길 테지만, 접근을 허용해 들키는 되는 것도 문제라고 봐. 그렇다고 해서 갑자기 방향을 트는 것도 수상하고."

"도망치면서 말을 공격해서 쫓아오지 못하게 한다?"

세리에의 준비를 보며 생각을 예측해보았다.

"그 말대로."

병사를 죽이는 것도 생각했지만, 쓸데없는 소동이 벌어질 수 있는 만큼 포기하고 입 밖으로 내지도 않았다.

유지로는 생포해서 정보를 알아내고 싶은 마음이었지만 약이 준비되어 있지 않은 상황이라 말을 꺼내지 않았다.

그렇다면 도망치도록 할까, 하며 바인에게 속도를 올리게 해 기사들 앞쪽으로 나왔다. 확인을 위해 접근하려던 병사들은 경계심을 높였다.

"거기, 마차를 멈춰라!"

"멈추지 않으면 공격한다!"

"멈춘다고 멈추는 바보는 없거든요."

들려온 목소리에 유지로는 그렇게 대꾸했다. 그 말을 들은 것은 세리에와 바인뿐이었다.

동시에 세리에가 얼음 덩어리로 말들을 공격했다. 피부에 파고든 날카로운 얼음 파편에 말들은 소리 높여 울며 날뛰었다. 네 명의 병사 중 둘은 지면에 떨어졌고, 남은 두 사람은 말을 잘 제어해 마차를 쫓았다.

"말이 필요 없다는 건가! 가자!"

"쫓아라!"

병사들은 서로에게 이야기하며, 창을 들고 검을 뽑으며 말의 속도를 높였다.

거기에 세리에가 활을 쏘아 말의 앞다리 발목에 명중시켰다. 검을 들고 있던 쪽은 그것으로 기권이다.

"미안하다! 이 이상은 무리야!"

"알았다. 나 혼자 가지."

"부탁한다!"

세리에는 다시 한번 활을 쏘았지만 그 병사의 실력은 그런대로 괜찮은 것인지 말의 방향을 틀어가며 화살을 튕겨냈다.

"다시 한번 얼음 덩어리를 날려야 하려나."

화살은 맞지 않으리라 판단하고, 마법으로 대처하기로 했다.

"얼음 조각!"

"소용없다!"

창을 휘둘러 날아온 얼음의 수를 줄이고 말의 동요를 잠재웠다.

"유지로, 한 명 끈질긴 게 있는데. 어떻게 하는 게 좋을까? 화살도 얼음도 막아내는데."

"놀라게 해서 그 틈에 활을 맞추는 건?"

떠오른 것을 말해보았다.

"놀라게 한다…… 해볼게."

놀라게 하려면 허를 찌르는 것이 효과적이리라. 이미 공격을 한 상태에서 어떤 방법을 써야 허를 찌를 수 있을지 생각했다. 큰 소리를 내는 것은 의미 없으리라. 숨어 있다 갑자기 말을 걸면 놀랄 테지만 이 상황에서는 해보야아 의미가 없다. 뭔가가 날아드는 건 어떨까 생각했다.

"활을 날리는 건 논외고, 웬만한 건 피하거나 막아버리겠지."

세리에가 고민하느라 공격의 손길이 멈춘 것을 좋은 기회라 판단한 병사는 말의 속도를 높였다.

빨라진 발굽 소리에 고민하고 있을 틈은 없다고 보고 뭐든 날려보자며 마차 안을 둘러보았다. 막혀버릴 만한 것과 던지기 아까운 것을 제외하니, 모포와 밀가루만 남았다.

"모포는 추울 때 없으면 곤란하니까, 밀가루는 어떠냐?!"

자루에 담긴 밀가루를 몇 번이나 손에 쥐고 마차 뒤로 뿌렸다.

흰 안개 너머에서 기침 소리가 들렸고, 새하얘진 병사와 말이 모습을 드러냈다. 세리에는 지금이라고 판단하고 활을 들어 모습을 드러낸 말을 향해 화살을 쏘았다.

훌륭하게 명중했고, 말은 걸음을 멈추었다. 그 모습은 금세 작아져 보이지 않게 되었다.

"다음부터는 모래라도 준비해둬야겠네."

양손을 털어 밀가루를 떨어내며 말했다. 밀가루를 뿌리는 아까운 짓은 다시 하고 싶지 않다.

유지로 일행은 자그마한 교훈을 얻고 앞으로 나아갔다.

속도를 늦추고 한 시간 정도 이동하다 휴식을 위해 숲속에서 걸음을 멈추었다.

"이만큼이나 왔으면 괜찮으려나?"

"일단은. 야영은 더 나아간 다른 곳에서 하는 편이 좋을 거라고 봐."

처음에 탈락한 말 두 마리는 상처가 깊지 않을 테니, 진정되면 추격을 개시할 것이다.

"휴식은 30분도 안 되겠지?"

"응."

"그럼, 바인을 부탁할게. 나는 약재료가 없을지 찾아보고 올 테니까."

세리에는 알았다며 빗과 피로 회복제를 꺼내 바인에게 다가갔다. 유지로는 바구니를 들고 주변에 있는 재료들을 모조리 긁어모았다. 평소라면 간단한 구별을 해가며 하겠지만, 채취를 우선하고 정리는 뒤로 미룬 것이다. 바구니에 가득 담긴 재료를 물로 전부 씻어 말렸다.

마부 역은 세리에와 교대하고 이동하면서 재료를 선별해 갔다. 효과가 높은 것을 골라 보존 마법을 걸었고, 효과가 낮은 것, 쓸 수 없어 보이는 것을 한데 모아 수분을 제거했다. 그것들은 모닥불 연료로라도 쓰자며 자루에 넣어서 간단한 쿠션을 만들었다.

귀족은 나름대로 사병을 움직이고 있는 모양인지, 아무리 적어도 하루에 한 번은 병사를 만나 도망치게 되었다. 용병과 모험가에게도 정보는 들어갔을 테지만 운 좋게도 아직 마주치지 않았다.

몇 번이나 도망치다 보니 점점 익숙해졌다. 모래를 뿌려 눈을 못 쓰게 하거나, 필요 없는 독초를 태워서 연기를 쐬게 하거나 하며 잡히지 않고 도망쳐 나아갔다. 때때로 적은 수로 쫓아오는 자도 있었기 때문에 그들은 약을 써서 잡은 다음 가진 것을 탈탈 털어 도움이 될 만한 것을 입수한 후 정보를 알아내고 버렸다.

가장 큰 전리품은 이곳의 지도이리라. 간단한 것이었지만 어디에 가면 뭐가 있는지 알 수 있는 건 감사한 일이었다. 다음으로 도움이 된 것은 휴대식과 조미료, 그 다음은 예비로 쓸 수 있는 무구. 제일 도움이 안 되는 건 돈이었다.

병사 쪽은 익숙해지는 일 없이 간단히 걸려들었다. 그것은 귀족끼리 정보를 공유하지 않기 때문이었다. 유지로 일행 같아 보이는 인물이 있다는 정도의 연락은 서로 했지만, 그 사자와 유지로 일행의 이동 속도가 크게 다르지 않은 만큼, 정보가 도착할 때쯤이면 이미 지나간 상황이 대부분이었다. 전서구로 가까운 이들에게 정보를 보낸 자도 있지만 여기저기 흩어진 병사에게 정보를 전하기도 전에 통과하기도 하는 등, 제대로 연계를 취하지 못해 유지로 일행을 잡지 못하고 있었다.

도망친 방향이라도 알았다면 유지로 일행이 도망친 시점에서 서둘러 그 방향으로 연락을 보내 체포망을 펼칠 수 있었을지도 모른다. 그 부분은 욤론조의 파인 플레이였다 해야 하리라.

도망치기 시작한 지 열흘이 지났지만 두 사람은 피곤한 기색도 없이 기운차게 이동하고 있었다. 고생하고 있다는 느낌이 없는지라, 쫓기고 있다는 사실에서 생겨나야 할 정신적 압박이 없었다.

무관리지대를 이동했던 때와 크게 다를 것 없었거니와 눈이 내리지 않는 만큼 훨씬 낫다고 느끼는 것이다.

식량도 야영하는 숲 등에서 충분히 구할 수 있다. 물론 편향된 것이기는 했다. 하지만 약재료 지식으로 먹어도 문제없는 식물도 알 수 있기 때문에 당장 영양 부족을 겪는 일도 없었다.

"오늘도 잘 도망쳤네."

후방을 확인하고 병사의 모습이 완전히 사라졌다고 세리에에게 말했다. 그러면서 하늘 상태가 심상치 않다는 사실도 전했다.

세리에도 하늘 상태는 눈치채고 있었고, 경험상 한바탕 비가 쏟아질 것 같다고 보고 비를 피하기로 정했다.

"저쪽에 보이는 숲으로 들어갈게."

"알았어."

세리에는 바인에게 신호를 내려 진로를 약간 남쪽으로 바꾸었다.

약 20분이 걸려 숲에 다다랐고 속도를 늦추며 숲속으로 들어갔다. 먼 하늘에서는 천둥소리도 들리고 있었다. 소리가 울릴 때마다 바인은 귀를 움찔움찔 세웠다 접었다 했다.

조금 나아가자 비가 내리기 시작했고, 빗방울이 강하게 지면을 때리는 중에 세리에는 나무들 너머에서 동물을 발견했다. 마차째로 들어가는 건 무리였지만 두 사람과 한 마리가 들어가기에는 문제가 없었다. 마차를 입구에 세우고 바인을 풀어준 다음 함께 안으로 들어갔다.

희미하게 불을 밝히고 천으로 몸을 가볍게 닦았다.

"이거 발자국 아냐?"

바인의 발을 닦아주던 유지로가 지면이 살짝 패여 있는 것을 발견했다. 세리에도 몸을 낮춰 확인했다. 발자국은 안쪽으로 이어져 있었다.

"시간도 많으니 가볼까?"

"그래. 비가 오는 정도로 봐서는 여기서 하룻밤 묵어야 할수도 있으니까, 안전 확인은 해두고 싶어."

바인의 등을 가볍게 두드려 가자고 신호를 보냈다.

두 사람과 한 마리는 마법 조명으로 앞쪽을 비추며 안쪽으로 나아갔다. 살짝 비탈진 내리막은 외길이었고 마물도 없었다. 5분 정도 나아간 그들은 넓은 공간으로 나왔다. 시선 끝에는 오래되고 낡은 집이 있었다. 크기는 얼마 전까지 신세를 졌던 욤룬조의 저택보다 작았다. 그러나 일반인에게는 큰 집이었다. 동굴 천장에는 구멍이 뚫려 있는지 뚝뚝 빗방울이 지붕에 떨어졌다. 창 너머로 불빛이 비치는 것을 보면 안에 누가 있는 듯했다.

유지로의 머리에는 나라의 비밀 연구소, 산속 유령 저택, 도적의 은신처 같은 상상이 스쳤다. 하지만 현재 상황은 그중 어떤 것과도 들어맞지 않아 고개를 갸웃거릴 수밖에 없었다.

"여긴 대체 뭐지? 전혀 모르겠는데."

"나도 그래. 아무 문제 없으면 그것보다 다행인 일은 없겠지. 가볍게 조사하고 돌아가자."

세리에는 그렇게 말하며 걸음을 옮겼고 바인도 그 뒤를 따랐다.

문에 손을 대자 끼이익 하는 낮고 거슬리는 소리가 나며 문이 열렸다.

현관 가까이에는 불빛이 없었지만 마법의 빛이 어슴푸레하게 조용한 저택 안을 비추었다. 먼지가 쌓여 있지 않은 것을 보면 어느 정도 손질을 하는 모양이었다. 하지만 소리나 냄새 같은 것이 거의 없어 생활감은 옅었다.

정면에는 무언가의 상징인지 이중으로 된 원에 비스듬하게 줄이 하나 그어진 나무 장식이 있었다.

호러 영화와 만화를 떠올린 유지로의 상상력이 자극을 받았다. 깜깜한 저 너머에서 어둠을 두르고 무언가 무시무시한 것이 스르륵 튀어나올 것만 같아 등줄기가 얼어붙었다.

세리에와 이 세계 사람들은 유령의 존재조차 모르는지라 호러적인 것은 느끼지 못한다.

이 세계에서는 아무리 미련 있는 영혼이라 한들 죽으면 바로 달로 올라가기 때문에 세상을 떠도는 일이 없다. 그래서 유령을 보았다고 하는 자가 없는 것이다.

"저건 뭘까?"

"나도 본 적 없는데."

세리에의 질문에 유지로는 그렇게 답했다.

"장식이라면 그림 같은 걸 둘 텐데. 현관 앞에 두었다는 건, 장식이 아니면 이 집을 상징하는 걸까? 그렇다고 한다면 이게 이곳을 상징하는 것일 가능성도 있으려나?"

세리에는 생각해본들 소용없으리라며 불빛이 보였던 방향으로 걸음을 옮겼다. 혹여 두고 갈까 유지로와 바인도 그 뒤를 따라갔다. 정말로 조용한 집이었기에 유지로 일행의 발소리 정도밖에 들리지 않았다.

이렇게 조용하니 현관을 열 때의 소리는 잘 울렸을 테고, 사람이 있다면 어떤 반응을 보였을 것이다. 그런데 아무런

반응이 없다. 세리에는 그 사실을 이상하게 여겼고, 유지로는 움찔움찔하고 있었다. 한번 무서운 상상을 하고 나니 그것이 사라지지를 않았다.

"여기, 분위기 있네."

불빛이 닿지 않는 어둠을 바라보며 유지로가 말했다.

"분위기? 어떤?"

"뭐라니, 호러 같은?"

"호러라고 해도, 처음 듣는 말이라 무슨 뜻인지 전혀 모르겠어."

"괴담 같은 거 말이야."

"응? 계단이라고? 왜 갑자기 계단 얘기를 하는 거지? 계단 같다는 말도 무슨 의미인지 모르겠어. 바위가 늘어선 모습이 계단 같다고 한다면 그럴지도 모르겠지만."

"아니, 계단이 아니라 괴담! 전혀 다르다고."

잘못 알아들었다는 것을 깨달은 순간 공포심을 잊고 무심코 딴죽을 걸며 말을 끊었다.

"무서운 이야기의 무대가 될 것 같은 곳이라고 말한 거라고."

"무서운 이야기라. 나는 그런 거 모르니까."

"우으."

"무서우면 혼자 나가 있을래? 얼른 끝내고 나도 돌아갈 테니까."

세리에는 평소와는 다른 유지로를 걱정하듯 그리 말했다.

"아니, 같이 갈래. 이런 분위기 속에서라면 동굴에서 기다려도 이상한 상상만 하게 될 것 같으니까."

공포심을 덜기 위해 바인의 등에 손을 올렸다.

안 되겠다 싶으면 바로 돌아가자고 정한 세리에는 다시 걸음을 옮겼고 가까이에 있던 문을 열었다.

"여기는 주방이네."

사용한 식기가 물에 담가져 있는 것을 보면 여기에 누군가가 있다는 건 틀림없는 모양이었다.

선반에 놓인 식기와 보존된 식재료를 보고 있으려니 바인이 문 쪽을 보았다. 바람도 없는데 멋대로 움직이고 있는 것이다.

"뭐, 뭐야?"

무심코 바인의 털을 꽉 움켜쥐었다. 그러자 바인이 항의하듯 자그맣게 으르렁거렸다.

바인이 으르렁거리는 소리에 반응했는지, 사람의 것이 아닌 자그마한 발소리가 문 너머로 멀어져갔다.

"뭐지? 고양이나 자그마한 마물이라도 있었던 걸까?"

"글쎄? 뭐였을까?"

"여기에는 아무것도 없으니까, 다음으로 가자."

멋대로 열린 문을 지나 다음 방으로 향했다. 응접실인지 소파와 테이블이 있었다. 특별할 것 없는 방이다. 여기도 적당히 청소되어 있다.

"민가 같은 느낌이 드네."

"이런 데 민가가 있는 것도 수상하지만."

"그러게. 숨기듯이 지은 이유라도 있는 걸까?"

다음으로 가려고 방을 나왔고, 대각선 앞쪽에 있는 방문에 손을 댔다. 밖에서 봤을 때 빛이 있던 방이다.

문을 열자 바다나 수영장에 둘 법한 선베드 같은 누울 수 있는 의자에 앉아 있는 사람이 있었다. 예순 정도 되어 보이는 노파였다. 다만 유지로 일행이 들어와도 아무런 반응도 보이지 않은 채 움직이지 않았다.

"죽었어?"

"아니, 잠들었을 뿐인 것 같아."

천천히 호흡을 반복하며 움직이는 몸을 보고 세리에가 대답했다.

세리에는 노파의 몸을 흔들었다. 노파는 눈을 뜨더니 세리에 일행을 이상하다는 얼굴로 보았다. 세리에의 귀로도 시선을 옮겼지만 혐오감 같은 건 보이지 않았다. 최근에는 마을에 들르는 일이 없어 귀를 변화시키지 않고 그대로 두고 있었던 것이다.

"어머나, 별일이네. 손님? 미안해요. 한 번 잠들면 웬만한 소리에는 깨지를 못해서."

"손님인 건 아닙니다만. 비를 피해 동굴에 들어왔다가 안쪽이 신경 쓰여서 와보았더니 이런 건물이 있어서, 궁금해져서요. 멋대로 들어와 실례한 건 사과드립니다."

"확실히 숨듯이 세워져 있으니 신경 쓰일 만도 하지."

호호호 하고 웃은 노파는 차라도 내오겠다며 주방 쪽으로 향했다.

10분 정도 후, 쟁반을 들고서 돌아온 노파의 옆에는 검은 고양이가 있었다. 문이 멋대로 열린 것은 고양이가 한 짓이었으리라고, 이유를 안 유지로는 안도의 한숨을 내쉬었다.

"곁들일 과자까지는 준비하지 못했어."

미안하다고 말하면서 차가운 녹차 같은 것을 두 사람 앞에 내려놓았다. 바인에게도 깊은 접시에 같은 것을 내주었다.

그것에 입을 댄 유지로 일행은 이상한 맛이라고 생각했다.

"여기는 대체 뭔가요? 할머님의 별장이라고 하셔도 일단 납득은 하겠습니다만."

"여기는 감춰진 예배당이란다. 평원의 민족이 신앙하는 법의 신과 자유의 신과는 또 다른 신의."

"협화의 신이나, 숲의 민족과 산의 민족이 신앙하는 신의 예배당인 건가요?"

유지로의 물음에 노부인은 고개를 가로저었다.

"표현을 잘못했나 보군. 그런 주신이나 마이너한 신과는 또 다른 신을 믿는 사람이 세운 곳이지. 파괴 지진 전부터 있었다더구나."

"오래됐네요."

"그래, 오래됐지. 시간이 흐르면서 잊혀간 곳이기도 하고."

"어떤 신을 섬기는 건가요?"

"나는 오드리에라 부르고 있단다. 지인은 뱃프룬트라고도 하고 투라베타라고도 하지."

지구에서도 하나의 신에게 여러 이름이 붙는 경우는 드물지 않다. 복을 준다고 하는 일곱 신, 칠복신 등이 알기 쉬운 예이리라. 유지로는 그러한 신과 비슷한 것인가 하고 생각했다.

"어느 게 맞는 건데?"

세리에가 물었다.

"모두 틀렸다고도 할 수 있고, 어떤 의미에서는 모두 옳다고도 할 수 있지."

노파는 의미를 모르겠다는 표정을 짓는 두 사람을 보더니 어쩔 수 없다며 자그맣게 웃음을 지었다.

"이름을 부르는 것이 금지되어 있단다. 진짜 이름은 알고 있지만 자신들이 멋대로 붙인 이름으로 부르는 거지. 그래서 사람에 따라 호칭이 달라지는 게야."

"그렇군요."

지구에도 신의 이름을 부르면 안 된다는 규칙을 가진 종교가 있었던 것 같았기에 유지로는 납득한 듯 고개를 끄덕였다.

"어째서 감춰진 건가요? 다른 종교에게 탄압받은 건가요?"

"그렇게 알고 있단다. 하지만 그것만은 아니라고 생각해."

"이유를 물어봐도 될까?"

세리에의 물음에 노파는 싱긋 웃어 보였다. 조금 전까지의 기품 있던 모습과 전혀 다른, 욕심으로 가득한 미소였다.

"오드리에 신은 이렇게 말씀하셨단다. 다른 사람을 희생시켜야만 행복이 찾아온다고. 그것을 위한 비밀스런 의식도 전해지고 있지. 이러한 가르침을 다른 사람들이 받아들일 리 없겠지?"

"저기, 뭐, 그렇겠네요."

감추어야 할 일인가 마음속으로 의아해하면서, 두 사람은 수긍했다.

당황한 모습의 두 사람에게 노파는 더욱 짙은 웃음을 지어 보였다.

"이번 산 제물은 너희들이지! 슬슬 독의 효과가 나타날 때다! 이런 곳에 태연하게 들어온 자신들을 원망하려무나."

동화에 나오는 나쁜 마녀 같은 느낌으로 변하여 히히히 하는 웃음소리를 냈다. 세리에에게 혐오감을 드러내지 않았던 것은 아무것도 하지 않은 세리에보다도 자신이 악당이라는 사실을 인식하고 있었기 때문이리라.

그때 세리에가 차가운 목소리로 말했다.

"한창 흥이 올랐는데 미안하네. 이 정도의 독이라면 듣지 않아."

"……뭐라고? 센 척은 그만두렴."

"나는 약사인데, 독으로 한 번 험한 꼴을 당한 적이 있어서 대책은 취하고 있거든요."

117

아무런 불편 없이 몸을 움직이는 두 사람의 모습에 노파의 얼굴이 파래졌다.

"어어어어어머, 정말, 농담이란다 농담. 요즘 젊은이들은 가벼운 농담도 진지하게 받아들여서 곤란하다니까."

이제 와서 만회를 해보려는 듯 입에 손을 대고 꾸며낸 모습으로 농담이라는 말만 반복했다.

"눈이 진심이었어. 얼버무릴 수 없어."

"히익, 늙은이를 괴롭힐 셈이냐! 이 못된 녀석들!"

잇따라 바뀌는 태도에 세리에는 어이없음보다 재미를 느꼈다.

검을 뽑아 날을 들이댔다. 재미있다는 듯 살며시 떠오른 세리에의 미소를 발견한 유지로는 그 행동을 말리지 않았다.

"죽이려 한 답례는 어떤 게 좋을까?"

"히익, 우발적인 거였어. 아주 잠깐 마음이 홀렸어. 그러니까 죽이지 말아줘."

"우발적으로 살해당할 뻔했다니 참을 수가 없네. 그렇다면 이쪽도 우발적으로 검을 휘둘러도 문제없겠어."

"그, 그러지 말게."

의자에서 떨어져 덜덜 떨기 시작했다.

그 추태를 보고 만족했는지 세리에는 검을 물렸다.

"라고 속이고!"

노파는 일어서 세리에에게 달려들려다 바인의 앞발에 다

리를 채여 굴렀다.

나이프나 어떤 약을 들고 있던 것도 아닌 듯한데, 무얼 하고 싶었던 건지 알 수가 없었다.

검을 다시 뽑아 쓰러진 채인 노파의 머리에 들이댔다.

"뭘 하고 싶었던 거지?"

"한 대 때려주기라도 하고 싶어서."

앙갚음을 하려고 했던 것이리라. 쿡쿡 가볍게 찌르는 검의 감촉에 노파는 떨면서 대답했다.

기운 넘치는 노파라고 생각하면서, 세리에는 노파에게 말을 걸어 다시 의자에 앉혔다.

"이쪽 질문에 제대로 대답하면 그냥 놓아주도록 하지."

"뭐든 대답해드립죠."

실패하고 반항할 마음이 사라졌는지, 표정에도 눈에도 후회의 기색이 바로 알 수 있을 만큼 드러났다.

"비밀 의식이라는 건 어떤 거지? 타인의 생명을 이용해 무언가를 하는 걸 테지?"

"소원을 이루는 마법이야."

돌아온 예상치 못한 말에 유지로와 세리에는 넋 나간 표정을 지었다. 그것을 본 노파는 웃었다.

"그렇다고 해도, 간단히 무엇이든 이뤄지는 건 아니야. 그나름대로 세세한 절차가 있지."

어느 달의 아침 점심 저녁 중 하나에, 어떠한 종족의 남자여자 한쪽을 바친다. 그런 식으로 정해진 절차에 따라야만 소원이 이뤄진다고 한다.

"예를 들면 지금까지 어떤 걸 바라왔지?"

긴장한 탓인지 세리에의 목소리가 굳어 있었다. 어쩌면 죽은 자를 소생시키는 것도 가능하지 않을까 하고 생각한 것이다. 재회의 바람은 이루었지만, 함께 있을 수 있다면 함께 있고 싶었다.

"농사의 풍작이나, 죽은 자의 육체를 돈으로 바꾸는 걸 바랐지."

"좀 더 다른 걸 실행한 사람은 없었던 건가? 예를 들면 죽은 자의 소생이라든가."

그것이 세리에의 바람이라는 것을 눈치챈 노파는 불쌍히 여기는 마음을 가졌지만 겉으로 드러내지 않았다. 슬슬 수명이 다한다고 해도 이상하지 않을 만큼 오랫동안 살아온 노파는, 죽음으로 인한 이별은 누구에게나 찾아오는 법이라는 것을 알고 있었다. 그 이별을 세리에는 받아들이지 못하고 있는 것이리라 생각했다.

"있었지. 이루지는 못했지만."

"어째서?"

"글쎄. 이유는 모르지. 여러 생명을 썼지만 결국 죽은 자가 되살아나는 일은 없었다고 들었어. 죽은 자의 소생 같은 건 불가능한 것이 아닐까 하고 전해지고 있지."

"그래."

아쉬워하며 긴장해 굳어졌던 몸에서 힘을 뺐다.

유지로도 신경 쓰이는 점이 있어 질문을 던졌다.

"그 비밀 의식은 신에게 부탁하는 건가요?"

"그래. 목숨을 바치고, 소원을 생각하며, 신에게 기도한다. 의식의 흐름을 간단히 설명하면 그런 느낌이지."

"목숨을 바치다니, 도리에 어긋난 짓이네요."

그렇게 말하며 유지로는 다른 생각을 했다.

이 세계가 만들어진 것이라고 알고 있는 유지로는 창조주가 떠나 신에 상응하는 것이 없다는 사실도 알고 있었다. 현재 널리 알려진 신앙의 대상인 신도 사람들이 만들어낸 것이라고 알고 있다. 그것과 마찬가지로 여기의 신도 사람이 만들어낸 것이리라. 그런 허구의 신이 소원을 이루어줄 리 없다. 그렇다면 비밀스러운 의식의 방법 자체가 소원을 이루어주는 것이리라. 배울 수 있다면 배우고 싶다고 생각했지만, 누군가를 죽이면서까지 하고 싶은 마음은 없었다.

"오래전에 만들어진 마법의 하나라던가? 그 외에도 목숨을 이용하여 금기로 여겨지는 마법은 더 있다더군. 그런 마법이 필요하던 시대는 대체 어떤 세상이었던 건지."

"어땠을까요? 가보고 싶다는 생각은 들지 않지만요. 그나저나, 사용되는 목숨이란 건 동물 같은 것도 되는 건가요?"

"옛날 사람들도 그런 생각을 하고 시험해보았다더군. 동물도 마물도 소용없었다지."

"흐음."

이 마법은 이 신을 만들어낸 최초의 신앙자가 망상과 망

집 끝에 만들어낸 산물로, 이 세계를 움직이는 시스템적인 것에 간섭하는 것이다. 마법을 쓰려면 이미지가 필요하고, 강한 망상과 망집이 시스템에까지 닿아 마법을 만들어낸다. 바쳐진 영혼이 달로 이동할 때, 시스템의 유도를 받는다. 그때 해킹을 행하고 바라는 현상을 시스템에 발생시킨다. 억지스럽고 치졸한 해킹인 탓에 이루어지는 소원에 제한이 있는 것이다. 기상 조작과 농사를 짓는 토양 환경 같은 것은 어떻게든 다룰 수 있지만 죽은 자의 소생 같은 것이 불가능한 것도 그러한 이유 때문이다.

처음의 신앙자에게 있어서는 소원이 이뤄지는 것으로 신의 존재가 증명된 마법이었다. 소원이 이뤄지면 신이 답해주신 것이 된다. 소원의 내용에는 흥미가 없었다. 하지만 세월이 흐르면서 소원을 이룬다는 부분이 많은 자들을 홀렸고 신이 존재한다는 증명 따위는 어찌 되든 상관없게 되었다.

시간이 흐를수록 소원을 이루기 위해 살인을 일삼게 되면서 사교로 지정된 것이 쇠퇴의 원인이었다. 아마 이루어진 소원에 제한이 없었다면 왕족과 귀족에게도 매력적으로 비쳤을 테고, 뿌리 깊게 살아남았을 것이다.

다쳐서 잃은 신체 부위를 재생하는 등, 개인이 쓰기에는 충분하지만 대단한 효과는 바랄 수 없었다.

"듣고 싶은 건 다 들었으니까, 돌아갈까?"

"그러네."

둘은 자리에서 일어나 문 쪽으로 향했다.

노파로서도 두 사람이 어서 사라져주는 편이 기뻤기에 제지하지 않았다.

"아, 그렇지. 돈은 낼 테니까, 식재료 같은 걸 좀 받아 가도 괜찮을까요?"

"괜찮지만 전부는 곤란한데."

"어느 정도 가져가도 될지 함께 와서 가르쳐주세요."

노파는 돈을 받을 수 있다면 거절할 이유도 없다며 자리에서 일어나 주방으로 향했다.

"하지만 그런 건 마을 같은 데서 사면 될 텐데?"

"도시나 마을에는 못 들어가서요. 이래 봬도 범죄자랍니다. 우리."

"뭐?"

도적이나 뭐 그런 것과 이야기를 한 것인가 하고 노파는 몸을 굳혔다. 겉보기로는 평범한 여행자일 뿐, 범죄에 관여할 만한 사람들로는 보이지 않았던 것이다. 위험한 자들인 줄 알았더라면 기분을 상하게 만들지 않도록 얌전히 있었으리라.

"무, 무슨 짓을 저지른 거지?"

겁먹은 모습을 보이는 노파에게 유지로는 낮은 목소리로 비밀스러운 이야기를 하듯 말했다.

"왕족 살해."

"히익, 무슨 짓을! 그런 큰일을 저지르다니, 무슨 생각인 게야?!"

"사람을 죽이려고 했으면서 이건 무서워하는군요. 뭐, 누명이지만."

노파가 보인 반응에 짓궂은 미소를 지으며 사실을 밝혔다. 세리에가 재미있어했던 것이 이해됐다.

"그, 그게 뭔가? 놀라게 하지 말게나."

수명이 줄어든다며 크게 한숨을 내쉰 노파와 함께 주방으로 들어갔다.

유지로 일행은 밀가루와 조미료를 사서 저택을 나섰다. 비는 아직 내리고 있는지 지붕에 빗방울이 떨어지는 소리가 들렸다.

구한 식재료를 들고서 마차까지 돌아갔다. 세리에의 판단으로는 아직 비가 멈출 기색은 없어 보인다고 했기에 여기서 야영하기로 결정했다. 다음 날 아침, 유지로와 세리에는 가랑비 속에서 다시 길을 떠났다.

25 도망 생활 후

도피행을 시작한 지 17일째. 슬슬 국경 부근이라고 생각되는 위치까지 왔다. 여름도 이미 지났고 9월도 끝을 맞이하려 하고 있었다.

두 사람은 야영을 위해 근처 숲에 마차를 세운 다음 식재료나 약재료를 모으며 잠시 시간을 보냈다.

오늘도 병사와 마주쳐 싸웠고, 적으나마 수확이 있었다. 좋은 집안에서 보낸 이들인지 망원경을 갖고 있었던 것이다. 원견(遠見) 마법을 배울 기회가 없었던 두 사람에게 있어서는 기쁜 일이었다.

"그럼 내가 먼저 보초를 설게."

"부탁할게."

식사를 마치고 유연 운동 등의 단련도 끝낸 세리에는 피로 회복제를 먹고 마차로 들어갔다.

유지로는 바인의 털을 쓰다듬거나 약을 만들며 시간을 보냈다.

열한 시가 되었을 무렵, 하늘에 뜬 달이 구름에 가려졌을 때 유지로는 바람을 가르는 자그마한 소리를 들었다. 그 다음 순간 화살이 바로 옆을 스치듯 통과해 머리카락 몇 가닥이 끊어져 떨어졌다.

"공격이다!"

한순간 넋이 나갔지만 세리에가 일어나도록 커다란 목소

리로 외치고 화살이 날아온 방향을 보았다.

바인이 눈치채지 못할 정도의 거리인가, 그렇지 않으면 바인의 감각을 속일 수 있을 정도의 은밀 기술을 가진 것인가, 알 수 없었다.

"빛나라!"

노리고 공격을 했다는 것은 장소는 이미 들켰다는 뜻이다. 어둠 속에서 움직이는 건 성가시다고 판단하여 빛을 머리 위에 발생시켰다.

마차 안에서 움직이는 기척이 느껴져 세리에가 일어났다는 것을 알았다.

싸우기 위해 튼튼함의 능력 상승약을 바인에게 마시게 하고 주위를 탐색했다. 들려오는 것은 바람 소리와 벌레 우는 소리뿐. 유지로의 감각으로는 포착할 수 없었다.

"이동하고 있을 테지만, 던져볼까?"

발밑에 있는 돌을 몇 개 주워 한꺼번에 던졌다. 돌은 나무 기둥을 뚫고 가지를 꺾으며 똑바로 날아갔다.

"반응은 없는 건가."

"무슨 상황이야?"

마차 안에서 세리에가 현재 상황을 물었다. 벗어두었던 갑옷을 챙겨 입고, 지금은 망토를 걸치는 중이었다.

세리에에게 화살로 공격을 받았다는 것과 바인이 눈치채지 못했던 것, 그리고 화살이 날아온 방향에 돌을 던졌지만 반응이 없었다는 것을 이야기했다.

"기척을 찾아낼 수 있겠어?"

"잘 모르겠어. 여기에는 원래부터 동물의 기척이 있었으니까. 그것과 비슷하게 기척을 제어하고 있는 것 같아."

"실력이 대단하다거나 그런 건가?"

"적어도 피라미는 아닌 것 같네. 여기는 내가 나서보도록 할까? 얼마나 할 수 있을지 시험해보고 싶기도 하고. 지금보다도 감각이 예민해져서 기척도 찾아내기 쉬워질 테고."

"쓸 거야?"

"적어도 웬만한 용병에게는 지지 않게 되겠지?"

전에 유지로가 썼던 복수 능력 상승약을 부작용이 없도록 효과를 제어하고, 그것을 바탕으로 하여 세리에용으로 조정한 약이 완성되었던 것이다. 게다가 이미 실험을 통해 문제가 없다는 것을 확인한 상태였다.

천하무쌍은 근력, 튼튼함, 속도를 각각 60퍼센트 늘려주는 약이었다. 그것의 열화 버전으로 천의무봉(天衣無縫)이라 이름 붙인 이 약은 각각의 능력을 30퍼센트 더해준다. 세리에용으로 만든 약은 질풍신뢰(疾風迅雷)라 이름 붙였다. 근력 15퍼센트, 튼튼함 25퍼센트, 속도 40퍼센트 증가시키는 속도 특화 사양으로 만들어졌으며, 종합 상승도도 안전을 위해 천의무봉보다 낮추어져 있었다. 대신에 효과 시간이 천의무봉보다도 길다.

"효과 시간 확실히 기억하고 있어?"

"응, 약 두 시간이잖아? 무리라고 생각되면 돌아올게."

"큰 소리를 내면 그쪽으로 갈게."

"위험해지면 몸을 숨기면서 돌아올 거라고 생각하는데."

세리에는 손에 든 작은 병의 내용물을 단숨에 비우더니 집중하여 기척을 살폈다.

눈을 가늘게 뜨며 나무들 너머를 탐색한 결과 어째선지 천천히 이동하는 존재를 감지했다. 명백히 동물과는 달랐기에 마차에서 수풀로 뛰쳐나갔다. 나뭇잎을 밟는 소리와 수풀을 빠져나가는 소리가 금세 멀어져갔다. 똑바로 가면 도망칠 가능성이 있으니 멀리 돌아 달려갔다.

약을 마시지 않은 유지로가 온 힘을 다해 달릴 때와 비슷한 속도로 밤바람을 가르며 나아갔다. 앞쪽에 있는 성가신 잔가지를 베어버리면서 어느 정도 나아간 끝에 기척을 찾았다. 마차에 있을 때보다는 가까워졌지만 도망치는 모습은 없었다. 세리에가 엉뚱한 곳을 찾고 있다고 착각했거나 관찰을 하고 있는 중이리라. 이윽고 세리에는 다시 약간 벗어난 방향으로 달려가다 빠르게 진로를 습격자 쪽으로 바꾸었다.

"들켰다!"

"일단 물러난다!"

바로 후퇴를 결정한 것은 그 나름대로 수라장을 지나온 덕분일까? 어찌 되었든 분명하게 기척을 드러낸 자들을 세리에가 놓칠 리 없었다.

이동 속도의 차이로 바로 등을 포착했고, 힘껏 지면을 박차며 더욱 가속한 세리에는 세 사람 중 한 사람의 허벅지를 베었다.

"크악!"

깊은 상처를 입고 넘어진 동료를 돕기 위해 나머지 남녀도 걸음을 멈추었다.

'병사로는 보이지 않는데. 용병에게까지 포획 의뢰가 가기 시작한 건가? 이 사람들한테 알아내야겠어.'

"하프? 상대는 한 명이다. 둘이 공격하면 어떻게든 될지 몰라."

"그렇다면 좋겠는데 말이지. 뭐, 하프 따위에게 지는 건 사양이라고."

남자는 사벨을, 여자는 둥근 방패와 쇼트 소드를 들고 세리에를 둘 사이에 두듯 이동했다. 하등한 하프에게 질 리 없다며, 무의미한 자신감을 갖고 싸우기로 정한 것이다.

두 사람의 움직임을 보면서 세리에는 쓰러진 남자를 차서 기습당하는 일이 없도록 무력화시켰다.

그것을 신호로 두 사람은 세리에를 향해 달려들었다.

"웃차."

가볍게 몸을 숙여 피한 세리에는 여자 쪽으로 단숨에 접근해 몸을 부딪쳤다. 한 호흡의 틈도 없이 접근한 탓에 대응하지 못한 여자가 넘어진다. 순식간에 일대일이라는 기회를 얻은 세리에는 남자를 공격하러 갔다. 민첩하고 정신없는 연속 공격에 남자는 그저 방어할 수밖에 없었다.

세리에의 검이 상대의 검과 갑옷에 닿을 때마다 비명 같은 금속음이 울렸다. 그것을 무시하고 검을 휘둘렀다. 지금 쓰고 있는 것은 예비인지라 못쓰게 되어도 문제가 없었다.

그런 터무니없는 공격 덕분에 남자의 방어는 순식간에 무너졌다. 팔다리에서 피가 흘렸고, 고통 때문에 집중력이 흐트러졌을 때 검면에 머리 옆을 맞아 기절했다.

"마지막 한 명."

"하프가 어떻게 그렇게까지."

일어서서 기회를 노리고 있던 여자에게 이가 빠진 검을 들이댔다.

명백한 속도 차이로 도망칠 수 없다는 것을 깨달은 여자는 검과 방패를 들고 방어 자세를 취했다.

버텨서 무얼 어쩌겠다는 것인가 싶어 세리에는 고개를 갸웃거렸다. 쓰러지기까지 더욱 오래 걸릴 뿐인데.

"시간 벌기? 하지만 기척은……."

"기척을 감추는 데 제일 능한 동료가 숨어 있지. 지금쯤 약사를 덮쳤을 거야. 기절시킨 약사를 데려와 인질로 삼으면 너는 검을 버릴 수밖에 없게 되지. 그때까지 나는 버티면 되는 거야."

"그 동료가 너희들 중 실력이 가장 뛰어난가?"

제일 뛰어나다면 위험할지도 모른다 생각했다. 여자는 이 대화도 시간 벌기가 되리라 여기고 고개를 가로저었다.

"실력 자체는 나보다 조금 위야. 네가 쓰러뜨린 사벨 사용자보다 아래."

"그렇다면 아무 문제 없겠군. 기척은 잘 못 읽지만, 강함 자체는 나보다 유지로 쪽이 위니까."

자신에게 이기지 못했던 사벨 사용자보다도 아래라면 아무런 문제도 없다며, 세리에는 걱정을 그만두었다.

전혀 당황하지 않는 세리에의 모습에, 여자는 사실일지도 모른다고 판단했다. 여기는 무리해서라도 도망쳐야 할 때인가 싶어 시선이 흔들렸다.

세리에는 그 약간의 틈을 놓치지 않았다. 순식간에 최고 속도를 낼 생각으로 바닥을 박차고 방패와 검을 내리쳤다. 검은 버티지 못하고 두 동강이 났다.

여자는 그 충격으로 비명을 지르며 쓰러졌다. 서둘러 일어나려고 했지만, 세리에가 머리를 차서 기절시켰다.

"그럼, 끌고 가도록 할까."

지친 기색 하나 없이 못쓰게 되어버린 검을 버려버리고, 그들이 쓰던 사벨과 쇼트 소드를 전리품으로 회수한 뒤 세 사람을 질질 끌며 마차로 돌아갔다.

끌고 가는 사이에 찰과상이 생겼지만 세리에는 전혀 신경 쓰지 않았다. 남자 둘이 흘린 피의 양은 생명에 위험이 될 정도였지만 그것도 신경 쓰지 않았다. 두 사람이 죽어도 정보원이 될 여자가 있고 유지로 쪽으로 간 자도 있다.

분위기가 부드러워진 세리에지만 하프라며 무시하는 자에게까지 자비로울 만큼 사람이 좋아진 것은 아니다.

"약을 쓴 상태라면 검 두 자루를 써도 괜찮을 것 같네. 다음부터는 두 자루를 갖고 다니도록 할까."

이번 싸움으로 얻은 경험을 바탕으로 앞으로의 스타일을 생각했다.

마차 근처까지 와서 세 사람을 두고 기척을 죽이며 접근했다. 빛 아래에서 유지로가 남자의 몸을 뒤지고 있는 것을 보고 그가 무사하다는 것에 기뻐했다.

"유지로. 이쪽은 끝났어."

"고생했어. 이쪽도 습격받긴 했지만 어떻게든 끝냈어."

남자는 땀을 흘리며 괴로운 표정으로 기절해 있었다. 어디가 부러진 것인지도 모른다.

"그 약 대단했어. 낙승이었는걸."

질풍신뢰는 세리에에게 한 단계 위는커녕, 두 단계 세 단계 위의 힘을 주었다.

그 세 사람은 일류라고는 할 수 없었지만, 약을 마시지 않은 세리에라면 일대일로 붙는다고 해도 열세에 몰릴 정도의 실력은 갖고 있었다. 그런 자신에게 근접할 수 없을 정도의 힘을 준 약에 만족스러운 미소를 지었다.

세리에의 미소가 유지로에게는 최고의 보수였다.

"도움이 되었다면 다행이야. 만든 보람이 있네."

"재료가 풍부하다면 더 좋았겠지만, 그런 배부른 소리는 하면 안 되겠지?"

"뭐, 그건 어쩔 수 없지."

천하무쌍만큼 질 좋은 재료는 필요하지 않지만 어디서나

쉽게 구할 수 있는 재료로 만들 수 있는 것도 아니다. 평소에는 보통 능력 상승약으로 넘기고 비장의 수로 쓰는 것이 제일이리라.

쓰러뜨린 세 사람을 데려오겠다고 말하고, 세리에는 한 번 멀어졌다가 금세 돌아왔다.

정보를 수집하기 전에 죽지 않도록 남아 있던 치유 촉진제를 남자들에게 뿌려 치료했다.

갑옷을 벗기고 소지품 점검을 한 다음, 밧줄로 묶었다. 벗긴 갑옷은 쓸모가 없었으므로 근처에 던져두었다.

"누굴 깨울까?"

"부상이 적은 여자가 좋지 않을까?"

세리에가 바인을 쓰다듬으며 대답하자 유지로는 그럴까? 라며 여자의 뺨을 때려 깨웠다.

"……으으…… 여기는? 진 거구나."

세리에에게 차인 통증을 어떻게든 해보려는 듯 머리를 흔들며 현재 상황을 파악했다.

"정신을 차렸으니 질문을 해보도록 할까."

"대답할 건 아무것도 없어."

"그거 아쉽네."

늘 있는 일이라며 유지로는 약을 한 손에 들고 여자의 입과 코를 막았다. 약을 먹고, 눈초리가 흐릿해진 여자에게서 유지로와 세리에는 정보를 빼냈다.

"우선은 우리를 발견한 거 말인데, 특수한 마법 같은 걸 쓴 거야?"

"아무것도 안 썼어. 당신들한테서 도망친 병사가 근처에 당신들이 있다는 정보를 뿌렸지. 그걸 들은 모험가와 용병들이 현상금을 노리고 찾기 시작했어. 우리는 우연히 발견했을 뿐이야."

"기척을 들키지 않은 건 실력?"

"실력. 우리는 평소 희귀한 마물을 잡으러 다니고 있어. 기척을 죽이며 행동하는 건 특기야."

과연, 이라며 납득하고 두 사람은 안심한 듯 숨을 내쉬었다. 이능 사용자처럼 이쪽을 포착하는 마법과 기척을 지우는 마법이 있다면 앞으로 고생하리라고 생각했던 것이다.

그때 기절했던 사벨 사용자가 깨어났다.

"레인? 레인, 대답해! 너희들, 레인에게 무슨 짓을 한 거냐?!"

멍한 모습으로 반응하지 않는 레인을 보고 사벨 사용자는 두 사람에게 소리쳤다.

"네네, 시끄럽거든. 질문 중이니까 조용히 있어."

회수한 사벨을 남자의 목덜미에 댔다. 대강 휘두른 검에 베였는지 피가 사벨을 타고 흘러 지면에 떨어졌다. 입을 다문 남자를 곁눈질한 유지로는 질문을 계속했다.

"현상금이 걸려 있는 모양이던데, 얼마지?"

"천이백만 밀레."

"역시 왕족 살해죄라고 해야 하려나."

감탄한 듯 세리에가 말했다. 커다란 도적단의 두목이라도 현상금이 천만 가까이 걸리는 일은 없다. 그 정도 금액이 붙은 범죄자라면, 무역선을 몇 번이나 습격하여 나라의 재정에 타격을 준 해적이나, 자신의 진영과 적대하는 귀족을 몇 명이나 죽인 암살자가 있다.

"10년 치 생활비인가. 누구라도 기합이 들어가겠네. 다음 질문이야. 네 동료는 몇 명이지? 여기까지의 이동수단은 도보인가?"

"동료는 다섯. 한 명은 말을 보고 있어."

"말이라, 대단한 짐은 없을 것 같은데. 그 장소는? 언제까지 돌아오지 않으면 마을로 돌아간다든가, 정해둔 게 있나?"

"장소는 이 숲의 북쪽 바위 그림자. 아침까지 한 번 돌아가게 되어 있어. 우리가 돌아오지 않을 경우에는 먼저 마을로 돌아갈 거야."

아침까지 기다리는 거라면 문제는 없으리라고 생각되었다. 다만, 밤사이에 이변을 느끼고 마을로 돌아갈 경우 증원을 부를 수도 있으니 쓰러뜨리러 갈 필요가 있다.

"세리에는 뭔가 물을 거 있어? 나는 떠오르지 않는데."

음, 하고 무언가를 생각하며 힐끗 남자를 본 세리에는 유지로에게 눈짓을 하고 입을 열었다.

"근처 마을까지 얼마나 걸리지? 그리고 북쪽에 위치한 마을 중 가까운 곳은?"

"가까운 곳은 북동북의 마을, 말을 달리면 약 세 시간. 북쪽 마을은 말로 다섯 시간 정도 가면 있을 거야. 무관리지대에 가까우니까 마을과 도시는 많지 않아."

"그렇군. 우리가 여기에 있다는 정보가 가기 전에 들를 수 있을지도 모르겠네. 슬슬 식재료 같은 게 불안해."

거기에 갈 마음은 없다. 남자에게 그쪽으로 간다고 알리는 것이 목적이다. 꾸며낸 것 같다는 자각은 하고 있으니 속지 않아도 문제는 없다.

그런 생각을 하고 있는 만큼 남자들을 죽일 마음은 없었다. 그저 기절시킨 뒤 동료에게 발견되게 할 계획이다.

"그 외에는…… 우리에 관한 건 얼마나 퍼져 있지?"

"들은 이야기로는 여기저기. 항구에서도 엄중한 심사를 하고 있어. 타국에도 정보를 보냈다는 소문을 들었어."

"사람이 있는 곳은 움직이기 힘들겠네. 잠시 쉬고 출발하자."

그렇게 말한 세리에는 다시 남자의 머리를 차서 기절시켰다.

"세리에, 북으로 갈 거야?"

"설마. 듣고 있던 이 녀석이 착각해줬으면 좋겠다 싶어서 말했을 뿐이야. 예정은 변경 없이 서쪽으로."

"지금부터 더 잘래?"

"나는 됐어. 유지로가 자도록 해. 날이 밝기 전에 깨워줄 테니까, 서둘러 출발하자."

"알았어."

레인에 관한 것을 세리에게 부탁하고 유지로는 마차로 들어갔다.

세리에는 묶어둔 네 명의 눈과 입을 가리고 눕힌 다음, 보초를 섰다.

그 후에는 아무런 일도 일어나지 않은 채 시간이 흘렀다. 보초를 서는 도중에 사로잡은 자들이 깨어났지만 상대하지 않고 무시했다.

유지로를 깨우기 전에 간단히 아침 식사를 준비하고, 깨운 다음에는 함께 식사를 하고 출발했다. 북쪽 바위에 있을 자에게 들키지 않도록, 빛은 밝히지 않고 천천히 이동했다.

사로잡은 네 사람은 방치해두었다. 마물이 기피하는 약을 뿌려두었으니 잡아먹힐 확률은 그리 높지 않겠지만, 언제까지고 효과가 계속되는 것은 아니다. 무사히 살아남을지는 그들의 운에 달렸다.

날짜를 따져보았을 때, 국경을 넘은 듯했고, 마주치는 병사와 모험가도 줄었다. 마물의 수준은 올라갔지만 익숙한지라 그리 힘들지 않았다.

슬슬 근처 숲에 자리를 잡을까 싶었던 두 사람은 앞쪽에 보이는 숲에 들어가 보기로 했다.

두 사람은 마차에서 내려 주변 경계를 하면서 숲 안을 걸었다. 아무런 정보도 없는 곳이라 무엇이 있는지도 알지 못하니 조심스럽게 나아갔다.

"위험한 마물 같은 게 있으려나. 고기 벽이 되어줄 만한 거."

"적당히 강한 마물이 있으면 좋겠네."

없기보다 있기를 바라는 것은, 그것을 이용하여 추적자와 침입자를 쫓아내려고 생각하고 있기 때문이다.

"기척은 있어도, 모습은 보이지 않아."

세리에는 주변을 탐색했지만 아무것도 발견하지 못하고 그렇게 중얼거렸다. 바인도 이쪽저쪽을 보고는 있지만 무언가를 발견하지는 못한 모양이었다.

이윽고 밝고 탁 트인 곳으로 나왔다. 조금 떨어진 곳에서는 물이 흐르는 소리가 들렸다.

"물도 있고, 괜찮아 보이지 않아?"

"그러게. 잠시 머물면서 식재료를 확보해보고 아무 문제없으면 여기 자리 잡도록 할까?"

바인을 풀어주고 화덕을 만들거나 떨어진 곳에 구멍을 파서 화장실을 만들거나 하며, 생활환경을 갖추어갔다.

"벽돌 같은 걸 만들어서 목욕탕도 지으면 좋겠는데."

"있으면 감사하겠지. 하지만 벽돌은 어떻게 만드는데?"

"흙이라든가 부서진 돌을 섞어서 형태를 잡아주고 고온에서 구우면 되지 않을까? 발수성 약을 바른다든가 틈을 메울 수 있는 접착제는 만들 수 있으니까, 본격적인 게 아니라도 문제없을 거라고 봐. 본격적으로 만들려고 하면 벽돌을 만들기 위한 가마용 벽돌을 만든다든가, 여러 가지로 공을 들여야 할 것 같지만."

"그렇게까지 하면 귀찮을 것 같아. 뭐, 안전 확인을 위한 탐색이 먼저니까, 벽돌 만들기는 나중 일이겠지?"

이곳에 정착할 수 있겠다고 판단되지 않으면 목욕탕을 만들어도 쓸모없게 될 뿐이다.

점심을 먹은 다음, 두 사람은 바인을 데리고 숲 탐색을 시작했다. 인기척은 느껴지지 않기에 마물 기피제를 뿌리고 마차는 두고 움직였다. 식재료 등을 쓸어가거나 하면 안 되니, 다른 짐으로 단단히 주변을 막았다.

먹을 수 있는 풀과 약간의 나무 열매와 버섯을 발견하면서 탐색은 진행되었다.

"아, 다람쥐."

"드디어 벌레 이외의 생물이 나타난 거야?"

세리에는 나뭇가지에 앉은 다람쥐를 발견했다. 다람쥐는 무언가를 먹고 있는지, 입을 움직이고 있었다. 그리고 입안의 것을 금세 다 먹은 다람쥐는 두 사람을 바라보았다.

작은 동물답지 않은 부리부리한 눈이 배고픈 육식 동물 같은 분위기를 띠었다.

다람쥐는 가만히 두 사람을 감정하듯 보는 것 같더니만 몸을 돌려 떠나갔다.

"응? 등에 뭔가 있었던 것 같은데?"

유지로는 다람쥐의 등에 무언가가 들러붙어 있는 것을 눈치챘다. 먼지 같은 것이리라 생각하고 크게 신경 쓰지 않았지만.

"생물이 적다는 것 이외에는 평범해 보이는 숲이네."

"남획이라도 당해서 경계심이 높아진 걸지도 몰라."

이런저런 이야기를 하며 나아가다 보니 한 시간도 지나지 않아 두 사람은 숲을 나왔다.

"그리 큰 숲은 아니네."

"식재료도 풍부해 보이지 않았고, 여기 자리 잡고 사는 건 안 될 것 같아. 식량을 조금 모으고 다른 곳으로 갈까?"

"그게 좋겠어."

기척만 느껴진다는 것도 조금 기분이 나쁜지라, 세리에의 말에 동의하고 수긍했다.

식량을 모으며 마차로 돌아온 두 사람은 여행의 피로를 풀기 위해 느긋하게 보냈다.

덥지도 춥지도 않아 낮잠 자기 딱 좋은 날씨였기에 세리에는 바인을 안고 나무 그늘 아래서 잠들었다.

세리에의 베개가 되고 싶다는 생각을 하면서 유지로는 만들어두었던 약을 점검하고, 못쓰게 된 것은 멀리 떨어진 곳에 버려버렸다. 그다음엔 새로 보충용 약을 만들기 시작했다.

그러자 숨어 있던 생물들이 약을 버린 곳으로 하나둘 모여들었다. 한 마리가 할짝할짝 지면을 핥자 머리에 달려 있는 무언가가 커졌다. 버섯이었다.

다른 생물도 약을 핥았고, 하나둘 몸의 여러 곳에 붙어 있는 버섯이 커져갔다.

해 질 녘이 가까워지자 숲속도 어둑해졌고 세리에는 잠에서 깼다.

"잘 잤어?"

"응, 잘 잤어. 느긋하게 잘 수 있는 건 참 좋네."

안는 베개가 되어주었던 바인에게 고맙다고 말하고 일어서서 등을 쭉 폈다.

세리에는 저녁을 만들기 위해 오래된 식재료를 마차에서 꺼냈다. 음식 냄새가 주변에 퍼지기 시작하자 약 만들기를 멈춘 유지로는 바인의 털을 빗겨주었다.

"언제 먹어도 맛있어."

"간은 약하게 되었지만."

조미료는 귀중품이 된 상황이라 아무래도 맛은 심심해졌다. 세리에는 예전의 생활을 통해 익숙해진 일이었고, 바인도 불만은 없었다. 유지로도 세리에가 직접 만들었다는 것만으로 만족이었기 때문에 문제는 되지 않았다. 게다가 약간 편중된 경향이 있기는 했지만 유지로가 허브 등을 찾아내 일정량을 확보할 수 있었고, 덕분에 완전히 순수한 재료의 맛만으로 조리되는 일은 없었다.

"얼마나 머물 거야?"

"느긋하게 지낼 수 있을 것 같으니까, 당장은 아니어도 괜찮지 않을까 싶은데."

"식재료가 적은 것 외에는 아무 문제 없어 보이기도 하고."

열흘까지는 아니더라도 닷새 정도 쉬다 가자고 정했다.

설거지를 하고, 물로 몸을 씻고, 엿보려다 격퇴당하는 등, 유지로 일행은 평소처럼 시간을 보냈다. 그리고 그날은 낮잠을 잔 세리에가 먼저 보초를 서기로 했다.

유지로가 잠들기 시작하고 약 다섯 시간. 열두 시 전쯤 되었을 무렵에 세리에는 차체를 두드려 유지로를 깨웠다.

"교대?"

"아냐. 주변 분위기가 이상해."

"어떤 식으로?"

"날이 선 느낌이니까, 이동을 생각하는 편이 좋을지도 모르겠어."

"알았어."

코트를 입고 부츠를 신은 뒤 차체 밖으로 나온 유지로도 잠들기 전과는 달라진 분위기를 느꼈다. 낮에는 단순히 보고 있기만 하는 시선이었다면, 지금은 끈적한 것이 되어 있었다.

"역시 무관리지대의 숲이네."

"그러게. 오히려 아무 일도 없는 쪽이 놀랄 일이지."

두 사람이 움직이기 시작한 것을 알아챘는지 시선의 주인들도 움직였다.

"이건 격퇴해야 할 것 같은데?"

"바인 풀어줄까?"

"언제든 풀어줄 수 있도록 해두는 게 좋겠어."

세리에는 경계하며 검을 뽑았고, 유지로는 바인 옆으로 이동했다. 출발할까 생각하던 때, 나뭇잎을 밟으며 동물과 마물이 앞쪽에서 모습을 드러냈다.

"뭐야? 저 버섯은?"

"저건…… 숙식(宿喰) 버섯이야. 생물에 들러붙어 식욕과 흉포성을 자극하는 걸로 알고 있어. 숙주가 다른 생물을 덮치게 만들어 고기를 먹게 하지. 초식 동물도 육식이 된다고 해."

머릿속 지식에 해당 정보가 있었기에 그것을 소리 내 말했다.

고품질 피로 회복제와 일시적인 젊음의 약 재료가 된다. 팔면 꽤 큰돈이 되리라. 감염력이 높아 그대로 싸우면 포자가 들러붙어 이틀 정도 후에 버섯에 조종당하게 된다. 포자를 무효화하려면 이 버섯을 쓴 약을 마시면 된다. 동료 중에 약사가 없으면 싸움을 피해야만 하는 상대다.

"기생한 대상이 얻은 영양을 버섯도 흡수하면서 성장한다는데, 내가 아는 것보다 조금 커."

유지로의 지식에는 2센티미터 정도의 크기라고 되어 있었지만, 지금 눈앞에 있는 숙식 버섯은 5센티미터는 된다.

원인은 물론 유지로가 버린 약이다. 이것저것 섞인 약이 버섯에 적합했던 것이다. 앓는 모습을 보지 못했으니, 유지로는 자신에게 원인이 있다는 사실은 알지 못했지만.

"약점이나 싸우는 법은?"

"버섯을 베어내거나, 본체를 쓰러뜨리면 돼. 포자를 퍼뜨려 기생하려고 하겠지만, 나중에 약을 만들 테니까 신경 쓰지 않아도 괜찮아."

"숙주를 강화시킨다거나 하지는 않아?"

"흉포해지는 정도야. 원래대로라면 도망쳐야 할 상황에서도 싸우려고 드니까 그 점을 주의하는 정도면 돼. 약재료가 되니까 가능하면 버섯은 회수하고 싶어."

"여유가 있는 동안에는 신경 써둘게."

"응."

세리에는 힘의 능력 상승약을 먹고, 덤벼드는 들개를 베어버렸다.

유지로는 바인을 풀어 싸우게 했다. 유지로 자신도 달려든 올빼미를 쳐서 떨어뜨렸다.

숙주는 다양했다. 토끼도 산비둘기도 멧돼지도, 모두 버섯을 달고서 공격해 왔다.

베고, 차고, 물어뜯기를 반복하자 주변은 피 냄새로 가득해졌다. 유지로 일행의 팔다리도 피에 젖어 있었다.

피로와 상처는 약으로 대처하며 세 시간이 넘는 시간 동안 백에 가까운 기생된 동물과 마물을 죽인 끝에야 겨우 유지로 일행 이외에 움직이는 것은 전부 사라졌다.

주변에는 발 디딜 곳도 없을 만큼 시체로 가득했다.

"도망치지 않는다는 게 이렇게나 성가신 일일 줄이야."

쏟아지는 땀을 닦다 얼굴을 피로 더럽히고 만 세리에는 인상을 찡그렸다. 약으로는 어찌할 수 없는 정신적 피로감이 느껴졌다.

한편 피로 같은 건 느껴지지 않는 목소리로 유지로가 말을 걸었다.

"바인이랑 같이 씻고 올래? 그 사이에 나는 버섯을 모을 테니까."

"그러고 싶지만, 그 전에 고기를 처리해서 보존해둬야겠어. 고기가 이렇게나 있으면 한동안은 곤란하지 않을 테지."

"나도 도울게."

둘이서 신선한 고기를 필요한 만큼 모아 얼리고 보존 마법을 걸었다. 남은 건 바인에게 원하는 만큼 먹게 했다. 바인은 조리된 것을 더 좋아하지만 생으로도 먹을 수 있다.

그리고 버섯도 어느 정도 회수했다. 버섯은 수분을 제거하고 방치해두면 하루도 안 돼 죽는다.

세리에가 피를 씻는 사이에 유지로는 남은 버섯도 회수했다. 그 결과 70개의 버섯을 모을 수 있었다.

"대어네, 대어야."

좋은 게 손에 들어왔다며 흡족한 얼굴로 버섯의 수분을 날렸다.

기생 대책에 쓸 것을 제외한 버섯을 바구니에 담아서 차체 안으로 나르고 약을 만들기 시작했다. 이 약은 만드는 법이 그리 어렵지 않다. 재료도 이 숲에 전부 있었다. 버섯과 두 종류의 풀을 건조해서 부순 다음 가루를 물에 넣는다. 그대로 물 속성 천 위에 한 시간 방치해둔다. 침전된 것이 들어가지 않도록 위쪽의 물을 냄비로 옮기고 한 번 끓여주면 완성이다.

속성 천 위에 올려두는 과정이 끝났을 때, 옷을 갈아입은 세리에와 바인이 돌아왔다.

"나도 씻고 올게."

속성 천에 손을 대지 말라고 말해두고 물가에서 몸을 씻고 옷도 빨았다.

"다녀왔어."

"어서 와. 이동하고 싶은데, 괜찮을까?"

피 냄새가 풍기는 곳에서 어서 벗어나고 싶은 것이다. 게다가 피 냄새가 싫은 것 이외에도, 이 냄새에 낚여 숲 밖의 마물이 모여들 가능성도 있었다.

유지로는 미안해하며 사과했다.

"한동안 약을 가만히 둬야 해. 앞으로 20분 정도 참아줘야 할 것 같아."

"그렇다면 어쩔 수 없지."

세리에는 마부석에 걸터앉아 심심한 듯 머리카락을 만지작거렸다.

유지로가 심심풀이 겸 자란 머리카락을 조금 잘라달라고 부탁했고, 세리에는 고개를 끄덕였다.

가위질 소리가 밤의 숲에 울렸다. 어느 정도 머리카락이 정리되었을 무렵에는 20분 가까운 시간이 지나 있었다.

세리에는 바인에게 신호를 보내 천천히 마차를 움직였다. 유지로는 차체 안에서 약을 끓이고, 완성된 것을 셋으로 나뉘서 하나를 세리에에게 건넸다. 두 사람은 뜨거운 약을 불어 식혀가며 먹었다. 고소한 맛에 약간 쓴맛도 돌았지만 바인도 문제없이 먹을 수 있을 것 같았다. 바인용 약은 충분히 식힌 다음에 먹였다.

남은 침전물은 더 가공하면 정력제가 된다. 유지로는 필요 없다고 느꼈으므로 물로 헹궈서 버렸다.

두 사람이 떠난 후의 숲에는 예상대로 피 냄새에 끌린 마물이 모여들었다. 여기서 무슨 일이 있었는지는 관심 없다는 듯이 죽은 고기를 뺏고 뺏기며 탐하는 마물들에게 나뭇잎 따위에 붙어 있던 포자가 달라붙었다. 대부분은 털이 방해가 되어 피부까지 닿지 못했지만, 그중에는 피부에 붙어서 영양을 흡수하기 시작한 것도 있었다. 그것들이 성장하여 숲에는 숙식 버섯이 다시 나타났다. 그리고 그렇게 다시 조금씩 수를 늘려갔다.

26 오너라 마물의 숲

하늘의 달이 끝났다. 즉 10월도 종반에 접어들었고, 두 사
람은 거대한 숲을 높은 위치에서 내려다보고 있었다. 시야
끝에서 끝까지 숲이 펼쳐진 모습이, 땅끝까지 뻗어 있는 것
만 같은 숲이었다. 군데군데 수령이 백 년 이상은 되지 않
을까 싶은 커다란 나무도 보였다. 멀리에는 산과 호수도 보
였다. 호수와는 별개로 숲의 서쪽에 강도 보였다.

이곳은 나라와 나라를 잇는 길에서도 벗어난 곳이라 추격
자들의 습격을 받는 일도 없었다. 마물의 습격이 많아지기
는 했지만, 강한 마물을 조종해 다른 마물의 상대를 시키고
버려가며 나아가고 있어 그다지 고생은 하지 않았다.

"이제 그만 한곳에 정착할 수 있는 곳을 찾을 수 있으면
좋겠는데. 이대로는 겨울이 걱정이야."

"여기에 기대를 걸어보자. 이렇게 넓으면 먹을 건 풍부하
겠지."

겨울을 날 수 있을 만큼의 식량은 어찌어찌 확보해두었지
만, 눈이 내릴 때의 유랑 여행은 사양이었다.

높은 곳에서 내려와 약을 뿌리고 능력 상승약을 준비하여
숲에 발을 들였다. 들어와 보고 안 것인데, 약초 냄새에 뒤
지지 않을 만큼 생물 냄새가 강하게 났다.

마물 기피제를 뿌렸지만 개의치 않고 다가오는 마물이 나
름 있었다. 원숭이에, 바위를 삼킨 슬라임, 큰 전갈, 큰 거

미 같은 마물이 잇따라 나왔다.

"여기서 사는 건 무리려나."

난폭한 대형 닭을 차서 쓰러뜨린 유지로가 한숨을 내쉬며 말했다.

마물 기피제가 충분히 효과를 발휘하지 못하는 상황에서 안심하고 사는 건 어려우리라 생각했다.

"그럴지도 모르겠어. 하지만 조금 더 찾아보자. 안전한 곳이 있을 수도 있잖아."

"일단 목표는 호수가 좋을까?"

"물이 가까이 있는 편이 지내기 편할 테니까, 그게 좋겠어."

높은 위치에서 확인한 호수 방향을 떠올리며 그쪽을 향해 걸었다.

"위험할지도 모르지만, 여기 약사한테는 천국일지도 모르겠어."

"재료가 풍부해?"

"엄청나게. 다른 곳도 이런 느낌이라면 못 만들 약이 없을 거야."

"믿음직하네."

숲에 들어온 지 약 한 시간 만에 헤프시밍 왕도에서는 모으지 못했던 머리가 좋아지는 약의 재료 대부분을 모았을 정도다. 풍부한 재료에 무심코 감탄의 목소리가 나오는 것도 어쩔 수 없는 일이다.

"하지만 그런 곳이라면 나라에서 병사를 써서 채취하러

올 수도 있겠는걸."

"아, 그럴지도. 마주치지 않도록 조심할 필요가 있으려나. 그 전에 마물에 주의해야겠지만."

바인이 으르렁거리기 시작하는 것을 보고 두 사람은 전투 태세를 갖추었다.

나온 것은 아키타견 크기의 고양이 다섯 마리. 얼룩무늬로 투박한 발톱이 자라나 있었다.

마물 기피제를 개의치 않고 접근한 마물이다. 약하지는 않을 것이다.

"저거 뭔지 알아?"

"숲의 사냥 고양이라는 거였던가? 책에서 읽은 기억이 있어. 분명…… 여러 마리가 한 사람을 노리고 공격하는 방식으로 싸운다고 했던가? 강한 정도는 신출내기 모험가라면 일대일이라도 질 가능성이 있다든가 뭐라든가."

"나는 신출내기는 지났다고 생각하니까, 일대일은 문제 없겠네. 질풍신뢰를 쓰면 다섯 마리도 가능하려나? 여기, 복수 능력 상승약 재료도 간단히 모을 수 있어?"

"글쎄…… 그렇지 않을까?"

주변을 둘러보고 재료가 될 풀 등을 확인한 후 고개를 끄덕였다.

그렇다면 여기서 써도 괜찮겠다며 세리에는 약을 복용하기로 했다.

"두 가지 정도 시험해볼래. 위험해지면 도와줘."

한 사람을 노린다면 자신이 미끼가 되어 앞으로 나서는 편이 싸우기 쉽다고 판단했다.

"……알았어."

유지로는 조금 망설였지만 수긍했다. 언제든 뛰쳐나갈 수 있도록 기합을 넣고 집중했다.

약을 다 비운 세리에는 허리에 찬 두 자루의 검을 뽑아 들고 앞으로 나섰다. 고양이들의 시선이 집중되었고, 세리에가 목표로 정해졌다.

고양이 중 한 마리가 높이 도약하여 머리 위에서 덮쳐들자 다른 두 마리는 좌우에서 접근했다. 움직임은 마을에 있는 고양이와는 비교도 되지 않을 만큼 빠르다. 남은 두 마리는 움직이지 않고 세리에의 빈틈을 찾고 있었다.

세리에도 앞으로 나와 왼손에 든 검으로는 날아든 고양이의 가슴을, 오른손에 든 검으로는 오른쪽에서 온 고양이의 목덜미를 벴다.

고양이들의 움직임에 충분히 대응할 수 있었다. 이 정도라면 이길 수 있다고 판단한 세리에는 상황을 보고 있던 두 마리를 향해 달려갔다.

목덜미를 베인 고양이는 빈사 상태, 가슴을 베인 고양이는 움직임이 둔해졌다. 무시당한 고양이는 세리에의 등을 쫓아 이동하고 있다.

세리에의 접근에 두 마리의 고양이는 덮쳐드는 검을 피하기 위해 뛰어내리더니, 그대로 몸을 돌려 멀어져갔다.

남은 고양이 한 마리는 그대로 세리에에게 접근해 발톱을 세우며 덤벼들었다. 세리에는 그 공격을 보지도 않은 채 피했고, 발톱에 스친 머리카락 몇 가닥이 흩어졌다. 거꾸로 고쳐 쥔 검을 착지한 고양이의 등에 찌르고, 또 한 손의 검으로 다리를 벴다.

한 마리는 죽었고, 남은 두 마리도 움직이지 못하게 되어 두 사람이 마무리를 지었다.

"괜찮은데. 이 싸움으로 덤벼드는 마물 수가 줄어들면 좋을 텐데."

투아가 했던 것처럼 살기만으로 물러나게 한다는 대단한 일은 무리지만, 실제로 싸워 여유롭게 이겨 보임으로써 실력이 좋다는 것을 일부러 보여주는 것이다.

시험해보고 싶었던 것은 이곳에서 살아갈 수 있을지 없을지와 마물과의 싸움을 줄일 수 있을까 하는 것이었다.

세리에는 주변의 반응을 탐색했다.

"잘 모르겠는데. 앞으로 나아가자."

주시하는 시선이 줄었는지 어떤지, 자극하는 느낌이 없어 판단하기 힘들었다.

두 사람의 등 뒤에서 고기를 먹는 소리가 들려왔다. 죽은 고양이에 벌써 마물이 달려든 것이리라.

30분 정도 나아가다 멋진 송곳니를 가진 멧돼지 마물과 싸우게 되었다. 우연히 마주친 형태였지만 마주치자마자 적의를 드러냈기 때문에 전투로 이어졌다. 이번에는 유지로가 싸우기로 했다. 약은 쓰지 않은 채 보통 상태로 안면을 차버리자 멧돼지는 코피를 흘리며 도망쳤다. 다시 한 시간 정도 이동했을 때 두 사람은 전방에서 복수의 명확한 적의를 느꼈다.

"어느 정도일까? 나는 많다는 것밖에 모르겠어."

"아마도 서른 마리는 있겠는데. 세세한 부분은 나도 모르겠어."

대략적인 수를 파악하고 그 자리에 멈춰 섰다. 그리고 이대로 나아갈지 피할지 이야기를 나누었다.

피해서 전투를 회피할 수만 있다면 그것도 좋으리라고도 생각했고, 저 정도 수의 마물을 죽이면 아무래도 앞으로 적대하게 될 마물의 수는 줄일 수 있으리라고도 생각했다.

"힘을 보여주는 게 정답이려나. 강한 자에게는 복종하는 게 야생의 룰이잖아?"

"이 앞에 있는 마물이 얼마나 강할지 미지수라는 점이 고민이야."

어찌할까 생각하고 있으려니 기척의 주인들이 천천히 주변을 둘러싸듯 이동하기 시작했다.

이것은 전투인 걸까? 유지로 일행도 바인을 풀어주고 전투 준비로 이동했다.

"고블린?"

"그래, 맞아."

덤불에서 나온, 털가죽을 두른 사람 형태의 마물을 보고 두 사람은 그렇게 판단했다.

RPG 등에 나오는 고블린과 마찬가지로 그리 강하지는 않은 마물이다. 마력 자체는 평원의 민족보다도 조금 위지만. 키는 140센티미터 쯤으로, 어느 정도의 지능을 갖고 있고, 나무껍질과 돌로 무장했다. 강하지 않다는 것을 자각하고 있어 늘 집단으로 싸운다.

강함은, 오크에게 확실하게 이기려고 한다면 열네 마리 정도가 무리 지어 싸워야만 할 것이다. 평원의 민족과 마찬가지로 때때로 돌연변이가 태어나며, 그 고블린은 결코 피라미라고는 부를 수 없는 강함을 갖고 있다.

나타난 고블린은 돌로 된 도끼와 뾰족한 돌을 단 막대기를 들고 있었다.

"이게 나타났다는 건, 이 숲에도 안전한 곳이 있다는 건가?"

"마주쳤던 마물도 그렇게까지 강한 건 아니었으니까, 그럴 가능성도 있을지 모르겠네. 하지만 무장하고 있는 게 신경 쓰여."

그리 판단하기에는 아직 정보가 부족하다. 가능성이 있을 뿐이라고만 생각하기로 했다. 돌연변이종에게 보호받는 집단일 가능성도 있는 것이다.

나타난 스무 마리의 고블린이 일제히 움직였다. 유지로와 세리에는 그곳에서 움직이지 않고 맞아 싸웠고, 바인은 달려나갔다.

수가 많은 탓에 예상치 못한 곳에서 공격이 들어오는 일도 있었지만, 모두 찰과상으로 끝났다. 유지로는 본인의 튼튼한 코트 덕분에 긁힌 상처조차 없었다.

약효가 남아 있는 세리에의 활약으로 고블린들은 순식간에 모두 쓰러졌다.

숨통을 끊으려는 때에 두 종류의 목소리가 울렸다. 하나는 "그가가" 하는 소리로 유지로 일행으로서는 의미를 알 수 없었지만, 또 하나는 익숙한 말로 "멈춰"라고 확실히 들렸다.

고블린들이 나온 방향에서 다른 고블린과 본 적 있는 마물이 나왔다. 두 사람은 그 마물의 모습에도 놀랐지만, 나온 고블린 한 마리를 보고도 놀랐다.

두 사람이 보고 놀란 고블린은 늙었다는 것을 알 수 있었지만, 신장 180센티미터를 넘는 장신에 쓰러져 있는 고블린들보다 근육도 훨씬 많았다. 분위기로 봐도 과하게 센 척하는 느낌은 없었고 당당한 느낌을 주었다.

돌연변이종이 있을지도 모른다고는 생각했지만 그 존재를 확인하고 새삼 놀랐다.

그 고블린이 무언가 말을 걸자 쓰러져 있던 고블린들이 비틀비틀 몸을 일으켜 죽은 동료들을 나르며 덤불 너머로 사라져갔다.

"뭐지?"

"나도 모르겠지만, 적대할 의사는 없는 것 같은데."

"그 말대로다. 용건을 들을 때까지는 손을 대지는 않겠다."

"말했어?!"

나이 든 고블린이 서툴지만 자신들과 같은 말을 사용하는 것에 놀랐다. 머리 좋은 고블린이 있다고 해도, 언어는 배워 익히지 않으면 말할 수 없다. 사람과 고블린의 말은 전혀 다르니 자연히 말할 수 있게 된다고 하는 일은 있을 리가 없었다.

눈앞에 서 있는 고블린의 정체에 대한 의문이 더욱 깊어졌다.

"오랜만이야."

고블린 옆에 있던 벅스 노이드가 놀란 두 사람에게 말을 걸었다.

"역시 그때의 벅스 노이드인가."

"그때는 말을 한마디도 하지 못했었는데."

벅스 노이드의 유적에 들어갔을 때 리더에게 안내해주었던 수컷 벅스 노이드다. 특이했던 하반신에 더해 생김새도 단정하여 바로 기억났다.

"말은 그 후에 배웠다. 지능이 높은 마물 중에는 인간의 말을 쓸 수 있는 자가 많아, 교섭 등 대화를 나누는 데 도움이 되지."

"흐음. 그건 그렇다고 치고. 그쪽 고블린이 말한 용건이란 건 무슨 말이지?"

"이 숲에 무얼 하러 왔는가?"

"얼굴을 아는 사이니까 일단 제지했지만, 내용에 따라서는

적대할 수도 있어."

주변에 남아 있던 고블린들이 활을 들고 경계하듯이 유지로 일행을 포위했다. 적대한다는 말에 거짓은 없는 것이리라.

처음부터 대화를 나누러 왔으면 좋지 않느냐고 말하는 유지로에게 나이 든 고블린은 약한 녀석의 말을 들을 마음은 없다고 답했다.

"이 숲에 정착할까 싶어서."

"정착? 여기서 살겠다는 뜻인가?"

유지로는 고개를 끄덕였다.

"평원의 민족이 이 숲에서 사는 건 무리다. 여기는 우리 같은 약하다고 여겨지는 마물만 있는 게 아니다."

"강한 마물은 약으로 조종해서 다른 마물을 맡게 할 생각이었는데."

"약, 너는 약사라는 것인가?"

"맞아. 그나저나 너는 책에서 본 고블린과는 다른데? 보통 고블린은 약사 같은 거 모를 텐데 말이야."

"젊었을 적 이 숲을 나가 여기저기에서 날뛰고 다녔다. 그때 얻은 지식이다."

세리에는 눈앞에 있는 고블린의 정체에 관해 짚이는 바가 있었다.

지금으로부터 40년도 더 전에, 사람과 마물이 크게 싸운 일이 있었다. 그때 한 마리의 돌연변이종 고블린이 이름을 떨쳤던 것이다.

「보루 함락자」「파괴 왕」같은 이명까지 얻은 그 고블린은 싸움이 끝나자 갑자기 모습을 감추었고, 퇴치되었다는 소문이 돌았다.

"고제로."

기억을 더듬어 아버지에게 들었던 고블린의 이름을 중얼거리듯 말했다.

그 소리에 늙은 고블린이 반응했다.

"그리운 이름이로군. 그리 불리는 게 몇 년 만인지. 동료들과 살고 있으면 이름 같은 건 의미 없으니까."

"세리에, 고제로라니?"

"이 고블린의 이름이야. 내가 태어나기 훨씬 전에 있었던 큰 전쟁에서 유명했던 고블린. 죽었다고 여겨지고 있었는데."

"싸움이 끝나서 숲으로 돌아왔을 뿐이다."

그 후 숲에서 나오지 않았기 때문에 사람들은 죽었다고 착각했던 것이다.

"이야기를 다시 돌리지. 두 사람이 이 숲에서 살겠다고 한다면 내가 있는 곳으로 오는 게 좋을 거야. 몇 가지 조건은 있지만, 그걸 지킨다면 자리 잡고 사는 데 문제는 없을 거다."

고제로는 벅스 노이드를 수상하게 여기는 표정으로 보았다.

"우리로서는 기쁜 얘기지만, 조건이 터무니없는 거라면

받아들일 수 없어. 조건은 어떤 거지?"

"반드시 지켜주었으면 하는 건 호수에는 접근하지 말라는 것."

"호수? 일단 그곳을 목표로 가고 있었는데, 뭔가 이유가 있어?"

"역시 그런가. 제지하기를 잘했군."

고제로와 벅스 노이드가 명백하게 안도한 듯 한숨을 내쉬었다.

"거기에는 이 숲의 주인이 있다. 과거 평원의 민족에게 아이를 빼앗겨 인간을 싫어하는 수룡이지. 지금은 유괴 사건 후에 태어난 자그마한 아이가 있어서 더욱 경계심이 커진 상태다. 사람이 모습을 보이면 숲 대부분을 파괴할 만큼 날뛸 거야. 다 파괴하는 데 하루도 필요 없을 테지."

이 정도로 넓은 숲을 단시간에 파괴할 수 있는 용은 상위 중에서도 더욱 위이리라. 그런 용과는 유지로 일행도 적대할 마음이 없으니 호수에는 접근하지 않기로 했다. 아무리 유지로의 약이라고 해도 상위 용에게 통하리라고는 자신할 수 없었다.

용을 죽인다고 한다면 그럴 수 있는 독약도 지식에는 있었다. 그러나 즉효성이 없으니, 독이 도는 사이에 날뛰어 숲이 파괴될 터다. 그런 상황이 되면 다시 정착할 곳을 찾는 여행으로 돌아가야 하는 데다, 그 소동에 휩쓸려 죽을 가능성도 없지 않았다.

접근하지 않는다는 선택이 제일이리라.

"알았어. 다음 조건은?"

"안내하는 곳은 너희들이 유적이라고 부르는 곳이다. 쓸데없이 유적 안을 망가뜨리지 않았으면 한다."

전에 이야기를 나누었던 벅스 노이드가 세계 각지의 유적에 관심이 있다는 말을 했었다. 같은 계통의 유적이 여기에도 있었고, 이 벅스 노이드가 조사와 유적 유지를 위해 파견된 것이다.

"우리로서는 다룰 수 없는 것들일 테니까, 그건 당연해. 만졌다가 망가뜨리기라도 하면 큰일이잖아."

"다음으로, 숲속에서 쓸데없이 날뛰지 말아주었으면 한다. 고블린들처럼 어느 정도 지능이 있는 종족은 조용히 지내기를 바라고 있다. 호수처럼 접근하지 않는 게 좋은 곳은 미리 알려주지."

"저쪽에서 공격했을 경우는?"

유지로는 여기에 올 때까지 몇 종류나 되는 마물과 싸웠던 것을 떠올리며 물었다. 여기에 사는 마물 전부가 지능이 높은 것은 아닐 터다. 호전적인 마물과도 싸우지 말라고 한다면 숲을 이동할 때 귀찮아진다.

"상대의 영역에 들어간 것도 아닌데 습격받은 것이라면 대응해도 상관없다."

"식량이나 약의 재료를 모으는 건 괜찮아?"

"먹지 않으면 살 수 없지 않나? 지나치게 많은 양이 아니라면 모아도 된다."

"또 뭐가 있어? 지금까지의 조건은 불만 없는데."

"그것뿐이다. 그럼 출발하지."

벅스 노이드가 따라오라는 듯이 손짓하자 유지로와 세리에는 바인을 마차에 묶고 그 뒤를 따랐다.

고제로는 주위의 고블린에게 물러나라고 명령하고 유지로 일행을 따라갔다.

"고제로, 씨는 어째서 따라오는 겁니까?"

"부탁이 있다."

"부탁?"

"그래. 약을 만들어주었으면 한다. 이번 일로 부상을 당한 자, 사냥하다 다친 자, 그러한 자들을 치료하고 싶다. 내 동료 중에 약을 만들 수 있는 자는 없다."

고제로는 여행 중 다른 마물이 만든 치유 촉진제 등을 써볼 기회가 있었다고 한다. 편리하다는 사실은 잘 알고 있었다.

"정기적으로 약을 넘기라는 거야?"

"그렇다. 대신 과일 등을 제공하지."

그건 도움이 되리라며 솔직히 기쁘게 여겼다. 이 숲에 익숙한 그들 쪽이 더 쉽게 채취하리라 생각한 것이다.

세리에는 지금까지 당연하다는 듯이 싸웠던 마물에게 약을 준다는 데 위화감을 느꼈다. 하지만 도움이 되는 것도 사실인지라 입 밖으로 내지는 않았다.

"알았어. 약은 그쪽에 직접 전달해야 해? 아니면 가지러 올 거야?"

"받아들여 주는 건가. 큰 도움이 될 거다. 약은 내가 가지러 가지."

"일단 내일 스무 개 정도 줄 수 있을 거야. 사람한테 쓰는 약과 같은 약이어도 괜찮은 거지?"

"문제없다."

빠르게 걸으며 재료를 모았고, 치유 촉진제와 머리가 좋아지는 약의 재료를 확보했다. 최저라도 녹색 치유 촉진제를 만들 수 있는 재료가 모인 것을 확인하며 이 숲의 풍족함에 감탄했다.

유지로 일행이 나아가던 방향과는 왼쪽으로 90도 꺾인 쪽으로 30분. 약간 솟아오른 곳에 도착했다. 구멍이 뚫려 지하로 이어져 있었다. 마차는 지나갈 수 없어 보였기 때문에 바인을 풀어주고 마차는 두고 이동했다.

"고블린들에게 이 마차에 접근하지 말라고 말해줄래? 약을 만드는 데 필요한 도구 같은 게 들어 있거든."

"알았다. 식재료를 내리고 마물 기피제를 뿌려두면 대체로 괜찮을 거다. 그럼 내일 다시 오지."

그렇게 말하고 고제로는 돌아갔다.

"어쩐지 마물과 쉽게 친숙해지네. 유지로."

"대화로 어떻게든 되니까, 사람보다 나은 부분이 있지."

"그건 그렇지만."

그들은 하프라는 사실을 알 수 있는 모습을 보고도 아무런 말도 하지 않았고, 모멸의 시선도 보내지 않았다. 하프라는 사실을 알아채지 못한 것뿐일지도 모르지만, 어떤 의미에서는 사람보다 대하기 편할지도 모른다. 그래도 유지로만큼 마음을 허락할 수는 없지만.

벅스 노이드에게 잠시 기달려달라고 하고, 식재료를 담은 상자를 꺼내 들고 유적으로 들어갔다.

와쿠뭄트에 있던 유적과 마찬가지로 경사진 길은 흙으로 덮여 있었고, 인공적으로 만들어진 길 같았다.

"여기에 다른 벅스 노이드는 없는 거야?"

유적 내부의 기척을 찾아보아도 특별히 아무것도 느껴지지 않아 세리에는 그리 물었다. 와쿠뭄트에서처럼 동료를 늘리지 않는 건가 생각한 것이다.

"유지하는 건 나 혼자서도 충분하다."

일손이 부족해지면 어떻게든 할 수 있는 수단이 있다. 서둘러 동족을 늘릴 필요는 없다. 그 수단은 기술력의 차이로 이해하기 힘들 거라며 설명은 해주지 않았다.

두 사람을 비어 있는 방으로 안내하여 짐을 두게 한 다음, 다른 방을 안내했다. 주로 들어가서는 안 되는 방 안내였고, 그 외에는 주방과 욕실도 있었다. 그것들은 사용되지 않았지만 두 사람을 위해 개방하기로 했다.

전 문명의 기술이 사용되고 있어 낯설었지만, 설명을 듣고 쓸 수 있게 되었다. 버튼 하나로 불이 붙고, 뜨거운 물이 나오는 등, 지구 문명과 비슷해 유지로는 금세 익숙해졌다.

"숲에서 산다고 해도 야영과 다를 바 없을 거라고 생각했었는데, 예상 이상으로 살기 편해졌네."

방 안내가 끝나고, 배정받은 방으로 돌아온 세리에는 감사한 듯 그리 말했다.

먼지가 쌓여 있기는 했지만, 방에는 침대 같은 최저한의 생활환경이 갖춰져 있었다. 비바람을 맞고 지내지 않아도 되고 추위도 잘 날 수 있을 것 같았기에, 이곳을 쓸 수 있게 해준 데에는 솔직히 감사를 느꼈다.

"욕실과 주방을 쓸 수 있는 건 정말로 다행이야."

욕실을 만들어야 할 필요를 느끼고 있었던 만큼, 그 걱정이 사라진 것은 크게 감사할 일이었다. 잘 때 보초를 설 필요가 없는 것도 기쁜 일이다.

벽돌 만들기는 여전히 흥미가 있으므로 시간을 봐서 해볼 셈이지만.

"다른 짐도 나르도록 하자."

유지로는 고개를 끄덕이고 이사 작업을 시작했다.

몇 번 왕복하자 차체 안은 거의 텅 비었고, 그대로 방치하면 안 될 것 같아 나무 그늘로 옮겨두었다.

"늦었지만, 점심밥 만들게."

"나는 부탁받은 약을 만들어야겠어."

식재료를 가지고 방을 나서는 세리에와 세리에를 따라가는 바인을 배웅하고, 유지로는 도구를 펼쳐놓고 치유 촉진제를 만들었다.

오늘은 방 정리를 비롯한 생활환경을 갖추기로 하고, 숲 탐색은 내일 이후로 미루었다.

다음 날, 약속했던 대로 고제로가 찾아왔다. 유적에 들어온 고제로는 유지로와 만나기 전에 벅스 노이드를 만나러 갔다.

"나한테 무슨 용건이지? 평원의 민족 남자에게 용건이 있다고는 들었지만."

"묻고 싶은 게 있다. 어째서 그들을 여기에 살게 해준 거지?"

수룡의 기분을 상하게 할 가능성도 있으니 쫓아내야 한다고 고제로는 생각했다.

"감시하기 위해서다. 어쩌면 저 두 사람도 수룡의 아이를 노리고 왔을지도 모르니까."

"그렇다면 더욱 여기서 쫓아내야 하지 않나?"

"감시하고 있으면 앞으로의 대책도 세우기 쉬울지 몰라. 누군가와 만나면 거기에 벌레를 붙여서 정보 수집도 할 수 있고, 사전에 제거하여 위험을 회피할 수도 있을지 모른다."

"나는 자잘한 생각은 잘 못하지만, 그건 이 숲을 지키는 일로 이어지는 건가?"

"적어도 해를 끼칠 거라고는 생각하지 않는다. 그 두 사람이 위험하다고 판단되면, 그쪽에도 확실하게 전달하지."

아는 사이라고 해도 감싸주거나 할 생각은 없다. 우선순위는 유적 쪽이 높다. 유적을 지키기 위해서라면 유지로 일행은 간단히 버릴 수 있다. 그것을 표정에서 읽어낸 고제로는 그렇다면, 하고 납득한 기색을 보였다.

"마지막으로, 수룡에게는 알릴 건가?"

"문제가 없다고 판단되면, 접근하지 않으리라는 것도 포함해서 알릴 셈이다."

"그런가. 아무 일도 없으면 좋겠는데."

이야기를 마친 고제로는 또 하나의 용건을 해결하기 위해 유지로 일행의 방으로 향했다. 그 기척을 눈치챈 바인이 복도를 신경 쓰는 기색을 보인지라, 유지로와 세리에는 방문자를 미리 알아챌 수 있었다.

"작은 병은 다시 써야 하니까 나중에 돌려줘."

"알았다. 나중에 과일과 생선과 함께 가져오지."

자루에 담은 치유 촉진제를 고제로에게 건넸다.

유지로는 그러다 문득 생각난 것을 혹시나 하는 마음으로 물어보았다.

"이 숲에 밀은 있어?"

"밀? 어떻게 생긴 거지?"

형태와 색 등을 설명했다.

"이 숲에는 없지만, 숲 밖 남쪽 방향에서 본 적이 있다."

"정말? 식생활이 더욱 충실해질 것 같네."

효모가 없어서 부드러운 빵은 만들지 못하겠지만, 밀가루가 쓰이는 건 빵만이 아니다. 세리에도 그 점을 알고 있는지 기쁜 표정을 보였다.

"밀 외에도 여러 가지가 있을지도 몰라."

"서둘러 탐색해야겠어."

"그러게."

서식지로 돌아가는 고제로를 배웅한 두 사람은 방으로 돌아왔다. 세리에는 방 청소와 옷 세탁을 하고, 유지로는 바인에게 먹일 머리가 좋아지는 약을 만들기 시작했다. 오전 시간은 그렇게 보내고, 점심은 벅스 노이드가 가르쳐준, 가서는 안 되는 곳을 피해서 숲 탐색을 개시했다.

"레츠 서바이벌!"

"즐거워 보이네."

"뭐, 즐기는 편이 기분적으로 득이라고 할까?"

"그럴지도 모르겠네. 우선은 어디로 갈까?"

"맨 처음은 근처가 좋지 않을까?"

종이와 펜을 들고 유적을 중심으로 지도를 만들어갔다. 유적 주변을 빙글 일주한 뒤 간단히 자라난 풀과 특징적인 지형에 번호를 매겼다. 다른 종이에 번호를 쭉 쓰고 풀 이름과 지형의 특징을 써나갔다. 그다음에는 키가 크고 오르기 쉬워 보이는 나무를 찾아 높은 위치에서 주변을 살폈다.

"절경이라고 해야 하려나?"

"장관이기는 하지만, 절경이라고 할 만큼 멋진 경치는 아닌데. 어디를 보든 다 나무뿐이잖아."

현재 위치는 숲 전체에서 보면 남동부에 해당한다.

북서쪽으로는 가면 안 되는 구역 넘버 1인 호수가 있다.

그곳은 숲의 중심부다.

북으로 도보 두 시간 정도 거리에는 자그마한 산도 보였다. 높이는 5백 미터 이상 천 미터 이하 정도이리라. 그곳에는 여우 마물의 일족과 새 마물이 있는데, 여우 쪽과 고블린들 사이에는 교류가 있다고 한다. 그 산에서 서쪽으로 간 곳에는 늪지가 있다. 그곳에는 유지로가 전에 싸웠던 적이 있는 혀 치기 도마뱀 등이 서식하고 있다.

숲 남서부에는 가서는 안 되는 구역 넘버 2, 식육 식물의 군생지가 있다. 냄새와 꽃가루로 환상을 보여주어 현혹하는 식물인데, 약으로 예방할 수 있기 때문에 유지로 일행에게는 안전하다고 할 수 있는 곳이었다. 그곳에서 북으로 가면 대형 벌레 무리가 산다. 물리면 열병과 가려움, 어지럼증이 생긴다.

그 외에도 정령이나 거대종이 있는 등, 많은 마물이 약육강식의 방식으로 살고 있다고 한다.

이날의 탐색은 유적 주변으로 끝났다. 수확은 토끼를 두 마리 잡는 정도였다.

"이거 수컷이랑 암컷이지? 길러서 수를 늘릴까?"

"지나치게 잡지 않으면 멋대로 늘어날 테니, 그렇게까지 할 필요는 없지 않을까?"

"그런가?"

식량을 낭비하지 않도록 사냥은 적당히 하기로 정했다.

다음 날에도 똑같이 아침은 가사와 약 만들기로 시간을

보내고 낮부터는 숲 탐색과 식재료 모으기를 해나갔다.

우선은 비교적 안전한 고블린 집락 주변을 돌아보며 뭐가 있는지 조사했다. 도중에 만난 고블린과는 서로 접근하지 않고 싸움을 피했다. 고제로가 이야기를 해둔 것인지 고블린이 공격해 오는 일은 없었다. 보통 리더라면 이렇게까지 통솔할 수 없을 터다. 돌연변이종이자, 다양한 경험을 한 고제로이기에 지금처럼 따르는 것이리라.

숲에서 살기 시작한 지 사흘째 밤에, 만들던 약이 완성되었다.

"지혜가 생기게 되는 약이라고?"

그릇에 담긴 옅은 푸른색 액체를 세리에가 보고 있었다.

"그래, 맞아. 그런고로, 바인에게 마시게 할 생각이야."

그릇을 바인 앞에 내려놓았다. 찰랑찰랑 흔들리는 액체를 바인이 들여다보았다.

마실 수 있는 것인지 냄새를 맡고, 두 사람을 올려다보았다.

"마셔도 괜찮아, 괜찮아."

"그렇다는데?"

바인은 한 번 핥더니, 괜찮다고 판단했는지 안심한 듯 마시기 시작했다.

깔끔하게 다 마시고 고개를 든 바인에게 극적인 변화는 없었다.

"효과가 있는 거야?"

"그건 앞으로 생활해보면 알 거야. 갑자기 말을 하거나 하는 약은 아니니까."

아무리 시간이 흘러도 성대 문제로 이야기하는 것은 무리지만, 말은 분명히 이해할 수 있게 될 것이다. 마법약을 갖고 있게 하면, 스스로 뚜껑을 열고 마실 수 있게도 된다. 약초 종류를 가르쳐주면 채취를 해 올 수도 있게 될 터다. 마법을 쓸 수 있게 될지도 모른다.

그런 건가 하고 세리에가 바인을 쓰다듬자 바인은 그 손에 머리를 문질렀다.

갑자기 바인이 방 밖을 보았다.

"또 고제로 씨인가?"

"어쩌려나, 벅스 노이드일지도?"

어느 쪽일까 하며 방을 나가자 복도 저편에 고제로가 있었다.

고제로는 불룩하게 부푼 커다란 모피를 들고 있었다.

"약속한 음식이다."

방에 들어와 모피를 바닥에 내려두었다. 모피에는 나무 열매와 물고기가 담겨 있었다.

으름 같아 보이는 것과 베리 계열의 열매와 밤 같은 것, 민물고기 열 마리 등 나름대로 양이 되었다. 금액적으로 생각하면 약값과 맞지는 않지만, 치유 촉진제를 만드는 데 그다지 고생은 하지 않았으니 딱히 상관없었다.

유지로는 지구에서 어머니가 베리를 키웠던 것을 떠올리고 수확 시기에 차이가 있다고 느꼈다. 자세한 사정을 아는 것은 아니었기에 이세계 특유의 종이리라 여기며 신경 쓰지 않았지만. 그 생각은 정확했다. 지구산은 6월부터 10월이 수확 시기지만 두 사람 눈앞에 있는 베리는 겨울이 수확 시기인 것이다.

"설탕이 있으면 잼을 만들 수 있을 텐데."

베리를 보고 조금 아쉬운 듯 세리에가 말했다.

"이 숲이나 밖에 사탕수수나 사탕무라도 있으면 좋을 텐데. 그리고 레몬도 필요하던가?"

사탕수수 같은 게 있어도 유지로는 만드는 법을 잘 모르니 소용없을 것 같았다. 이대로 먹어도 맛있으니 차게 해서 먹기로 했다. 밤은 유지로가 군밤을 알고 있어 그 방식으로 먹게 되었다. 물고기는 보존했다가 나중에 먹기로 했다.

"군밤을 생각했더니 고구마까지 생각났어. 어디 묻혀 있지 않으려나."

"고구마란 어떤 거지?"

"이 정도 길이에 불그스름하고 땅속에 묻혀 있는 음식. 감자도 좋은데. 그쪽도 키우는 건 그리 어렵지 않았던 것 같으니까."

유적 앞에 심으면 안정적인 식량 확보를 기대할 수 있다.

"쉽게 자라는 건가?"

고제로도 안정적인 식량 확보에는 흥미가 있는 것인지, 이야기에 관심을 보였다.

"황폐한 토지일수록 좋다고 들은 적이 있어. 바로 자라는 건…… 아니, 마법약이 있었지. 씨감자만 있으면 수확은 간단할지도. 맛은 보증할 수 없지만."

"찾아볼까? 있다면 키우고 싶다."

"성장을 빠르게 하는 약이 있으면 다른 식물에도 쓸 수 있을 테니까, 시험해보는 게 어떨까?"

"그렇군. 그 방법도 생각해보지. 하지만 어떻게 하면 되는 거지?"

고블린은 지금까지 수렵 생활로 살아왔다. 갑자기 농사일을 하라고 해도 무리이리라. 게다가 지능 문제로 동료들이 함께 제대로 일할지도 알 수 없었다.

"농사일을 하려면 개간이 우선 아닐까? 나무를 베고 토지를 넓힐 수 있겠어?"

"조금 어렵다."

너무 힘들다고, 밭이 완성되기 전에 포기해버리는 자가 속출할지도 모른다. 가능하면 바로 결과를 내서 의욕을 불러일으키고 싶었다.

"그렇다고 한다면, 숲 밖에서 돌멩이를 줍고 잡초를 뽑아서 땅을 가는 건 어떠려나? 괭이 같은 도구도 없으니 당장 넓은 면적은 어렵겠지? 다음은 병충해를 피하는 법도 생각해야 하던가?"

"……어렵겠군. 동료들을 그렇게까지 움직이기는 힘들다."

"처음은 우리가 하고, 식물을 키우는 것의 장점을 알리면 그럴 마음이 들지 않을까?"

"실제로 음식이 모이면 의욕이 생길 테지."

"다음엔 바인에게 먹였던 약을 고블린에게도 줘서 지혜가 생기게 하면 힘든 일도 괜찮으려나? 일단은 이 앞에 자그마한 밭을 만들어보고, 성장 촉진제가 어느 정도 효과가 있을지 시험해봐야겠네."

씨앗 확보를 할 수 없을지 고제로에게 묻고, 언제나 열매를 먹고 버리는 씨앗이 있으니 그걸 써보는 것이 어떨까 하는 이야기가 되었다.

그 열매는 달다고 하니까 잘 키우면 단맛에 살짝 굶주려 있던 두 사람에게도 기쁜 일이 될 터였다. 그 열매가 늘어나면 씨앗도 늘어나니 재배를 늘리는 데도 도움이 된다. 고제로에게도 기쁜 일이리라.

유지로 일행은 지금부터 바로 밭을 만들기로 하고, 유적을 나왔다.

"처음은 가정용 채소밭 정도면 되겠지? 그럼 이 정도 넓이려나?"

개간할 예정의 넓이에 발로 선을 그었다. 가로세로 2미터 정도다.

처음에는 고제로도 함께 잡초를 뽑고 돌멩이를 제거했다. 좁은 범위인지라 바로 깔끔하게 정리되었다.

고블린이라고 하는, 원래대로라면 적대하는 것이 당연한 마물과 부드럽게 대화를 나눌 수 있었던 때처럼, 세리에는 차분하게 풀을 뽑는 고제로의 모습에도 위화감을 느꼈다. 야생의 마물은 흉포하다는 선입관이 있는 것이다.

"다음은 땅을 일궈야지."

이건 근력의 능력 상승약을 먹은 유지로가 맨손으로 파냈다. 흙이 단단하지는 않았기에 고생하지 않고 일굴 수 있었다. 밭고랑을 두 개 만들고 오늘 일은 끝났다. 다음은 씨앗을 심고 마법약을 뿌리면 된다. 비료 사용과 가지치기 등의 일도 있을 테지만, 아직은 아무것도 모르니 그런 부분은 신경 쓰지 않기로 했다.

"이쪽은 약을 만들 테니까, 씨앗 쪽을 부탁해. 그리고 약은 모레쯤 완성되니까, 내일은 와도 할 일이 없어."

"알았다."

고제로는 서식지로 돌아갔고, 유지로는 필요한 재료를 모으기 위해 바인과 함께 산책을 갔다. 세리에는 저녁 식사 준비다.

"재료, 재료."

유지로가 주변을 둘러보며 걷자, 바인도 유지로처럼 주변을 이리저리 보고 있었다. 바인은 무언가를 찾는 것이 아니라 흥미 있는 것에 시선을 주고 있을 뿐이겠지만.

안전하다고 생각되는 곳을 돌면서 성장 촉진제 이외의 약 재료도 모았다. 감기약과 진통제는 있어서 곤란할 것 없으니 상비용을 만들어두어도 좋으리라.

그러던 중 유지로와 바인은 수풀 너머에서 기척을 느끼고 걸음을 멈추었다.

나타난 것은 최근 눈에 익기 시작한 고블린이었다. 눈에 익었다고 해도 개개의 차이까지는 알 수 없는지라 모두 같은 얼굴로 보였다.

"그가가?"

"코게게, 기기."

"코가!"

"무슨 말을 하는 걸까?"

고블린어를 익히지 않았기에 무슨 뜻인지 전혀 알 수 없었다. 일단 경계는 했었지만 적의는 느껴지지 않아 평소처럼 그냥 지나치기로 했다.

"그고고게."

한 번 뛰며 목소리를 맞추어 그렇게 말하더니 그들은 수풀 너머로 사라져갔다.

"그고고게? 뭘까? 고제로 씨에게 물어보면 알 수 있으려나?"

동의를 구하며 바인의 등을 쓰다듬었다. 마침 가려운 곳이었는지 바인은 기분 좋은 듯 눈을 가늘게 떴다.

산책을 다시 시작했고, 바인이 나무 그늘에서 무언가를 발견했다. 킁킁 코를 울리며 접근하는 바인을 따라 유지로도 다가가 보니 거기에는 이쪽을 올려다보는 흰 뱀이 있었다. 섬세한 작은 비늘이 나뭇가지 사이로 비쳐든 햇살에 반사되어 살짝 무지갯빛으로 보였다.

"좋은 일이 생기려나? 아니, 이건 지구에 있을 때의 감성이니까, 이쪽에서는 운이 좋은 일일지 어떨지 모르겠네."

바인과 함께 다가가 내려다보아도 도망가지 않았고, 눈동자에 호기심의 빛을 담고 있는 듯도 보였다.

"너도 마물이니?"

답은 돌아오지 않았다. 처음부터 기대하지 않았기 때문에 신경 쓰지 않았지만.

더 가까이에서 보려고 한 것인지 바인이 쑥 얼굴을 가까이 가져갔다. 그 행동에는 경계심이 생긴 듯 조금 거리를 두고 다시 유지로와 바인을 바라보았다.

"해는 없는, 건가? 조금 신경 쓰이지만, 뭐 됐어. 바인, 가자."

목덜미를 툭 두드리고 다시 산책으로 돌아갔다. 멀어져가는 유지로와 바인을 지켜본 흰 뱀도 덤불 너머로 사라졌다.

한 시간의 산책을 마치고 빗질도 끝낸 다음, 저녁 식사를 했다.

그 후에는 단련과 목욕을 하며 각자 자유롭게 보냈다.

유지로는 약을 만들기 시작했고, 바인은 뒹굴거렸고, 세리에는 요리에 관한 생각을 했다.

여행을 하는 사이에 요리가 실익을 겸한 취미가 되었다. 도망치기 전은 레퍼토리를 늘리는 것을 생각했고, 도망치기 시작하고는 재료 절약형 요리를 생각하게 되었다.

참고로 어떤 요리라도 유지로는 맛있다며 먹었다. 그것은

179

그것대로 기쁘지만 어쩐지 의욕이 생기지 않았다. 세리에
는 더욱 실력을 늘리고 싶었기에 조금 더 상세한 감상을 원
했다.

27 여우의 보은

 유적 앞에 밭을 만든 지 이틀 후, 약이 완성되었을 무렵이라며 고제로가 유적을 찾았다.

 "씨앗을 가져왔다."

 "어서 와."

 바로 시험해보기로 하고 다 함께 유적을 나왔다. 그 도중에 유지로는 얼마 전 만났던 고블린에 관해 물었다.

 "얼마 전에 만난 고블린들이 『그고고케』라고 했는데, 무슨 뜻이야?"

 "발음이 조금 다르지만, 고맙다는 의미다."

 "고맙다, 라고? 역시 약에 대한 건가?"

 "그래, 만나면 감사 인사를 하라고 말해두었다."

 그래서 그런 것인가 납득하며 고개를 끄덕였다.

 "만났다고 하니 말인데, 하얀 뱀도 봤거든. 그건 마물이야?"

 "하얀 뱀? 상처 입히거나 하지는 않았나?"

 조금 긴장한 듯한 모습으로 고제로는 물었다. 달라진 분위기에, 거물이었던 걸까? 하며 유지로는 마음속으로 고개를 갸웃거렸다.

 "아무 짓도 안 했어. 만지지도 않았어."

 "그런가. 그건 주인의 아이다. 때때로 주인의 눈을 훔쳐서, 숲속을 산책하고 있지."

유지로 일행은 주변의 온도가 내려간 것 같은 기분이 들었다.

"……다치게 하거나 했으면, 크게 날뛰었을까?"

세리에의 확인에 고제로는 무겁게 고개를 끄덕였다.

그것을 알고 있었기 때문에 어떤 마물도 주인의 아이에게는 손을 대지 않는다. 지성이 없는 마물도 마찬가지다. 그만큼 주인의 영향력이 크다는 걸 알 수 있었다.

"위험했어."

유지로의 기분은 마치 핵병기 작동 버튼이 길바닥에 떨어져 있었던 것 같은 느낌이었다. 만지지 않기를 정말 잘했다며 가슴을 쓸어내렸다.

유지로로서는 그렇게 아무 데나 돌아다니지 않았으면 싶지만, 어린 용으로서는 숲속이라면 위험이 없다는 것을 알기 때문에 산책을 그만두거나 하지 않으리라.

밖으로 나와 기분을 전환한 유지로 일행은 바로 고제로가 가져온 씨앗을 심었다. 꼼꼼하게 흙을 덮고 물을 뿌린 후에 성장 촉진제를 뿌렸다.

"얼마나 빠르게 성장할까?"

"자세한 건 모르겠어. 재배하기에 적당한 계절인지도 알수 없고."

뭔가 변화가 있을까 하고 3분 정도 보고 있으려니 싹이 나왔다. 그 후에도 조금씩 커져갔다.

오늘내일로 수확 가능할 정도의 속도는 아닌지라, 가끔씩 상태를 보기로 하고 고제로는 돌아갔다.

유지로 일행은 탐색과 단련 등으로 밖에 자주 나오므로 매일 상태를 확인할 수 있다. 그렇게 상태를 보기 시작한 지 닷새 후에는 50센티미터 정도의 묘목이 늘어섰다.

"혹시나 싶었지만, 나무였냐!"

수박이나 딸기 같은 단기 수확 가능한 과채의 씨앗을 가져오리라 생각했던 것이다.

약의 효과로 성장이 빨라도 수확하지 못하면 의미가 없다. 나중에 단기 수확할 수 있을 만한 씨앗을 직접 찾을 필요가 있을 것 같다며, 두 사람은 묘목을 옮기기 시작했다.

모처럼 심었으니 이대로 키우자고 생각했고, 조금이라도 성장하기 좋은 환경으로 만들어준 것이다. 그대로 두기에는 나무들 사이의 간격이 좁았다. 볕이 잘 드는 곳을 찾아서 그곳에 옮겨 심었다.

그다음은 고제로가 가져온 베리를 키워보자는 이야기를 나누었고, 고제로가 오면 베리가 자라고 있는 장소를 묻기로 했다.

고제로가 찾아왔을 때 사정을 이야기하고 베리가 있는 곳을 물었다.

"꺾꽂이가 되려나?"

꺾꽂이? 라며 고개를 갸웃거리는 세리에게 방법을 설명하고, 가지를 가져왔다. 이 방법이 이 품종에도 맞을지 알 수 없으니 열매도 따서 심기로 했다.

나무를 심었던 곳에 같은 간격으로 베리 가지와 열매를 심고 다시 성장 촉진제를 뿌렸다. 이번에야말로, 하는 마음으로 성장을 지켜보았다. 씨앗과 꺾꽂이한 가지 양쪽 모두 괜찮았는지 쑥쑥 자랐다. 사흘 만에 그 나름대로 크게 자랐다.

"이 속도라면 수확은 한 닷새 정도 후려나?"

"심은 지 여드레하고 조금 더 걸려 수확이라니. 충분하고도 남을 만큼 빠르네."

"역시 마법약. 다음은 맛이 어떨지가 문제네."

마법약이라는 것도 있지만, 약의 품질이 높았던 것도 이유다. 이 숲에서 구한 재료를 쓰니 품질 좋은 약을 만들려 노력하지 않아도 품질이 자연히 높아졌다.

"그건 먹어보지 않으면 모르니까."

물 주기를 마친 두 사람은 탐색에 나서지 않고 바인과 마주했다.

두 사람은 한동안 탐색을 중지하고 바인에게 마법을 가르치기로 한 것이다. 약이 효과를 발휘했는지, 바인은 명확하게 두 사람의 말을 이해한 듯한 반응을 보이게 되었다. 그래서 마법을 가르쳐보자는 이야기가 된 것이다.

"우선은 시범을 보여줄까? 바인, 잘 봐야 한다. 빛나라!"

유지로는 나무 그늘에서 빛의 마법을 쓰고, 환하게 빛나는 빛을 가리켰다.

"이런 빛을 생각하고, 이미지와 마력을 섞어서 이름을 말하면 마법을 쓸 수 있어. 한번 해볼래?"

"왕."

알겠다는 느낌으로 짖고, 다시 한번 짖었다. 그러나 아무일도 일어나지 않았다. 바인은 꼬리를 늘어뜨리고 자그맣게 짖으며 두 사람을 보았다.

"안 됐나 봐."

"바로 될 거라고는 생각 안 했으니까 풀 죽지 않아도 돼."

세리에가 위로하듯이 바인의 머리를 쓰다듬었다.

가르쳐준 것은 인간이 다루기 쉽도록 만들어낸 마법이다. 짐승인 바인이 성공하지 못한 것도 무리는 아니다.

"짐승용 마법이라는 게 있으면 제일이겠지만, 그런 건 들어본 적 없으니까."

"나도 없어. 우리가 하는 말은 이해하니까, 인간용을 쓸 수 있다고 해도 이상하지 않다고 보거든? 말을 하지 못한다는 게 난점이려나?"

"이름을 말하는 건 마법을 잘 발동시키는 데 있어 중요하다면 중요한 부분이지만, 이미지가 확실하면 이름을 분명한 소리로 말하지 않아도 발동은 할 거야. 효과는 낮지만. 그렇게 들은 적이 있어. 그러니까 짖는 소리로도 쓸 수 있을 거라고 생각해."

"이미지는 견본이 눈앞에 있으니까 확실히 될 거라고 보는데. 그렇다면 걸리는 부분은 마력인 걸지도 몰라."

"마력이 어떤 것인지 모르면 쓸 수 없는 건가."

마력이란 무엇인가를 새삼 묻는다면 어떤 것인지 설명하

기 힘들다. 지식으로는 모든 생물이 갖고 있는 것이라고 알고 있다. 그러나 말로 그리 설명한들 감각적으로는 이해되지 않을 터다.

특히 유지로는 설명할 수 있을 리 없었다. 몸의 조정을 받아서 자연스레 마법을 쓸 수 있게 되었던 것이다. 마법을 쓸 수 있게 된 계기 같은 건 그냥 넘겨버렸다. 그런 상태에서 설명하기는 곤란했다.

세리에는 어릴 때 부모님에게 배워 쓸 수 있게 되었다. 그 첫 기억을 끌어내 자신은 마력을 어떻게 포착했는지를 떠올리려 했다.

"나는 그래…… 몇 번이나 훈련했었어. 어머니와 아버지가 쓰는 걸 보고 나도 당연히 쓸 수 있을 거라고 믿었고, 흉내 내는 사이에 할 수 있게 됐지. 마력이 어떻다든가 하는 생각은 하지 않았어."

유지로도 이해하기 쉽게 설명하자면 자전거를 탈 수 있게 되는 것과 비슷할지도 모르겠다. 할 수 없었던 걸 할 수 있게 되고, 그것을 몸이 기억해 그 이후로는 당연하다는 듯이 할 수 있는 것이다. 간단히 탈 수 있게 되는 사람도 있는가 하면 타지 못하는 사람도 있다. 하지만 연습하다 보면 언젠가는 탈 수 있게 된다. 그것과 마찬가지로 마법도 훈련하다 보면 언젠가 쓸 수 있게 되는 것이다.

"그렇다는 건, 반복하면 언젠가 쓸 수 있게 된다는 건가?"

"쓸 수 있다고 믿으면서 계속한다면 말이지. 조바심내지 말고 해보자."

톡 하고 가볍게 바인의 머리에 손을 올렸다. 알았다는 듯이 바인은 짧게 울었다.

한번 이해하면 다른 마법도 시범을 보여주면 할 수 있게 되리라.

두 사람은 단련을 하고 바인의 연습 풍경을 보며 시간을 보냈다. 오늘 바로 할 수 있게 되리라고는 생각하지 않기 때문에 바인이 연습에 질린 모습을 보여도 어쩔 수 없다며 쓴웃음을 섞어가며 미소를 지을 뿐이었다. 놀아달라며 다가오는 바인을 두 사람이 받아주었다.

바인의 연습과 자신들의 단련과 심심풀이 삼아 하는 벽돌 만들기로 시간은 흘렀고, 베리 수확일이 되었다.

고제로는 오지 않지만 수확을 시작했다. 그 결과 3킬로그램 정도의 베리를 수확했다. 그대로 익은 것과 덜 익은 것으로 나눠서 양쪽에 보존 마법을 걸어 자루에 담았다. 그리고 얼음을 깔고 온도 조절 마법약을 넣은 상자에 넣었다.

열매를 딴 나무에 유지로는 다시 성장 촉진제를 뿌렸다. 얼마 만에 재수확할 수 있을지 확인하기 위해서다.

그날 점심때가 지나 고제로가 찾아왔다.

"수확한 건가?"

"했어."

상자 안에서 먹을 수 있는 베리를 꺼냈다. 2킬로그램 정도가 익은 것이었다.

"이쪽이 먹을 수 있는 거."

"맛은 그럭저럭 있었어. 못 먹겠다 싶은 건 아니니까, 성공이라고 생각해."

고제로가 가져온 것보다 단맛은 덜했지만 맛이 없는 것은 아니었다. 맛을 원한다면 약에 의지하지 않고 천천히 시간을 들여서 키우는 편이 좋을 터다.

고제로에게도 맛을 확인하게 했다.

"이거라면 괜찮다고 본다."

배가 부르다면 맛은 그다음 문제다. 맛에 관한 것은 여유가 생긴 다음에 생각하면 된다. 지금 상태로도 맛이 없지는 않으니 불평할 고블린은 없을 것이다.

"수확하고 생각난 건데, 이거 수확하고 바로 먹지 않으면 안 되는 거잖아? 보존 마법 같은 게 있으면 상관없겠지만. 고블린들은 보존 마법을 쓸 수 있어?"

"아니, 아무도 못 쓴다. 우리는 마법을 쓰지 않고 산다."

"고블린한테도 마력은 있잖아? 가르쳐주면 쓸 수 있게 될까?"

"아마도. 하지만 잘 배우지 못한다. 좀처럼 습득하지 못할 거라고 본다."

"그 부분은 뭐 어떻게든 될 거야."

"약을 먹게 할 거야?"

어찌할 셈인지 바로 눈치챈 세리에. 바인이라는 예가 있으니 아는 것이 당연할지도 모른다.

"그게 간단하고 빠르니까. 그리고 의사소통도 하기 편해질 테니까 농업이 얼마나 유용한지도 이해해줄 거야."

"억측일 뿐이지만 해볼 만한 가치는 있을 것 같네."

"무슨 소리지?"

배우는 걸 잘하게 되는 약이 있으니 그걸 마시게 해서 똑똑하게 만들자는 설명을 했다.

고제로로서도 의지가 되는 동료가 늘어나는 것은 감사한 일이었다.

"본격적으로 농사를 짓고 싶다면 도구가 필요해질 거야. 그쪽은 어떡할래? 유지로가 만드는 거야?"

"돌이나 금속 가공은 못 하니까, 나무를 깎아 만들어야 하려나."

"도구 만들기라면 부탁할 수 있는 녀석이 있다. 소개하지."

"그거 다행이네. 바로 갈래?"

고제로가 고개를 끄덕이고 움직이려 하기에, 잠깐만 기다려달라고 부탁하고 준비를 했다.

준비를 마치고 바인에게도 방어구를 해주었다.

"어디로 가는 건데?"

"북쪽 산이다."

"시간이 좀 걸릴 것 같으니, 속도의 능력 상승약을 복용하고 갈까?"

작은 병 네 개를 꺼내서 다 함께 마셨다.

빠른 걸음으로 나아가 두 시간 거리를 한 시간 만에 답파

했다. 그리고 이동하는 김에 지나온 길도 지도에 그려 넣었다.

덤벼든 마물도 있었다. 그 마물들은 그리 강하지 않았고, 유지로 일행은 고제로의 양해도 얻어 그것들과 싸우고 쫓아냈다.

유지로 일행이 만나러 가는 것은 고블린과 교류가 있는 여우의 마물 폭싱이다. 고블린들이 가진 무기는 폭싱이 만들어준 것이었다.

짐승들이 다니는 길을 이용해 산을 오르기 시작한 지 얼마 안 되었을 때, 유지로 일행은 소란스런 기척을 느꼈다.

"언제나 이렇게 시끌벅적해?"

세리에의 물음에 고제로는 아니라며 고개를 가로저었다.

"무슨 일이 생겼을지도 모른다. 미안하지만, 서두르지."

달려나가는 고제로의 뒤를 따라가자 산 중턱에 위치한 울타리로 둘러싸인 집락이 나타났다. 거기에서 이족보행하는 여우가 비명을 지르며 뛰어다니고 있었다. 여기저기에 세워진 정자 중에는 부서진 것이 몇 채나 있었다.

키는 고블린보다 작은 1미터 정도일까. 보통 여우와 같은 털과, 흰 털, 검은 털까지 대체로 세 종류로 나눌 수 있었다. 모두 털실 같은 것으로 만든 민소매 카디건을 입고 있었다. 아이들도 있었는데, 인형이 움직이는 것 같았다. 차분한 상황이었다면 동화나 디즈니 세계에 들어온 것처럼 느껴졌을지도 모른다. 지금은 그런 상황이 아니지만.

"도와주게!"

고제로는 대답을 듣지 않고 폭싱을 공격하고 있는 뱀들을 향해 달려갔다. 폭싱을 덮친 것은 몸길이가 6미터는 되는 보라색 큰 뱀이었다. 두 사람은 그 뱀의 이름을 몰랐다. 색으로 보았을 때 독을 갖고 있으리라고 판단할 뿐이었다.

어떡할래? 하고 세리에는 유지로를 보았다.

"도와줄 수밖에 없겠네. 그럼 가볼까?"

"야생 마물을 도와주다니, 태어나서 처음이야."

그렇게 말하며 검을 뽑는다. 도와주어도 괜찮은 것인가 하는 망설임이 표정에 드러나 있었다.

"나도 처음인걸. 똑같네, 똑같아."

"고블린에게 약을 준 건 도와준 게 아닌 거야?"

"아, 그러네. 똑같지 않았잖아. 아쉬워."

이야기하며 뱀에 접근했고 둘이 함께 공격을 했다.

폭싱을 쫓아다니는 뱀에게 일격을 날려 주의를 끌었고, 폭싱을 도망칠 수 있게 해주었다. 바인은 겁을 먹고 굳어 있는 폭싱을 살짝 물어서 옮겼다.

뱀의 공격은 물어뜯기, 몸통으로 말아 죄기, 꼬리로 때리기 등이었고, 독액을 뿜지는 않았다. 근력은 높은지 주변의 통나무가 패일 정도의 위력이 있었다. 세리에가 공격을 받으면 가벼운 상처로는 끝나지 않을 터였기에 유지로가 미끼가 되어 싸웠다.

쇠했다고는 하나, 이런 뱀에게 질 정도는 아닌지 고제로는 뱀의 꼬리를 잡아 휘두르며 지면에 내려치는 식으로 싸우고 있었다..

　폭싱의 거주지에 들어온 뱀은 다섯 마리였고, 유지로 일행만으로는 손이 부족했던 탓에 뱀을 한 마리 한 마리 쓰러뜨리는 사이에 폭싱들이 부상을 당했다.

　그렇게 뱀 세 마리를 죽이고, 남은 두 마리가 도망쳤을 때는, 백 마리 정도 되는 폭싱 중에 다치지 않은 건 30퍼센트도 되지 않았다.

　여기저기에서 서로의 상처를 핥으며, 캐갱캐갱, 끼잉끼잉하고 우는 소리가 들렸다.

　"약사."

　"왜?"

　집락을 돌아본 고제로가 돌아왔다.

　"이쪽으로 와줘."

　무슨 일일까 생각하며 따라가니 경상이라고는 말할 수 없는 상처를 입은 폭싱이 몇 마리나 있었다. 피를 흘리며 가느다란 목소리로 울고 있었다.

　"이자들의 치료가 가능한가?"

　"이 정도 상처면 뭐 괜찮으려나. 세리에, 미안하지만."

　"알아."

　세리에도 갖고 있던 회복약을 꺼내 다친 폭싱에게 조금씩 마시게 했다. 전원에게 줄 만한 양은 안 되는 탓에 조금씩이 되었다. 양이 적어 완전한 효과를 볼 수는 없지만 조금이라도 증상이 나아지면 그 사이에 약을 가지러 다녀올 수 있다.

"그런고로, 한 번 집에 갔다 올게."

"혼자서 괜찮겠나?"

"오히려 유지로 혼자인 편이 안전하고 빠를 거야."

"그런가?"

"또 약도 마셨으니까, 그 상태에서 진심으로 달리는 유지로는 사람과 마물을 합해도 탑 클래스야."

자신만만한 세리에의 말을 듣고도 고제로는 괜찮은 것일지 걱정했다.

다녀오겠다고 말하고 산을 내려가는 유지로의 뒷모습을 세리에 일행은 지켜보았다. 순식간에 사라진 등을 본 고제로는 과장된 것이리라 생각했던 말이 거짓이 아니었음을 깨달았다.

바람을 가르며 나무들 사이를 빠져나가던 유지로는 이따금 마물들과 마주쳤지만 여유롭게 따돌릴 수 있었다. 그 결과 30분 정도 만에 유적으로 돌아왔다.

"오늘은 저쪽에서 묵게 되려나? 그렇다면 음식도 가져가는 편이 좋을 거 같은데. 아니지, 그때는 또 이쪽으로 돌아오면 되려나?"

그렇게 결론을 내리고 약만 챙겨서 산으로 달려갔다. 배낭에 넣은 약이 떨어져 깨지지 않도록 속도를 늦추어 달렸기 때문에 45분 정도가 걸렸다.

"다녀왔어."

"어서 와."

남아 있던 세리에는 바인을 손가락빗으로 빗겨주고 있었다. 고제로는 무사한 폭싱들과 울타리를 고치는 중이었다.

"바로 약을 주고 올게."

세리에도 돕겠다며 약을 받아 들더니 폭싱에게 먹이러 갔다. 폭싱들은 낯선 사람에 잔뜩 겁을 먹었지만, 고제로에게 설명을 들어 도망치지는 않았다.

부상이 심한 자부터 순서대로 회복약을 마시게 했다. 회복약이 떨어지자 진통제 등을 마시게 해서 상황을 넘겼다.

건강해진 폭싱이 감사 인사 대신에 두 사람의 팔을 통통 두드렸다.

"귀여워라."

"귀엽다고?"

그 행동에 흐뭇해하는 유지로를 보며 세리에는 의문을 품었다.

마물을 키우거나 동료로 삼거나 하는 게임을 경험했던 유지로는 마물과 접하는 일에 기피감은 없었다. 아니, 없는 건 아니다. 겉모습이 귀여우면, 이라는 조건이 붙는다.

이 세계에서 살아온 세리에에게는 없는 감각이리라. 동물인 여우라면 귀엽다고 생각할 수 있지만 마물이라면 위험하다는 생각이 먼저 떠올랐다. 오랫동안 접하다 보면 괜찮다는 인식이 생기고 귀엽다고 여기게 될지도 모른다.

"물론 세상에서 제일 귀엽고 예쁜 건 세리에지만!"

좋은 미소를 지으며 세리에를 보았다.

"고마워."

조금 기쁘다고 느끼면서도, 시선을 돌려서 국어책 읽기로 감사 인사를 했다.

평소와 같은 반응에 응응 하고 고개를 끄덕인 유지로는 치료를 재개했다. 가진 약을 다 쓴 다음에는 집락의 정리를 도왔다.

"처음 왔을 때도 생각했지만 간단한 집 정도는 만들 수 있나 보네. 옷도 입고 있고, 물건을 만드는 데 도움이 된다는 건 정말인가 봐."

유지로한테 옷을 만들라고 한들 무리다. 실 만들기 같은 가장 기초적인 작업부터 해야 하는데, 어떻게 하면 좋은지 전혀 모른다. 그런 일을 할 수 있는 폭싱이 대단해 보였다.

"아, 이 건물 못을 썼어. 금속 가공도 할 수 있다니, 대단해."

"그런 말을 들으니 대단하다고 생각되기 시작했어."

세리에도 자신의 기술과 비교해보고 감탄한 목소리를 냈다.

사실 폭싱들에게 금속 가공은 불가능했다. 마물 중에도 행상인이 있는데, 행상인과 거래로 못 같은 것을 입수하고 있는 것이다. 폭싱이 대가로 건네는 것은 술과 빗 등이다. 다른 마물에게 인기 있는 물건으로, 행상인에게 있어서도 폭싱은 좋은 거래 상대였다.

"고생했다."

"그쪽이야말로. 오늘은 수리 끝이야?"

"해도 졌으니 다음은 내일 해야겠지. 그래서 이자들이 답 례를 하고 싶다고 한다."

"답례?"

"술과 음식을 내와 대접하고 싶다고 한다. 받아주면 좋겠 다. 나는 동료들이 걱정할 테니 돌아가지만."

"세리에는 어떡할래? 나는 받아들여도 괜찮을 것 같은데."

"술에 흥미가 있어."

마음에 들어 했던 술은 이미 다 떨어진 상황이라 흥미를 느낀 듯 눈이 반짝거렸다.

"기대해도 좋다. 이 녀석들이 만드는 술은 맛있다."

"그거 기대되네."

"돌아가기 전에 폭싱에게 물어봐 줬으면 하는 게 있는 데."

세리에의 말에 이어 유지로는 약을 만드는 데 필요한 도 구는 있는지 물어봐 달라고 부탁했다. 속성 천도 있으면 회 복약과 치유 촉진제를 만들 수 있어 폭싱들에게도 도움이 될 터였다.

고제로와 폭싱이 크키기 크쿠우 하고 이야기를 나누었고, 어느 정도의 기재가 있다는 것을 알았다. 속성 천도 있다고 한다. 그것들을 빌려서 약을 만들기로 했다.

세리에와 바인에게는 저녁 식사를 위한 사냥을 부탁하고

유지로는 재료를 모았다. 해가 완전히 저물어 마을에 돌아왔을 무렵에는 고제로는 고블린 집락으로 돌아간 상태였다.

여기저기에 횃불이 놓인 폭싱 집락은 대접 준비로 바삐 움직이고 있었다. 주빈석인지, 돗자리를 깔아둔 곳에 음식과 술이 놓여 있었다.

"쿠크, 킁."

폭싱들은 돌아온 유지로 일행을 밀어 돗자리까지 이동시켰다. 유지로 일행이 자리에 앉자 연회가 개시되었다. 자그마한 류트와 횡적을 든 폭싱들이 연주를 시작했고, 몇 마리의 폭싱이 춤을 추었다.

"육상판 용궁인가?"

"그게 뭐야?"

"내가 살던 나라의 옛날이야기야. 거북이를 살려준 답례로 바닷속에 있는 성에 초대돼서 연회에 참석한다는."

"조금 비슷하네."

보물 상자는 나오지 않겠지? 하고 생각하면서 눈앞에 놓인 새의 날개를 먹었다. 세리에와 바인이 사냥해 온 새를 폭싱들이 요리한 것으로 향신료가 뿌려져 있었다. 이 향신료도 행상인에게 구한 것이다.

음식 중에는 쥐 통구이 같은 손을 대기 주저되는 것도 있었지만, 그것은 바인이 먹었다. 입에 맞는지 연신 먹고 있다.

그 외에는 난 같은 것도 있었다. 밀가루는 없지만 그것과 비슷한 가루 종류가 있다는 것을 알았다. 가루를 만드는 도구와 기술도 있다는 사실을 알게 되어, 앞으로의 식생활의 폭을 넓힐 수 있게 되었다.

세리에는 신경이 쓰였던 호박색 술로 손을 뻗었다. 단지에 담긴 술을 국자로 나무 컵에 따르자 달콤한 향기가 부드럽게 퍼졌다. 과실 계열의 냄새로, 그것만으로도 세리에는 어쩐지 마음에 든 모양이었다.

입에 머금어보니 도수는 조금 높았다. 하지만 여러 과일의 맛이 잘 어우러지며 퍼져서 맛있다고 느꼈다.

"나한테는 너무 센 것 같아."

유지로도 시험 삼아 마셔봤는데, 목에서 코로 술기운이 빠지는 순간 그 자극에 얼굴이 찡그려졌다. 물을 타면 마실 수 있을 것 같다며 2 대 2의 비율로 섞어서 홀짝홀짝 마셨다.

"나는 이대로가 좋아."

"세리에는 술이 세네. 락으로 마셔도 멋있을 것 같아."

락이라고 해도 그것이 어떤 방식을 뜻하는 것인지 알 수 없어 세리에는 고개를 갸웃거렸다.

"커다란 얼음을 넣은 잔에 술을 따라 처음에는 차가워진 술을, 그리고 서서히 물과 섞이며 변해가는 맛을 즐기는 방식이야. 얼음이 너무 녹으면 맛이 없어진다든가 했던 것도 같지만."

"해볼래."

그렇게 말한 세리에가 커다란 나무 접시를 들고 돗자리에서 울타리 쪽으로 이동하더니 얼음 덩어리를 날렸다. 그리고는 접시에 떨어진 얼음을 비어 있는 컵에 넣고 술을 따라 마셨다.

갑자기 마법을 쓴 세리에를 보며 폭싱들은 무슨 일인가 생각했지만, 위험한 건 아니라는 사실을 이해하자 다시 떠들썩해졌다.

두 시간 정도로 연회는 막을 내렸다. 여러 가지로 움직여 지쳤는지 몇몇 그룹으로 뭉쳐서 잠든 자도 있었다. 흐뭇한 광경에 유지로는 미소를 지었다.

유지로 일행은 무사한 건물 하나로 안내되었다. 그곳을 쓰라는 것은 동작으로 전달받았다.

"좀 졸리네."

자그맣게 하품을 하고 눈꼬리에 눈물을 매단 세리에.

"좀 많이 마셨을지도 모르겠다. 얼굴이 약간 빨개져서 섹시해 보여. 그대로 내 쪽으로 쓰러져 기대주지 않을래?"

"알았…… 아니, 안 할 거거든."

끄덕이려다 고개를 가로저었다. 그래도 괜찮으려나 하고 생각할 뻔했던 자신에게 조금 놀랐고, 얼굴에 열이 올랐다.

"아쉬워라. 그럼 씻고 먼저 자도록 해. 나는 밖에서 약을 만들 테니까."

"그렇게 할게."

도구를 들고 밖으로 나온 유지로는 바닥에 앉아 약을 만들기 시작했다.

그 모습을 폭싱들이 흥미진진해하며 지켜보았다.

"응? 왜 그래?"

"쿠우?"

당연하게도 말을 모르는지라 하고 싶은 대로 내버려 두기로 했다. 방해를 하는 것은 아니었으니까.

손재주가 있는 종족이니 약 만들기에도 흥미를 느꼈다. 일반 약은 폭싱들도 나름대로 만들고 있었지만 마법약은 그다지 손을 대고 있지 않은 분야였다. 빠르게 진행되는 작업에 감탄하는 시선이 쏟아졌다.

약 만들기가 일단 끝났을 무렵에는 세리에는 이미 잠들어 있었다.

"이거는 만지면 안 돼. 알았지?"

"크쿠?"

폭싱들의 눈에 의아해하는 기색이 떠올랐다.

"음, 몸짓으로 통하려나?"

약에 손을 대거나 움직이는 동작을 한 다음에 손을 교차시키거나 해서, 겨우겨우 아직 미완성이라는 것을 전한 유지로는 건물로 들어가 누웠다.

다음 날 아침. 바인이 일어나 움직이기 시작해 두 사람도 잠에서 깼다. 폭싱들도 일어나 물을 나르거나 과일을 내놓으며 아침 식사 준비를 시작했다.

"잘 잤어? 숙취는 괜찮아?"

"괜찮아. 불편한 곳도 없고."

놓여 있던 통을 써서 세수를 하고 손가락빗으로 머리를 정돈한 다음 밖으로 나왔다. 새삼 다시 보니 집락 여기저기가 부서져 있는 것이, 수리하려면 큰일일지도 모르겠다는 생각이 들었다.

"약은…… 응, 완성됐네. 밥 먹기 전에 치료하고 올게."

"나는 바인을 돌보고 있을게."

세리에는 천을 적셔서 바인의 몸을 닦기 시작했다. 뒹굴 누워 기분 좋아하는 바인을 보며 폭싱들도 서로 털을 골라주기 시작했다.

유지로는 상처 입어 괴로워 보이는 폭싱들에게 말을 걸고 약을 썼다. 다행히 목숨이 위험한 상황의 폭싱은 없었다. 어제와 마찬가지로 약이 적어서 완전히 치료되지는 않았지만, 편해진 것만으로도 기쁜 모양이었다.

어제와 오늘 약을 써서 치명상인 폭싱은 없게 되었고, 치료하던 자들은 안도한 듯한 분위기를 풍겼다.

행동으로 감사의 뜻을 전하는 폭싱들에게 몸짓으로 신경 쓰지 말라고 전한 유지로는 세리에가 있는 곳으로 돌아왔다.

폭싱들이 내준 아침을 다 먹었을 무렵에 고제로가 찾아왔다. 그 고제로에게 폭싱들이 모여들어 무언가 이야기를 했다.

"이 녀석들이 도와줘서 고맙다고 하고 있다."

"그건 어쩐지 전해졌어."

"도구 만드는 건 맡겨두라고도 하는군."

"그건 감사하네."

"그리고 부탁이 있는 모양이다."

약을 조금 더 달라는 것일까? 주변 마물을 퇴치해달라는 것일까? 유지로와 세리에는 이런저런 예상을 해보았다.

다음을 재촉하여 나온 말은 그중 어떤 것도 아니었다.

"약 만드는 걸 가르쳐달라는군."

효과를 몸으로 깨달은 폭싱들은 훗날 비슷한 일이 있어도 약이 있으면 살아남는 수가 늘 것이라 확신했다. 그리고 자신들도 만들어보고 싶다고 하는 장인혼의 영향도 있었다.

"마물한테 가르쳐줘도 괜찮은 거야?"

"문제없을 거라고 봐. 인간 귀족에게 가르쳐주면 귀찮은 일만 기다리고 있을 테지만, 이 아이들이라면 그런 성가신 일은 없을 거라고 보거든. 예측일 뿐이지만."

"사용한다고 한다면, 자신들이나 고블린 정도? 못을 박아두면 괜찮으려나?"

마물에게 무언가를 가르친다는 건 경험해본 적 없는지라 위험한 것인지 그렇지 않은 것인지 판단이 서지 않았다.

세리에는 고제로에게 위험은 없는지 물어보았다.

"상인에게 감추면 문제없지 않겠나?"

"상인? 마물한테도 상인이라는 게 있어?"

"있다. 우리는 딱히 교환할 만한 것이 없어 만나지 않지만, 이 녀석들은 술 같은 것과 다른 물품을 교환하고 있다."

"내가 모를 뿐이지, 마물한테도 다양한 삶의 방식이 있구나."

눈앞의 고블린과 폭싱처럼 어느 정도 지식을 가진 마물이 있으니 물건들을 교환하는 마물이 있는 것도 무리는 아니지 않을까 생각했다.

"두 가지 조건이 있는데, 그래도 괜찮은지 물어봐 줄래?"

유지로의 말에 고개를 끄덕이고 고제로는 폭싱들에게 말을 전했다. 조건은 무엇이냐는 답이 돌아왔다.

하나는 폭싱들이 인간의 말을 공부할 것. 기술 지식을 전달하는 데 지금처럼 서로를 이해하지 못하는 상황은 좋지 않다. 말을 하지는 못해도 문자나 유지로의 말을 이해하는 편이 습득 속도는 압도적으로 빠를 터다. 유지로가 폭싱의 말을 배우지 않는 것은 귀찮기 때문이다.

두 번째는 보답을 원한다는 것이었다. 하루 함께 있어본 결과, 유지로 일행에게 부족한 것 몇 가지를 여기서 확보할 수 있겠다고 생각했다. 그것들이 갖고 싶었다. 가루와 가루를 만드는 도구, 못과 옷 등이다. 세리에를 위해 술도 받고 싶었다.

"이 정도인데, 어때?"

"문제없다고 말하고 있다."

"그럼 그 조건으로 잘 부탁해."

바로 폭싱들은 서로 이야기를 나누기 시작했다. 곧이어 배울 자가 한 마리 선택되었다. 원래 약을 만들던 폭싱으로, 제일 배우고 싶어 했던 한 마리다. 유지로 일행이 지내는 유적에 머물면서 공부를 하게 되었고, 집락을 떠난다는 것에 불안도 느꼈지만 그래도 학습 의욕 쪽이 더 강했다.

옆으로 다가온 폭싱이 함께 살게 되었다는 것을 안 바인이 인사인지 코끝을 폭싱의 얼굴에 댔다. 그러자 폭싱은 놀란 듯 몸을 움찔하더니 그대로 굳고 말았다.

바인이 난폭하게 굴지 않으리라는 것을 알고 있는 유지로 일행은 두 마리를 그대로 두고 제분 도구 등을 구경했다.

폭싱 네 마리가 함께 들고 온 것은 로터리 퀸이라고 불리는 맷돌이다. 손잡이를 잡고 빙글빙글 돌려서 밀 등을 가는 도구로, 유지로는 초등학생 때 교과서에서 그것을 본 적이 있었다.

옛날에는 새들 퀸이라고 불리는 석판에 밀방망이 같은 것으로 부수는 도구를 썼는데, 효율이 나쁘다며 폭싱들은 스스로 맷돌을 개발했다고 한다. 파괴 지진 없이 기술 전달이 잘 되었다면 물레방아나 풍차에 의한 자동화도 이루어냈을 가능성도 높지 않았을까.

몸집이 작고 힘이 약하기 때문에 싸울 능력은 없지만 기술 개발에 뛰어난 재능을 가진 마물이었다. 그 배경에는 사냥을 하지 않고도 살아갈 수 있는 힘이 필요해, 그러한 기능을 몸에 익힐 수밖에 없었다는 사정이 있었다.

"이걸 한 개 받아도 괜찮은 거지?"

"괜찮다고 한다."

그럼 감사히, 하며 번쩍 안아 들었다. 또 술이 담긴 단지와 가루가 담긴 단지도 받을 수 있었다.

그 김에 가루의 원재료도 구경시켜주었다. 폭싱이 가져온 것은 옥수수와 비슷한 것이었다. 지구의 옥수수는 작은 알갱이가 다닥다닥 붙어 있는 가늘고 긴 형태지만, 이쪽은 야구공 정도의 구체에 3센티 정도의 가늘고 긴 알갱이가 다닥다닥 붙은 것이었다. 그것을 말려서, 어느 정도 부순 다음 맷돌로 갈아 가루로 만든다고 한다.

유지로는 그것을 볼 콘이라고 이름 붙였다. 맛은 심심하기 때문에 삶아 먹거나 하지는 않는다고 했다.

"남은 건 만들어줬으면 하는 도구에 관한 이야기뿐인가."

"나는 달리 떠오르는 게 없으니까, 그렇다고 생각해."

"일단은 괭이랑 바구니 정도?"

상황에 따라서는 달리 필요한 것이 나올지도 모르지만, 지금 떠오르는 것은 그 정도였다.

이런 형태라고 땅에 그림을 그려 설명했다. 그러자 폭싱들은 다른 방향에서 본 그림도 요청했다. 다각도에서 바라본 그림을 여러 개 그려주자 이번에는 재질도 물었다.

"재질은 나무, 이 끝부분은 돌이나 금속이면 좋겠는데."

"금속은 무리지만, 돌로 해보겠다고 한다."

"기대하고 있을게."

용건을 모두 마친 유지로 일행은 울타리를 다시 세우는 일을 조금 도운 다음, 폭싱들에게 배웅을 받으며 유적으로 돌아왔다. 동행하는 폭싱에게 힘내라 하고 응원을 보내고 있는 것 같았다.

28 너구리와 정령

짐을 두고 옷을 갈아입은 유지로는 바로 언어 수업을 시작했다. 자기소개는 고제로를 통해서 했다. 폭싱에게는 이름이 없었지만, 불렀을 때 불렸다는 걸 알 수 있도록 퐁이라는 이름이 붙여졌다.

이름을 붙일 때 유지로는 곤이라는 이름을 떠올렸다. 아기 여우 곤이라는 작품에 나오는 곤이다. 하지만 마지막에 죽는다는 것을 기억해내고는 그건 아니라며 다른 이름을 찾아보았고, 세리에가 제안한 퐁으로 결정되었다.

목소리를 낼 수 있는지 확인도 했다. 바인처럼 소리는 낼 수 있지만, 말은 할 수 없을 가능성도 있었다. 일단 고제로를 통해서 붙인 이름을 직접 말해보도록 했다. 그 결과, 몇 번의 연습으로 이름을 말할 수 있었다. 게다가 유지로와 세리에와 바인의 이름도 부를 수 있게 되었다.

좋고 싫고의 몸짓 등도 가르쳐서 고제로가 없어도 의사소통을 하기 쉽도록 해두었다.

"어휘를 늘리는 것부터 시작할까?"

"나는 빨래하러 다녀올게. 빨랫감 줄래?"

"아, 부탁할게."

유적에 돌아와서 벗어둔 것을 건넸다. 세리에는 그것을 들고 바인과 함께 유적을 나갔다.

"주변의 물건 이름을 외워보자."

유지로는 가까이에 있던 테이블을 가리켰다.

"테이블."

"테브류."

"아나 아냐."

그게 아니라고 몸짓으로 표현했다. 그러자 퐁은 귀와 꼬리를 축 늘어뜨리고 풀죽은 모습을 보였다.

"테이블."

"테이브르."

"아, 비슷해졌어. 다시 한번, 테이블."

"테이블."

"말했다, 말했어. 방금 그거 맞았어."

발음은 조금 어색했지만, 제대로 말했기에 잘했다는 몸짓을 한 다음에 머리를 쓰다듬자 기쁜 듯이 쿵 하고 울었다.

그 상태로 몇 가지 단어를 가르쳤다. 한 시간 정도 계속하자 집중력이 떨어진 듯했고, 거기서 오늘 공부는 끝내기로 하고 유지로는 약을 만들었다. 흐름을 기억하게 하기 위해 퐁에게도 그 모습을 옆에서 지켜보게 했다. 만들고자 하는 것은 예비용을 다 써버린 회복약이다. 지금은 무엇을 하고 있는 것인지 전혀 이해되지 않을 테지만 나중에 참고가 되었으면 좋겠다고 생각했다.

세리에가 부르러 와서 약 만들기를 마무리하고 점심 식사를 했다. 세리에는 점심을 만들 때 퐁이 무엇을 먹을 수 있는지 알 수 없어 한 번 손을 멈추었다. 그러나 못 먹는다면 그렇다고 표시해줄 거라 생각하고 평소와 같은 것을 만들었다. 딱히 가리는 것 없이 손으로 집어가며 잘 먹는 퐁을 본 세리에는 안도의 한숨을 내쉬었다.

점심 식사 후에는 자유롭게 시간을 보내기로 했고 유지로는 세리에와 모의전을, 바인은 낮잠을 자기 시작했다. 퐁은 무얼 하면 좋을지 몰라 하는 모습이었지만, 휴식 시간이라는 것을 이해하고는 바로 나무 그늘로 가서 잠을 잤다.

전투 훈련, 마술 훈련을 마친 두 사람도 휴식을 취하며 다함께 조용한 시간을 보냈다.

휴식을 마치고는 평소처럼 사냥에 나섰다. 퐁은 집을 보고 있게 해도 됐겠지만, 심심할 거라 생각해 바인의 등에 태워서 함께 데리고 갔다. 바인이 격렬하게 움직일 때는 유지로가 안아 들었다. 폭신폭신하고 부드러운 감촉과 불쾌하지 않은 따뜻함에 안고 있으면 기분 좋았다. 바인과는 또 다른 감촉이다.

이 사냥 시간에 유지로는 기억력이 강화되는 약의 재료도 모았다. 퐁에게 쓰면 언어 습득이 편해지리라고 생각한 것이다.

수확은 토끼 마물 한 마리였다. 귀가 단단한 날처럼 되어 있는 것 외에는 평범한 토끼와 크게 다르지 않기 때문에 세리에의 화살 한 발로 끝낼 수 있었다. 다가가면 위험하지만, 다가가지 않으면 아무 문제 없는 마물이다.

"이 귀는 뭔가에 쓸 수 있을까?"

"쓰는 사람은 있을 테지만, 우리한테는 무리가 아닐까 싶은데."

"버릴까?"

검으로 베어 떼어낸 귀를 그 자리에 버리자 바인 등에서 내려온 퐁이 주웠다. 그리고 다시 바인의 등으로 돌아갔다.

"뭔가에 쓰겠다는 건가?"

"아마도?"

자신들에게는 쓸모없는 것이니 퐁 마음대로 하게 두자고 이야기하고, 귀를 빼앗거나 하지 않고 유적으로 돌아왔다.

퐁은 가지고 돌아온 귀를 바로 뭔가에 쓰거나 하지는 않았고, 예비 카디건을 둔 방 한쪽에 두었다. 필요한 것이 다 모였을 때나 집락으로 돌아갈 때 쓸 생각이리라.

세리에는 저녁 식사 준비를 시작했고, 유지로는 바인의 털을 빗겨주고, 퐁의 몸을 천으로 닦아주었다. 처음에는 무엇을 하는지 알지 못하는 모습이었던 퐁은 이내 털을 깨끗하게 해주고 있다는 것을 이해하고 몸을 맡겼다. 폭싱은 어느 정도 몸이 더러워지면 물로 씻기 때문에 지금 유지로가 닦아주지 않아도 괜찮았지만, 그런 사실을 모르는 유지로는 바인과 같으리라고 생각했던 것이다.

저녁 식사와 목욕을 마치고 각자 자유롭게 보냈다. 세리에는 술을 홀짝홀짝 마시면서 옥수숫가루를 쓴 요리를 생각했고, 유지로는 기억력 강화 약을 만들었고, 퐁은 그 모습을 지켜보았으며, 바인은 먼저 잠들었다.

사흘 정도는 퐁이 함께 생활하게 된 것 이외에는 별다른 일 없이 지냈다. 완성한 약 덕분에 하루에 외울 수 있는 말의 양이 늘었고, 단어의 나열일 뿐이지만 퐁과 대화가 가능하게 되었다.

퐁도 지난 사흘 동안 생활에 조금씩 익숙해진 듯했고, 한가할 때는 바인과 놀기도 했다. 바인도 함께 놀 상대가 늘어서 기쁜 모양이었다. 게다가 퐁은 마법에도 흥미를 보여 바인과 함께 배우기 시작했다. 약을 만들 때와 자신을 지키는 데도 도움이 될 테니 유지로와 세리에도 말리지 않고 가르쳐주었다. 다른 마물과 이야기할 수 있는 퐁에게 마법을 가르치는 것으로 이윽고 폭싱과 고블린들에게도 마법사용법이 전해졌고, 그것은 양쪽의 강화로 이어져갔다.

"약사 있나?"

"고제로 씨, 무슨 일이야?"

퐁에게 약 만들기에 쓸 도구 설명을 하고 있을 때, 다급한 모습의 고제로가 모습을 드러냈다.

"함께 와주지 않겠나?"

"어디에?"

"우리의 주거지다."

"접근해도 괜찮아? 그리고, 어째서인지 물어도 돼?"

"설명은 필요하겠지. 미안하다. 조급했다. 아이를 가진 동료가 몇 명 있다. 그중 한 명이 난산이다. 어떻게 할 수 없을까 싶었다."

그 난산 중인 암컷 고블린은 고제로의 손자라고 했다. 목숨이 위험할지도 모른다는 생각에 초조해지는 것도 어쩔 수 없었다.

"출산에 관한 건 내 전문이 아니야. 생각나는 건, 출산한 엄마에게 회복약과 피로 회복제를 주는 정도?"

그것조차도 맞을지 알 수 없다. 산후 회복이 잘 안 되어 죽었다는 이야기를 떠올리고, 체력을 회복시키면 죽는 것은 막을 수 있을까 생각한 것이다.

"세리에는 뭔가 알아?"

"출산이라, 한 번도 입회한 적이 없어서 전혀 모르겠어."

어떻게 하면 아이가 태어나는지는 어찌어찌 알지만 출산 보조 같은 건 모른다. 학교에서 간단하게나마 배운 적 있는 유지로 쪽이 자세할 것이다.

세리에가 대략적으로밖에 모르는 것은 정확한 것을 배우지 않았기 때문이다. 세리에의 부모님은 아직 이르다며 가르쳐주지 않았고, 숲의 민족들은 하프의 피가 남는 것에 혐오감을 갖고 일부러 가르쳐주지 않았다. 그나마라도 알게 된 것은 혼자 살게 되면서 창부와 이야기를 조금 나누었을 때였다.

"……그런가. 약만이라도 받을 수 있겠나."

"알겠어."

잠시 기다려달라고 말하고 상자에서 두 개의 병을 꺼냈다.

그것을 건네자 고제로는 서둘러 유적을 나갔다.

"뭔가 사냥해서 축하 선물로 들고 갈까?"

"그것도 괜찮겠다. 활 가져올게."

"나, 활, 가져와."

퐁도 세리에게 넘겨받은 오래된 쪽의 활을 가지러 갔다. 세리에한테는 자그마한 활이었는데, 퐁에게는 롱보 수준의 크기였다. 그래도 어찌어찌 잘 쓰고 있다. 화살은 퐁이 나무를 깎아서 만든 수제다.

유지로는 바인과 함께 먼저 밖으로 나왔다.

준비를 갖춘 일행은 숲으로 나아갔다. 보폭이 달라 퐁은 잰걸음을 쳐야 했기 때문에, 바인의 등에 태워서 이동하는 것이 표준이 되어 있었다.

자신들의 식사에 쓸 동물도 잡아서, 고블린들의 집락으로 향했다. 들어가는 것을 제지받으면, 고제로에게 전해달라고 부탁하면 되리라. 통역은 퐁이 있으니 문제없다.

"기가! 굿고고."

주거지에 다가가자 보초로 보이는 고블린들이 다가왔다.

그 고블린에게 퐁이 다가가 말을 걸었다. 잠시 동안 쿵쿵 그고고 하는 대화가 이어졌고, 대화를 마친 퐁이 유지로 일행을 올려다보았다.

"들어가, 괜찮아."

고블린들이 앞서 걸으며 일행을 안내했다.

고블린들의 집락은 트인 공간에 있었고, 폭싱들의 집락과 마찬가지로 울타리에 둘러싸여 있었다. 건물도 비슷한 것을 보니 폭싱들이 만든 것이리라. 폭싱들은 기술을 제공하고, 고블린들은 폭싱들의 집락 주변의 마물을 퇴치한다는 협력 관계를 쌓고 있다. 힘이 약한 자들끼리 협력하며 어떻게든 이 숲에서 살아남아 온 것이다.

유지로 일행을 안내한 고블린 한 마리가 고제로가 있는 곳으로 달려갔다.

유지로들은 집락 입구를 조금 들어간 곳에서 걸음을 멈추었다. 보기 드문 손님에 고블린들의 시선이 집중되었다.

잠시 그 호기심 어린 시선에 노출된 채, 유지로 일행은 집락의 모습을 살폈다. 유지로는 호기심을 감추지 않았지만 세리에는 고블린의 시선 수에 경계심을 높이고 있었다.

넓이를 생각하면 고블린 수는 백을 넘을 터다. 사람 마을 근처에 이 정도 수가 있다면 바로 토벌대가 결성될 것이다.

"약사 일행인가. 무슨 용건인가?"

"출산 축하로, 고기를 가져왔어."

가져온 멧돼지와 늑대 마물을 바닥에 내려놓았다.

"그런가? 고맙다."

"난산이라고 했던 건 어떻게 됐어?"

"겨우 태어났다. 약 덕분인지, 엄마 쪽도 무사하다. 그 점에 대해서도 감사한다."

"그거 다행이다. 온 김에 묻는 건데, 밭 건은 어떻게 됐어?"

"해보는 것도 좋겠다는 자가 대부분이다. 그래서 약 쪽을 부탁하고 싶다."

식생활이 향상된다면 고블린들에게는 큰 도움이 될 터다. 한번 도전해보는 것도 좋을지 모르겠다고 생각했다. 거기까지 설명하고 이해시키는 데 고제로는 약간 고생을 해야 했다.

"알았어."

밭을 만들 예정지는 고제로가 찾았고, 돌멩이와 잡초 제거는 이미 시작한 상황이었다. 괭이 등이 도착하면 바로 땅을 갈 수 있을 것이다.

용건을 마친 일행은 고제로의 배웅을 받으며 집락을 뒤로 했다.

약재료를 모으고 퐁에게 설명을 하면서 유적으로 돌아왔다. 경계하고 있던 세리에는 유적 앞에 무언가가 있다는 것을 알아챘다.

"누가, 아니, 뭔가가 있는데?"

"정말이네?"

유적 입구에 배낭을 짊어진 너구리가 있었다. 겉모습은 폭싱에 가깝다. 입고 있는 것은 폭싱들의 옷보다 좋아 보였다.

똑똑한 너구리라 불리는 마물로, 폭싱 같은 손재주는 없지만 체력이 좋고 이동 속도가 빠르다. 거기에 제 이익을 챙기며 약삭빠르게 굴 만큼 머리도 좋아서, 마물들이 자신들에게 도움이 된다고 여겨 적대하지 않을 행상인 같은 일을 하고 있었다.

저게 누구인지 알고 있는지, 퐁에게 물었다.

"상인."

"저게 마물 상인."

호오, 하고 호기심 어린 시선을 보냈다.

그대로 다가가자 저쪽도 이쪽을 눈치챘는지 유지로 일행에게로 시선을 돌렸다.

"정말로 인간이 있어."

유창한 인간의 말이 똑똑한 너구리의 입에서 나왔다. 놀란 듯이 유지로와 세리에를 보고 있었다. 유지로 일행도 막힘없이 말하는 모습에 놀라고 있었다.

똑똑한 너구리는 폭싱에게 이야기를 듣고, 설마 하고 생각한 것이다. 이런 곳에 자리 잡고 사는 인간이 있을 리 없다고.

유지로와 세리에는 약과 벅스 노이드와의 재회라는 행운으로 비교적 안전하게 살고 있지만, 원래대로라면 이곳은 사람이 살 만한 곳이 아니다. 그러니 똑똑한 너구리가 놀라는 것도 당연한 일이었다.

"사람 말을 할 수 있네?"

"이 정도도 못 하면 이 일 못 해먹는다고."

거래 상대 중에 몇 종류인가, 인간의 말을 하는 마물이 있는 것이다.

"그래서, 상인이 우리한테 무슨 볼일이지?"

"오늘은 얼굴을 익히러 온 거고. 그쪽이 뭔가 도움이 될 만한 걸 내놓으면, 필요한 걸 조달해줄게."

"도움이 될 만한 건 없는데."

유지로의 말에 똑똑한 너구리는 싱긋 웃음 지었다.

"그렇지 않잖아. 약을 내놓을 수 있다고 들었다고."

"벌써 폭로한 거야?"

세리에는 폭싱들의 입이 너무 가벼운 거 아니냐며 어이없어했다. 그러자 퐁이 면목 없다는 듯 귀와 꼬리를 늘어뜨리고 사과했다.

이것은 어쩔 수 없는 일이기도 했다. 똑똑한 너구리 쪽이 말재주도 좋고 머리도 잘 도니 말이다. 배치가 변한 울타리 등을 보고 습격이 있었던 것을 간파하고, 그런 것치고는 수가 많이 줄지 않은 것에 의문을 품은 똑똑한 너구리가 폭싱들을 말로 구슬려 알아냈던 것이다.

교섭 같은 일에 맞지 않는 폭싱에게 상인으로서 살고 있는 똑똑한 너구리는 버거운 강적이다.

그렇다고 해도 회복약을 만들 수 있다는 것은 밝히지 않았다. 효과 좋은 약을 만들 수 있는 것이리라고 똑똑한 너구리가 추측한 것이다.

"이쪽이 약을 준다면 그쪽은 뭘 내놓을 거지?"

"인간에게 필요한 거라도 어떻게든 손에 넣을 수 있어."

마물이 먹이로서 인간 행상인을 습격하는 일이 있고, 그때 남은 물품을 똑똑한 너구리가 받고 있다. 그것이 유지로 일행에게 넘어오는 것이다. 또 사람에 가까운 모습의 마물에게서 얻은 물품을 건넨다고 하는 방법도 있다.

"밀가루라든가 소금, 설탕 같은 것도?"

"그쯤은 간단하지."

세리에의 질문에 누워서 떡 먹기라며 고개를 끄덕였다.

"약재료 같은 건?"

"그건 종류에 따라서. 용의 간을 가져오라고 한들 무리."

"그런 건 기대 안 해. 참고로 사람 마을에 물건을 전달하는 건 가능해?"

"가능하다면 가능하지. 하지만 별로 하고 싶지 않은데."

"그야 그렇겠지."

가능하다면 티크와 피나에게 편지를 보낼까 했는데, 살해당할 가능성도 있으니 어쩔 수 없는 일이라 여기고 포기했다.

유지로로서는 똑똑한 너구리와 얽히지 않아도 괜찮았다. 식생활을 생각하면 관계를 갖는 편이 좋을지도 모르겠다 하는 정도였다. 세리에도 마찬가지로, 꼭 필요하다고 생각하는 건 없었다.

"그쪽이 원하는 건 어떤 약이지?"

"지금은 특별히 없어. 필요해지면 말하러 올게."

"세리에는 조미료가 있는 편이 좋겠지?"

"뭐, 있으면 도움이 되지."

"그럼 뭐, 부탁해볼까? 그쪽도 터무니없는 요구는 하지 말아줘. 못 하는 건 못 하는 거니까."

어느 정도의 수준을 요구해도 되는지 잘못 판단해 이상한 문제를 끌고 들어오는 건 사양하고 싶다. 그 점은 상인으로서의 신뢰에도 관여된 일이니 똑똑한 너구리도 주의할 생각이었다.

"선처할게. 필요한 건 밀가루랑 소금이랑, 설탕?"

"채소 같은 것도 있으면 좋겠어. 유채꽃과 동백나무 씨도 있으면 좋겠는데."

직접 찾는 것보다는 효율 좋게 찾아서 가져다주지 않을까 생각하고 말했다. 유채꽃 등으로 기름을 만들 수 있으니 있으면 요리하는 데 편리하리라 생각했다.

그것들을 무엇에 쓰는 걸까 싶어 똑똑한 너구리는 고개를 갸우뚱거렸다. 마물과 협력하여 농사를 지으려 하고 있다고는 전혀 예상하지 못했다.

"씨?"

"고블린들과 협력해서 밭을 만들어볼까 하거든."

그 말에 똑똑한 너구리의 표정이 조금 변했다.

"고블린들이랑 말이지. 알았어. 씨앗도 찾아볼게. 그럼 그만 갈게. 열흘 정도 후에 부탁한 것들을 갖고 올게."

똑똑한 너구리는 또 봐 하고 말하며 나무들 사이로 사라져갔다.

"제대로 가져오려나?"

"괜찮아, 물건, 없었다, 없어."

퐁이 단언했다. 그렇다면 기대해도 되겠다고 유지로가 말했다. 그리고 밖에 있으니 그 김에 오늘 단련을 끝내자고 세리에에게 권했다. 세리에는 그 말에 고개를 끄덕이고 바인과 퐁에게서 떨어졌다.

유연을 한 후, 검을 휘두르고, 모의전으로 옮겨갔다.

그 사이에 바인과 퐁은 마법 연습을 했다. 바인은 짖는 소리 하나로 빛을 밝힐 수 있게 되었다. 유지로나 세리에와 비교하면 불안정한 빛이다. 그것을 본 유지로와 세리에는 바인이 마법과는 상성이 나쁜 건가 싶어 마술도 가르쳐볼까 생각하고 있었다. 한편 퐁의 마법 습득은 순조로웠다. 하지만 마력량이 평원의 민족 이하인지라 숲의 민족의 마법을 가르쳐주어도 쓸 수 있을 것 같지 않았다. 적은 마력량을 어떻게 할 수 없는지 묻는 퐁에게 유지로는 협력 마법이라는 수단이 있다고 가르쳐주었다. 사용법과 구조는 전혀 모르는지라 도움이 되었는지는 알 수 없었다. 마력을 방출하게 하는 약을 쓰는 방법은 알고 있지만, 마력이 적은 퐁싱에게 쓰면 위험하지 않을까 싶었기 때문에 가르쳐주지는 않았다.

마술 훈련까지 마치고, 잠시 휴식한 후 유적으로 들어갔다.

유지로와 퐁은 중단했던 도구 설명을 다시 시작했고, 세리에는 바인의 털 손질을 한 다음 집안일을 시작했다.

다음 날, 고제로와 똑똑한 너구리와는 또 다른 손님이 나타났다.

세리에가 빨래를 널기 위해 유적 밖으로 나와 보니 유적으로 들어가야 하나 망설이고 있는, 사람 아닌 무언가가 있었다.

무릎까지 닿는 물결치는 녹색 머리카락과 그와 같은 색의 눈을 가진 미녀로, 마른 나뭇잎 색의 소매 없는 원피스를 입고 있었다. 키는 세리에보다 조금 큰 160대 후반 정도로 보였다. 사람의 냄새는 전혀 나지 않았고 초목의 냄새가 났다. 옷이라기보다는 커다란 나뭇잎 그 자체가 옷 같은 형태를 하고 있었다. 표정은 좋다고는 할 수 없었고, 줄곧 나른해 보였다.

"무슨 용건이지?"

세리에는 조금 경계하는 모습을 보이며 빨래가 담긴 바구니를 내려놓고 물었다.

"여기에 약사라는 존재가 있다고 들었는데."

"누구한테?"

"똑똑한 너구리."

"여기저기 퍼뜨리고 다니는 거야?"

두통이 생긴 것처럼 관자놀이에 손가락을 댔다.

그 모습에 녹색 여자는 쓴웃음을 지었다.

"아무한테나 가르쳐주고 있는 건 아닌 것 같아. 은혜를 베풀어 둘 만한 곤란한 상대에게만 사정을 흘리고 있어. 아무리 그래도 주인에게 말하러 갈 배짱은 없을 테지만."

"이야기할 상대를 고르고 있는 거라면 그래도 낫다고 해야 하려나. 그래서 당신은 누구지?"

"당신이라면 알지 않을까?"

갑자기 그런 말을 한들, 세리에로서는 본 이상의 것은 알 수 없었다. 주의 깊게 보아도 마찬가지였다.

"모르겠는데."

"평원의 민족 피 쪽이 진한 걸까…… 나는 드라이어드야."

드라이어드라는 건 나무의 정령이다. 지구에서 구전되는 드라이어드와 비슷한 존재로, 미녀의 모습을 하고 있다는 것은 같았지만 다른 점도 있었다. 지구의 드라이어드는 좀처럼 사람 모습을 하는 일이 없지만, 이쪽은 기본적으로 사람 모습으로 지내며 본체인 나무를 돌보는 것이다. 서식지가 숲이라 숲의 민족과 접하는 일이 많다.

"처음 봤어."

놀란 듯 눈을 크게 뜨고 눈앞에 선 여자를 보았다.

숲의 민족은 드라이어드를 숭상하는 면이 있었기 때문에, 숲의 민족들은 하프인 세리에가 드라이어드를 만나는 것을 싫어했다. 드라이어드 자신은 하프라는 점을 신경 쓰지 않았다.

"그래서, 그 드라이어드가 약사에게 무슨 용건이지?"

"어머, 담백하네. 나, 병에 걸린 것 같거든. 여기에 있는 약사한테 약을 만들어달라고 할 수 없을까 해서."

세리에는 눈썹을 모으고 가만히 드라이어드의 얼굴을 보았다.

지친 표정을 하고 있지만 그래도 미인이라는 걸 알 수 있는 생김새다. 부드러운 표정에 커다란 눈, 도톰한 입술에 균형 잡힌 스타일은 세리에가 보기에도 매력적이었다. 건강해진다면 더욱 아름다워지리라.

유지로와 만나게 하고 싶지 않다는 마음이 샘솟았다. 어째서 만나게 하고 싶지 않은 것인가는 생각하지 않고, 어떻게 하면 만나게 하지 않고 넘길 수 있을지 생각했다.

"괜찮다면 안내해줬으면 하는데……."

드라이어드는 생각에 잠긴 세리에에게 머뭇머뭇 말을 걸었다.

"바빠 보였으니까, 내가 증상 같은 걸 듣고 전해줄게."

"직접 만나서 이야기하는 편이 자세히 전할 수 있을 것 같은데."

"일단 이야기해줘."

"뭐, 알겠어. 나른함이 최근 5년 정도 이어지고 있어. 체력도 조금씩 떨어지고 있고. 본체인 나무에 이상한 점은 없어. 잎이 변색되거나, 줄기가 썩거나 벗겨지거나 하지도 않았어. 이쪽 몸 상태가 뭔가 달라진 것 같아."

"알았어. 여기서 기다려, 물어보고 올게."

드라이어드는 끄덕끄덕 고갯짓을 하고 유적 입구 옆에 앉았다.

유지로는 거실로 쓰고 있는 방에서 퐁에게 수업을 하고 있었다.

"유지로, 약을 만들어줬으면 한다는 정령이 있어."

"정령? 그래서, 어디에?"

유지로는 세리에가 정령을 데려왔다고 생각하고 주변을 살폈다. 그리고 모습이 보이지 않아서 영시(靈視) 같은 걸 못하면 보이지 않는 것이라 판단했다.

"나한테는 보이지 않는 것 같으니까, 통역해줄래?"

"아니…… 응, 알았어."

보이지 않는 것이라 착각하는 것이라면 만나게 하지 않을 수 있다고 판단한 세리에는 이대로 이야기를 진행시키기로 했다.

드라이어드가 느낀 증상을 지금 들은 것처럼 설명했다.

"증상을 듣고 나서 이런 말하기는 뭐하지만, 내가 정령한 테 효과가 있는 약 같은 걸 만들 수 있을까……."

지식을 뒤지자 정령에게 쓸 수 있는 약이 세 개 떠올랐다.

"옛날 사람 대단하잖아. 이런 것까지 만든 거야?"

떠오른 약은 의식이 혼탁한 정령을 원래대로 되돌리는 것, 정령의 힘을 일시적으로 증가시키는 것, 힘이 줄어든 정령을 회복시키는 것이다.

이번에 필요한 것은 세 번째이리라.

세 번째 약이 필요한 것은 정령 특유의 병에 걸렸을 때다. 정령은 사람과 동물의 형태를 유지할 때 이능에 가까운 힘을 쓴다. 그 이능이 가끔 흔들릴 때가 있다. 그 자체는 어떠한 정령에게도 있는 일이지만 대부분 바로 낫는다. 그러나 이 흔들림이 그대로 고정되는 경우가 있다. 그 흔들림으로 생겨난 구멍을 통해 힘이 빠지면서 권태감을 느끼게 되고, 이윽고 명확한 의식은 사라진다.

드라이어드에게 일어난 일은 그것이다. 이대로 시간이 흐르면 드라이어드는 평범한 나무와 똑같아지리라.

흔들림 자체를 치료하는 약은 없고, 우연히 다시 흔들림이 생겼을 때 낫기를 기대할 수밖에 없다. 그때까지 힘을 보충해주는 것이 유지로가 할 수 있는 일이다.

"재료는…… 여기에는 없네."

유적 주변과 숲에 갔던 첫날에 봤던 길을 떠올리고 근처에는 없는 것 같다고 판단했다.

"탐색하러 가볼까? 그 김에 꽹이가 어떻게 되고 있는지도 알고 싶으니까, 퐁을 고향에 데리고 갔다 와야겠어."

"알았어. 그 전에 빨래를 널고 올게."

비가 내리기라도 하면 곤란하니 아직 널지 않은 빨래를 실내에 널기로 했다. 그 김에 드라이어드에게 사정을 설명하기 위해 밖으로 나갔다.

"어떻게 됐어?"

"만들 수 있지만, 재료가 없으니까 오늘은 일단 돌아가."

"얼마나 걸릴까?"

조금 멍해진 표정을 지으며 물었다. 밑져야 본전이라는

마음으로 왔던 것인데, 간단히 어떻게든 된다는 대답을 듣고 놀란 것이다. 지금은 인간과 교류가 없지만, 예전에는 교류한 적도 있었다. 그래서 정령을 치료하는 법을 인간이 알고 있을 리 없으리라 이해하고 있었던 것이다. 자신의 지식이 뒤집힌 행운에 감사했다.

"그건 못 들었어. 닷새 후에 다시 와줘."

"알았어. 감사 인사를 하고 싶은데 전해줄래?"

드라이어드는 그렇게 말하고 나무들 너머로 사라져갔다.

세리에는 서둘러 유적으로 들어가 빨래를 널고 나갈 준비를 갖추었다.

갑옷과 망토를 몸에 걸치고, 무기를 든 세리에가 거실로 나오자 유지로가 주변을 뒤지는 듯한 행동을 하고 있었다.

"뭐 하고 있는 거야?"

"정령을 만질 수 없을까 싶어서."

아직 근처에 정령이 있을 거라고 생각한 것이다. 그런 유지로를 바인과 퐁은 뭐라 말할 수 없는 표정으로 보고 있었다.

"이미 돌아갔어. 닷새 후에 와달라고 말해뒀고."

"아, 그렇구나."

조금 전까지 자신이 했던 행동을 떠올리고, 멍청한 짓을 했다며 얼굴을 붉혔다.

"정령이라는 건 어떻게 생겼어?"

"미인이었어."

"호오, 한 번쯤은 보고 싶네."

호기심을 자극받은 듯이 말하고 유지로는 걸음을 옮겼다.

만나지 못하게 하길 잘했다고, 자그맣게 안도의 한숨을 내쉰 세리에는 그 옆을 걸었다.

폭싱의 마을에 도착할 때까지 두 번 정도 마물과 싸웠다. 최근에는 유지로 일행이 강하다는 걸 알았는지 공격해 오는 마물의 수가 줄었다.

마을에서는 슥슥 탁탁하고 작업하는 소리가 들렸다. 그 소리는 광장에서 들려오고 있었다.

대패와 정을 써서 괭이를 만드는 소리였다.

돌아온 풍을 보고 폭싱들이 주변을 둘러쌌다. 걱정한 것이리라.

한동안 동료와 대화를 나누고 일단락을 지은 풍이 유지로를 올려다보았다.

"괭이, 봐줘."

"벌써 된 거야?"

폭싱이 내민 시작품 괭이는 고블린들의 몸에 맞춰 작은 크기가 되어 있었다. 그림에 그렸던 대로 세 갈래인 괭이다.

써보아도 괜찮은지 묻자 풍은 고개를 끄덕였다.

몇 번 가볍게 지면에 휘둘러보고, 마지막에 강하게 휘둘러보았다. 자루가 조금 휘었지만, 부러지지는 않았다.

"괜찮은 것 같아."

그렇게 풍에게 전하자 이것을 양산하겠다는 대답이 돌아

왔다.

의욕으로 가득한 짖는 소리가 터져 나왔고 유지로 일행은 믿음직하다며 미소 지었다.

"정자라든가 괭이라든가, 그런 걸 만들 수 있는 기술이 있다면 크로스보 같은 것도 설명하면 만들 수 있을 것 같은데?"

"크로스보?"

혼잣말로 한 말을 퐁은 놓치지 않고 들었다.

"활의 한 종류야. 힘이 약한 사람도 강한 위력을 낼 수 있게 만든 거지. 연사하지 못한다는 약점도 있지만. 비슷한 모양으로 크게 만든 걸 발리스타라고 하던가?"

이쪽 세계에는 없는 물건이다. 힘의 능력 상승약을 마시면 강궁도 당길 수 있게 되는 데다, 더 큰 위력을 원한다면 마술을 쓰면 된다. 그런 수단이 있기 때문에 크로스보는 개발되지 않았다.

"가르쳐줘."

흥미가 있다며, 퐁은 유지로를 올려다보았다.

유지로도 자세한 건 몰랐지만 괭이 때와 마찬가지로 그림으로 그리며 다리로 밟아서 시위를 당기는 것과 말아 올리는 것 두 종류를, 가능한 한 상세하게 설명했다.

이게 있으면 방어력이 올라갈 것이라며 다음으로 크로스보를 만들기로 정했다. 단순히 미지의 물건을 만들어보고 싶다는 욕구도 있었다.

여기저기에서 폭싱들의 즐거운 술렁임이 들려왔다.

"퐁, 우리는 재료를 찾아올게. 너는 여기서 천천히 있어."

"모두, 마법, 가르쳐준다."

"그것도 괜찮겠네. 쓸 수 있게 되면 편리하니까."

열심히 하라고 응원해주고, 유지로 일행은 산을 내려갔다.

남은 퐁은 마법을 써 보이며 모두에게 앞으로 살아남는 데 도움이 될 거라고 전했다. 돌과 나무를 깎던 자들도 손을 멈추고 마법으로 만들어진 빛과 불을 넋을 놓고 보았다.

퐁의 말에 납득하고, 마법을 쓰는 법을 다 함께 배웠다. 그때 퐁은 협력 마법에 관한 것도 알려주면서 비슷한 것을 쓸 수 없을지 제안했다. 동료들도 생각해보겠다고 했다.

크로스보에 협력 마법 같은 보람 있는 일이 늘어서 폭싱들은 기합이 들어간 모습을 보였다.

산에서 내려온 유지로 일행은 서쪽으로 걸음을 옮겼다. 표식이 되어줄 만한 것, 약초 등의 분포를 적어 넣은 지도도 만들었다.

그렇게 느긋하게 30분 정도 나아가자, 누군가 말을 걸어왔다.

목소리가 들린 방향을 보니 커다란 나무가 있었다. 그 나무에서 드라이어드가 모습을 드러냈다. 알몸이었지만 바로 나뭇잎이 몸을 감싸며 옷이 되었다.

"오, 미인이다. 세리에, 아는 사이야?"

"저기."

어떻게 대답할지 망설이고 있는 사이에 드라이어드는 다가왔고 유지로 앞에 섰다.

"당신이 약사라는 사람인가?"

"맞는데, 누구신지?"

"아까 약을 만들어달라고 부탁한 드라이어드야."

"드라이어드…… 어떻게 모습을 드러낸 거죠? 집에서는 안 보였는데. 그보다 처음 봤다는 반응이었죠? 지금."

"만나는 건 처음이잖아? 바쁘다고 해서 못 만났고."

"못 만난 건가요…… 하지만 세리에는 있는 것처럼 행동했는데. 어떻게 된 거야?"

상황을 알 수 없어 의아해하며 유지로는 세리에를 보았다. 드라이어드도 시선을 세리에에게 보냈다.

어떻게 말해야 할까, 세리에는 말문이 막혔다. 자신의 마음을 이해하지 못하고 있는 세리에가 잘 설명할 수 있을 리 없었다.

"어쩐지 만나게 하고 싶지 않았어."

"어째서?"

"어쩐지라고 말했잖아. 이유 같은 거 몰라."

휙 고개를 돌렸다. 유지로와 드라이어드는 고개를 갸웃거릴 수밖에 없었다. 바인도 이상하다는 기색의 눈빛으로 세리에를 올려다보았다.

"만나지 못하게 한 건 사과할게. 미안해. 그러니까 재료 찾기로 돌아가자."

"아, 응. 그럼 그런 상황이라 이만."

세리에에게 소매를 잡혀 드라이어드에게서 멀어졌다.

그 모습을 보고 상황을 대략 이해할 수 있었던 드라이어드는 밝게 웃으며 손을 흔들어 두 사람에게 인사했다.

백 미터 정도 빠른 걸음으로 나아가고서야 세리에는 소매에서 손을 뗐다.

"어쩐지, 세리에답지 않은데."

"나도 그렇게 생각해. 뭔가 답답했어."

"답답?"

혹시 질투려나? 하고 유지로는 생각했다. 호의가 자라난 것인가 싶어 기뻐졌다.

질투인지 다른 감정인지를 확인하기 위해 드라이어드에 관해 살짝 언급해보기로 했다.

"그 사람, 미인이더라. 나무에서 나왔을 때 알몸이라 눈 둘 데가 없어 곤란했어."

"그러네, 미인이었지."

"다시 만나는 게 조금 기대돼."

"……그렇게 기대돼?"

"눈 호강이라고 해야 하려나. 나도 남자니까 미인한테는 약하거든."

"그럼 있는 곳을 알았으니까, 언제든 만나러 가면 되겠네."

가시 돋친 분위기가 섞여 나와 유지로는 이 정도가 아슬아슬한 선이라고 보았다. 질투해주는 것은 기쁘지만 그것을 너무 즐기다 기분을 상하게 하고 싶지 않았다.

"아주 사이좋아지고 싶다거나 그런 건 아닌걸. 세리에 쪽이 내 타입이고, 세리에 알몸이 보고 싶네. 욕심을 말하자면 보이고 부끄러워하는 모습도 보고 싶어!"

수습으로 그건 좀 아니지 않은가 싶은 발언이다.

평소와 다름없는 유지로의 모습에 세리에의 분위기에서 가시 돋친 느낌이 누그러들었다.

"안 보여줄 거거든. 그보다 여기에 재료는 있어?"

"잠깐 기다려."

회피 성공이라 생각하며 주변을 살폈다. 하나 찾았다. 나무에서 떨어진 마른 나뭇잎을 자루에 채워 넣었다.

"마른 나뭇잎 같은 게 도움이 되는 거야?"

"나무에서 떨어져서 썩어가면서 성분이 변화하기도 하거든. 이 잎도 그중 하나."

"흐음. 재료는 앞으로 얼마나 남았어?"

"지정은 있고, 이걸 찾았으니까, 앞으로 두 개. 양쪽 다 풀이야."

"어떤 모양인데?"

특징을 설명하고 유지로 일행은 서쪽으로 나아갔다. 30분 후, 나무가 쓰러지는 소리가 들리고 전방에 거대종인 멧돼지가 보였다. 말없이 쓰러뜨릴지 어떨지를 묻고, 쓰러뜨리지 않는 것으로 결정을 내렸다. 유지로 일행은 그 자리에서 가만히 머물렀고, 멧돼지도 유지로 일행을 눈치챈 기색을 보였지만 접근하지 않고 물러났다.

도마뱀이 있다고 하는 늪지가 멀리서 보인 지점에서 드라이어드와 만나는 것을 피해 다른 경로로 돌아가다 마지막 하나를 발견했다.

그리고 겸사겸사 사냥한 새를 들고서 폭싱 집락으로 돌아왔다.

아직 한창 마법을 가르치는 중인지라, 오늘은 여기서 하루 묵어가게 되었다. 빗을 빌려서 바인을 빗질해주고, 크로스보에 관한 이야기를 들으러 온 폭싱을 상대하며 하루를 보냈다.

아침을 대접받고, 유지로 일행은 유적으로 돌아갔다.

세리에가 오라고 말했던 닷새 후에는 드라이어드에게 줄 약이 완성되었다.

처음에 왔던 때와 같은 시간대에 드라이어드가 찾아왔다. 마침 빨래 널기가 끝났을 때였다.

"안녕하세요."

"어서 와. 완성한 모양이야."

미묘하게 환영하지 않는 말투로 약이 완성되었음을 알렸다.

"안에 들어가도 될까?"

"그래."

드라이어드를 데리고 거실로 향했다. 찾아온 드라이어드에게 약을 건네기 위해 퐁의 수업은 잠시 중단되었다.

"이게 주문한 약."

작은 냄비 안에서 불투명한 황녹색 액체가 흔들리고 있었다.

사용 방법은 팔팔 끓여서 피어오른 증기를 몸에 쐬는 것이다. 드라이어드는 불 마법을 쓸 수 없기 때문에 여기서 쓰고 가야 했다.

"지금 바로 쓸래?"

"부탁해도 될까?"

삼각대에 작은 냄비를 올려두고 마법으로 불을 붙였다.

"액체가 투명해지면 사용이 끝났다는 신호야."

"알았어."

3분 정도 지나자 증기가 피어오르더니 달짝지근한 냄새가 방에 떠돌기 시작했다.

증기에 닿은 드라이어드는 바로 나른함이 사라진 것을 느꼈다. 그대로 5분 동안 계속 쐬고 있으니 액체가 투명하게 되었고, 드라이어드는 병이 걸리기 전의 상태로 돌아왔다.

"상태는 어때?"

"완벽해. 이게 당연한 거지. 잊고 있었어. 고마워."

기쁜 듯 그 자리에서 가볍게 몸을 움직인 후, 춤추듯이 움직이기 시작했다.

드라이어드는 슬쩍 유지로를 본 다음, 세리에에게로 시선을 옮겨 손을 잡더니 억지로 함께 춤을 추었다. 유지로를 데리고 춤을 출까도 생각했지만 그러다가 세리에의 기분을 상하게 만들면 은혜를 원수로 갚는 거라 생각했다.

"잠깐, 그만둬."

"잠시 어울려줘. 기분이 너무 좋아서 멈출 수 없을 것 같으니까."

힘이 세다고 해야 할지, 접착제를 쓴 것처럼 달라붙어 떨어지지를 않았고, 드라이어드는 춤을 멈추지 않았다. 세리에는 이리저리 휘둘리는 형태로 움직이게 되었다.

이 모습을 숲의 민족이 본다면 세리에를 질투하리라. 숲의 민족에게 있어 드라이어드의 춤 상대가 된다는 것은 명예로운 일인 것이다.

이 춤은 세리에에게 있어서도 나쁜 일은 아니었다. 숲의 민족의 피가 불러 깨워져 조금이지만 힘의 최저 수준을 끌어올렸다. 능력 상승약만큼 극적인 상승은 아니지만, 마력이 5퍼센트 정도 영속적으로 상승한 것이다. 불꽃의 화살 한 발을 만들 양도 안 되지만, 늘어난 것은 감사한 일이다.

춤은 10분 이상 계속되었고 시종 세리에가 휘둘리는 형태였다.

"고생했어."

유지로는 그렇게 말하며 물을 내밀었다. 세리에는 잠시 원망스럽다는 듯이 유지로를 보았다.

"멈춰줘도 좋았잖아."

"그렇게나 기뻐 보이면 멈추기 어렵지."

"못 했어."

퐁도 동의라며 고개를 끄덕였다.

"이 약으로 병을 고친 거야? 아니면 일시적으로 건강을 되찾았을 뿐?"

"일시적으로 돌아온 것뿐이야. 두 달 정도 지나면 약을 쓰기 전으로 돌아간다나 봐. 그러니까 한 달에 한 번 정도의 빈도로 쓰는 편이 좋지 않을까?"

"그럼 한 달 후에 또 부탁할게. 아, 그러고 보니 답례를 해야지."

"가능하다면 본체의 수액을 받고 싶은데."

"그딴 걸로 괜찮은 거야?"

응응 하고 열심히 고개를 끄덕이는 유지로.

드라이어드에게 있어서는 그딴 것 취급이지만 유지로와 숲의 민족에게는 귀중한 것이다. 숲의 민족의 비약에도 쓰이고 영속적인 마법 내성을 부여하는 약의 소재도 된다.

세리에의 망토에 쓰면 마법에도 물리 공격에도 강한 망토가 완성된다. 자신의 코트에는 이미 비슷한 효과의 마법이 걸려 있기 때문에 쓰지 못하지만 갖고 싶었다. 방패에 칠해도 좋으리라.

"앞으로는 답례로 수액을 가져올게. 그럼, 오늘은 이만. 오늘 답례분은 내일 가져올게."

오늘은 숲속을 산책하겠다며 드라이어드는 기분 좋게 유적에서 나갔다.

"사람은 도와주고 볼 일이네. 좋은 게 정기적으로 손에 들어오게 됐으니."

"그렇게 좋은 거야?"

고개를 갸웃거리는 세리에에게 유지로는 드라이어드의 수액을 써서 만들 수 있는 약을 말해주었다.

열거된 약의 효과에 세리에도 퐁도 유지로가 기뻐한 이유를 이해했다.

다음 날, 받은 수액을 써서 바로 마법 내성약을 만들기 시작했다.

수액은 드라이어드가 갖고 있을 때는 호박(琥珀) 같았지만, 병에 넣어 달라고 하자 걸쭉한 액체가 되었다. 약을 만드는 데는 충분한 양이었다.

드라이어드가 세리에에게 말 상대가 되어달라고 조르는 옆에서, 유지로는 퐁에게 설명을 해가며 준비를 갖추었다.

29 싫어하는 걸 먹게 하는 방법

재빠르게 마법 내성약을 완성해 망토에 발랐을 무렵, 마침 똑똑한 너구리가 약속한 물건을 가지고 오는 날이 되었다. 유지로 앞에 나타난 똑똑한 너구리 옆에는 사람의 형태를 한 두 마물이 있었다. 한 사람은 검은 슈트를 입고 있는 성인 남성으로 올백 검은 머리에 붉은 눈을 가진 미남이었다. 겉보기는 30세 정도일까. 또 한 사람은 열 살을 조금 넘긴 소년이었다. 금색의 짧은 머리카락과 마찬가지로 붉은 눈을 가진, 일부 사람들에게 잘 먹힐 법한 외모였다. 복장은 고급스러운 느낌이었다.

참고로 유지로를 보는 성인 남자의 눈은 열기를 띠고 있었다. 그런 시선을 받아본 적이 없었던 유지로는 왠지 모르게 몸의 위험을 느꼈다.

유지로 일행은 그들의 정체는 알 수 없었지만, 어딘가 사람과는 다른 기척을 내뿜고 있었기에 마물이라는 것을 눈치챘다.

"이게 약속한 물건. 확인해줘."

똑똑한 너구리가 동행한 마물의 소개도 없이 다짜고짜 테이블에 물건을 내려놓았다. 밀가루 3킬로그램에 소금과 설탕이 각각 1킬로그램, 유채꽃과 호박과 수박과 대두 씨앗.

확인하고 틀림없다고 고개를 끄덕였다.

"그럼, 그쪽 분들이 약을 필요로 한다고 생각하면 되려나?"

"맞아. 흡혈귀 하인드 씨와 키트레제 군. 피는 빨지 말라고 말해뒀으니까 안심해."

소개를 받은 두 사람이 고개를 숙이자 유지로 일행도 고개를 숙였다.

"정말로 괜찮은 거야?"

참지 못하고 피를 빨면 어떻게 하느냐며 세리에가 확인하듯 물었다.

"키트레제 님을 위한 일. 어떻게든 참아내겠습니다. 참지 못하고 덮치려 한다면 격퇴하셔도 상관없습니다."

이쪽 세계의 흡혈귀는 피를 통해 마력을 빨아들이는데, 마력이 많은 상대일수록 맛있게 느낀다고 한다. 유지로의 마력은 숲의 민족 수준이다. 무척이나 향긋한 냄새를 피우고 있는 것이나 마찬가지인 셈이다.

하인드가 유지로를 뜨거운 눈으로 보고 있는 것은 그런 이유였다. 세리에게 질문을 받고 있어도 시선은 유지로에게 고정되어 있어, 참지 못하게 된다고 하는 쪽에 신빙성을 느꼈다.

방심하지 않도록 주의하자고 유지로와 세리에는 마음을 다졌다.

"오늘은 그만 돌아갈게. 다음은 언제 뭘 가져올까?"

"밀가루, 소금, 설탕을 한 달 후쯤. 괜찮을까?"

세리에게 확인하자 세리에는 고개를 끄덕여 보였다.

"그리고 다음에는 오늘과 다른 씨앗을 몇 종류 부탁해."

"알았어. 그럼 또 보자고."

흡혈귀를 두고 똑똑한 너구리는 떠났다.

그것을 지켜본 다음 유지로는 시선을 흡혈귀 쪽으로 옮겼다.

"그쪽 이야기를 해볼까? 어떤 약을 만들면 되지? 요구에 맞는 약을 뭐든 만들 수 있는 게 아니라는 걸 먼저 말해둘게."

"간단히 설명드리자면, 키트레제 님의 혈액 혐오를 치료해주셨으면 합니다."

"……흡혈귀인데 피를 싫어한다고?"

세리에의 의심스러워하는 시선에 키트레제는 몸을 웅크렸다.

주식인 피를 마시지 못한 채 살 수 있는 것인지 물으니, 답은 예스였다. 신선한 생선과 고기를 먹는 것으로 잔류 마력을 흡수해왔다고 한다. 하지만 그것으로는 충분한 마력을 확보할 수 없어 겨우겨우 연명하고 있는 중이라고 했다.

본래 흡혈귀는 중급 모험가 4인조와 좋은 승부를 겨룰 수 있을 정도의 힘을 갖고 있다. 하지만 키트레제는 어리다는 이유를 제외하고도 인간의 아이와 비슷한 정도의 힘밖에 없었다.

지금 같은 생활을 계속하면 수명도 인간 수준이 되어버린다. 후계자가 일찍 죽는 건 곤란한지라 치료 방법을 찾고 있는 중이다.

"의심하는 것도 무리는 아니지만, 정말입니다. 후계자 소동으로 여러 가지 일이 있어서."

"후계자라니, 당신들 귀족?"

"예, 슈미센가는 역사 600년을 자랑하는 명문가입니다."

흡혈귀의 수명이 250년, 초대는 4대 전이다. 세대교체라는 면에서 보면 역사는 그리 오래되지 않았다. 오래되지는 않았지만 지난번 파괴 지진에서 살아남았으니 운은 좋다고 해야 하리라.

"마물한테도 그런 게 있구나."

"어쩐지 두 분 표정이 안 좋으십니다만."

뭔가 실수라도 했나 하고 하인드는 당혹스러운 표정을 지었다.

"귀족이라는 거에 좋은 감정이 없어서. 여기서 살게 된 것도 귀족 탓이거든. 솔직히 복잡한 일에 말려들 가능성이 있는 거라면 지금 당장 돌아가 줬으면 해."

유지로는 단호하게 속마음을 전했다.

"여기에서 살고 있는 이유가 그런 것이었습니까. 안심하십시오. 저희 가문의 분쟁은 이미 정리되었습니다. 원인이 된 자들은 갈기갈기 찢어서 불태웠고, 남은 재는 모아서 마그마 안에 던져버렸습니다."

지구의 흡혈귀는 재가 되어도 부활하는 일이 있다고 하는데 이쪽 흡혈귀는 그렇지 않다. 갈기갈기 찢어도 부활은 하지만, 불태운 시점에서 부활할 일은 없어진다. 그러니 마그마에 던져 넣을 필요까지는 없었지만, 그것은 집안을 휘저어 놓은 것에 대한 울분을 풀기 위해 실행되었다.

집안 청소를 마친 후, 슈미센가는 평화로워졌다.

"무엇보다 분쟁이 수습되지 않은 상태에서 도련님을 호위도 없이 모시고 올 리가 없지 않습니까?"

"한창 분쟁이 일어났을 때 그런 짓을 했다간 좋은 표적이 되겠지. 아, 하지만 미끼로 데리고 나와서 적대 세력을 모은다든가?"

"그런 일은 없습니다. 이 목을 걸어도 좋습니다. 게다가 미끼로 삼는다면 소수 정예의 호위 정도는 데리고 오겠지요."

"그건 그럴지도 모르겠네."

일단 납득하기로 했다. 경계는 계속할 셈이지만.

"저기, 그래서 하던 이야기는 뭐였지? 그래, 피를 마실 수 있게 해줬으면 한다는 거였나?"

"예, 그렇습니다. 뭔가 좋은 약은 없겠습니까?"

유지로는 지식을 찾기 전에 잠시 이야기를 들어보기로 했다.

"음…… 이야기를 들은 느낌으로는 편식이 아니라 어떤 원인이 있어서 마시지 못하게 되었다는 거려나?"

"예. 마시는 피에 독을 탔습니다. 게다가 사이가 무척이나 좋았던 시녀가 독을 넣기도 했지요. 배신당했다는 마음과 합쳐져 마실 수 없게 된 것 같습니다."

트라우마 비슷한 건가라고, 유지로는 마음속으로 중얼거렸다.

트라우마를 해소하는 약을 찾았다. 발견한 것은 세리에에게도 복용하게 할까 했던, 일시적으로 기억을 봉인하는 약이다. 또 하나 있었지만, 그것은 어린아이에게 쓰기는 망설여졌다. 독살당할 뻔했다는 기억이 없으면 피를 마시는 것이 가능해지리라. 식사 전에 마시면 아무 문제 없을 터다.

생각난 기억 봉인 약을 두 사람에게 제안했다.

"내가 생각할 수 있는 건 그 정도야."

실은 또 하나 생각은 났다. 그것은 숲의 민족의 비약을 만드는 것이다. 그 약은 마력을 회복하는 향으로, 연기를 통해서 마력을 흡수한다. 그것을 사용하면 피를 마시지 않고도 마력 보충은 할 수 있다.

하지만 재료가 귀해서 상용은 할 수 없는지라 각하했다.

마력 회복량은 평원의 민족과 세리에라면 한 번 사용으로 전부 회복된다. 유지로와 숲의 민족이라면 절반도 회복되지 않는다. 그런 정도다.

"그 약으로 부탁드립니다. 도련님도 그걸로 괜찮으시겠습니까?"

"응."

"완성되는 데 얼마나 걸리는지요?"

"효과는 그렇게까지 높지 않아도 될 테니까, 하루 정도?"

잊는 것은 식사하는 동안이라는 단시간이다. 그렇다면 효과는 강하지 않아도 될 터였다.

"그렇다면 저희를 여기서 묵게 해주실 수 있겠습니까? 집은 숲 밖에 있어, 오가는 데만도 나흘이 걸립니다."

"벅스 노이드에게 물어봐야 하는데."

유지로 일행도 얹혀사는 상황이다. 허락을 받아둘 필요가
있다.

벅스 노이드에게 물어보니 들어가서는 안 되는 장소에 들
어가지만 않는다면 괜찮다고 했다.

하인드가 비어 있는 방을 청소하는 사이에 유지로는 키트
레제와 이야기를 나누었다. 세리에는 집안일을 시작했고,
퐁에게는 바인과 놀아달라고 부탁했다.

"우선은 자기소개려나. 사와베 유지로. 너희가 말하는 식
으로 하면 유지로 사와베."

"나는 키트레제 슈미센."

"흡혈귀는 오래 산다고 할까, 나이는 관계없다는 이미지
가 있는데, 키트레제의 나이는 겉모습 그대로 봐도 될까?"

"응."

겉모습 그대로의 어린 나이에 친했던 사람에게 살해당할
뻔했으니 충격은 클 거라고 마음속으로 납득했다.

"흡혈귀라는 건 어떤 생물인지 물어봐도 돼? 아는 것과
다르면 약을 만들 때 써서는 안 되는 재료가 있을지도 모르
니까, 알아두고 싶어."

"그게, 피를 빨아."

"응응. 피를 빨지 않고, 키트레제처럼 최소한의 마력 보
충도 할 수 없게 되면 어떻게 돼?"

"사흘이면 죽는다고 들은 적 있어."

"사흘이라. 사람이라도 그것보다는 더 버틸 텐데. 강한 반면 그 나름의 제약도 있는 걸까? 뭔가 먹으면 안 되는 것이라든가, 하면 안 되는 행동 같은 건 있어?"

"못 먹는 건 없, 어. 하면 안 되는 건 안 자는 거."

"안 자는 거?"

"응, 조금이라도 안 자면 움직이기 힘들어진대."

"그렇구나."

지구의 흡혈귀와는 닮았지만 다른 존재라고 생각하는 편이 나을 것 같다. 마늘과 심장에 말뚝, 흐르는 물 같은 약점도 없는 모양이었다. 그와 다른 약점은 있지만, 즉사로 이어지는 것은 아니다.

할 수 있는 것도 다르다. 물어서 흡혈귀를 늘리는 경우는 없고, 박쥐로 변하는 일도 마안으로 유혹하는 일도 없다. 대신에 피를 빤 상대의 영향을 받아서, 할 수 있는 일이 달라진다. 예를 들면, 평원의 민족과 숲의 민족의 피를 빨면 마법을 쓸 수 있고, 바다의 민족의 피를 빨면 수중 활동이 가능해지며, 새의 피를 빨면 하늘을 날 수 있다.

피의 섭취를 통해 능력이 극적으로 상승하는 인간 같다고 유지로는 생각했다.

"그럼 다음은 너 자신에 대한 걸 물어볼까? 좋아하는 음식, 좋아하는 건 있어?"

"쿠키를 좋아했어. 하지만 유리가……."

키트레제의 동그란 눈꼬리에 눈물방울이 맺혔다. 유리라는 자가 사이좋았던 시녀이고, 그를 죽이려 했던 시녀인 것이리라.

"아아, 미안. 무서운 기억을 떠올리게 했구나. 저기, 좋아하는 거! 좋아하는 거는 뭐야?"

허둥지둥 키트레제의 머리를 쓰다듬었다. 쓰다듬으며 즐거운 일을 떠올리게 해서 관심을 다른 곳으로 돌리려 했다. 이렇게 이야기하고 있으려니 인간 아이와 다르지 않은 느낌이었다.

"……꽃."

"꽃?"

"꽃을 키우는 게 좋아."

"그렇구나. 어떤 꽃이 좋아? 나는 벚꽃을 좋아해. 봄이 오면 연분홍색 꽃잎이 나무 여기저기에서 피는데, 그걸 보고 있으면 그립다고 할까, 자연스레 좋다, 하는 생각이 들어."

이쪽에 온 후로는 본 적이 없어서 여기에도 벚꽃이 있는지는 모르겠지만 좋아한다는 것은 거짓말이 아니다. 이쪽에 존재한다면 또 보고 싶다고 생각했다.

"여러 가지 꽃이 좋아."

유지로가 아는 꽃, 모르는 꽃을 열거해간다. 그중에는 에젠스트에서 보지 못했던 블루 드롭스도 있었다.

집 화단에 계절별로 꽃을 심고 있는지, 얼마 전까지는 코스모스가 한창이었다고 했다.

유지로도 에젠스트에서 본 꽃 이야기를 하면서 키트레제의 눈에서 눈물이 사라진 것에 안심했다.

원예 이야기가 이어지고, 의외로 깊은 키트레제의 지식에 감탄하고 있으려니, 하인드가 방 정리를 마치고 거실로 돌아왔다.

키트레제를 하인드에게 맡기고 유지로는 약의 재료를 모으기 위해 밖으로 나갔다. 재료는 유적 주변에서 모을 수 있는 것들이라 30분도 걸리지 않아 돌아올 수 있었다.

재료를 가공한 후, 세리에가 사냥을 가자고 해서 함께 나섰다.

"그러고 보니 설탕이 손에 들어왔으니까, 잼 같은 것도 만들 수 있지 않아?"

"이미 만들었어. 병에 담아뒀으니 식는 걸 기다리기만 하면 돼. 잼이라기보다는 베리 소스에 가깝지만."

"그거 기대되네. 다음에 그 너구리한테 과자 재료를 부탁해보는 것도 좋겠다."

"그러네. 라고 해도 과자 만드는 법은 몰라."

"흡혈귀 사람이 알지 않을까?"

"피를 빼는 것 말고도 식사를 할까?"

"쿠키를 만들어줬다고 했으니 알 것 같은데."

"마물에게 무언가를 배우는 건 어쩐지 위화감이."

"평원의 민족이 숲의 민족과 산의 민족에게 뭔가를 배우는 거랑 똑같은 거 같은데. 그 사람들 겉모습은 인간이고."

"하지만 피를 빨잖아."

"그렇기는 하지만. 우리 피는 빨지 않겠다고 하니까, 신경 쓰지 않아도 될걸?"

그 말에 세리에는 곤란한 표정을 지었다.

"고블린과 여우 마물도 그랬지만, 유지로는 뭔가를 받아들이는 게 빠른 것 같지 않아? 대화를 나눌 수 있다고 해도, 나는 아무래도 금세 익숙해지는 건."

지구에서 태어나 자랐기 때문이리라. 애니메이션, 게임, 만화, 영화. 인간이 아닌 주인공의 이야기는 얼마든지 있었다. 마물이 동료가 되는 이야기도 그렇다. 그런 이야기를 재미있다고 받아들인 시점에서 마물에 대한 거부감도 낮아진 것이리라.

그래서 적의 없이 접근해 오면 경계심이 내려간다.

이쪽에서 나고 자란 세리에에게 마물은 위험한 것일 뿐이다. 그 가치관이 마물과 친숙하게 접한다는 것에 위화감을 만들어낸다. 지금까지의 생활 환경 차이다. 익숙해지지 않는 것도 무리는 아니다.

"바인도 마물인데? 바인한테는 금세 익숙해졌으면서."

"바인은 뭐랄까, 처음부터 동료라는 의식이."

"고제로 씨 일행은 첫 만남이 싸움이었으니까, 어쩔 수 없으려나."

조금씩 익숙해질 수 있을까 하고 세리에는 고개를 갸우뚱했고, 익숙해지면 익숙해지는 대로 문제가 일어날 것 같다며 더욱 어려운 표정을 지었다.

사냥한 걸 들고 돌아와, 그 김에 단련까지 마치고 유적으로 들어갔다.

키트레제는 바인과 퐁과 무언가를 하며 놀고 있었고, 하인드는 그 모습을 지켜보고 있었다. 그 하인드에게 유지로가 말을 걸었다.

"하인드 씨."

"왜 그러십니까?"

"과자 만드는 법 아세요?"

"저는 모릅니다. 하지만 집안의 일꾼은 알고 있을 테지요. 필요하시다면 나중에 물어보겠습니다. 종이에 적어 오도록 할까요? 약의 답례 중 하나가 되기도 할 테니까요."

"부탁드립니다."

감사 인사를 하고 유지로는 약 만들기로 돌아갔다. 세리에는 저녁 식사 준비를 시작했다. 하인드는 피를 굳힌 비상식을 갖고 있어 식사는 필요 없다고 했으므로, 키트레제의 몫만 추가하면 되었다.

다음 날 점심 전에 약을 완성했고, 마침 점심에 피를 섭취하는 데 딱 적당한 시간이라 약을 먹어보기로 했다.

"유리라고 했던가? 그 사람에 관한 걸 떠올리면서 마셔봐."

키트레제 앞에 나무 컵을 내려놓았다. 안에는 물과 비슷한 액체가 들어 있었다.

시녀에 관한 기억을 떠올리고 슬퍼하면서 손에 든 컵을

획 기울였다. 약간 쓴맛이 있는 약이라 표정은 더욱 일그러졌다.

"효과는 언제쯤 나타나는 건지요?"

하인드의 질문에 바로, 라고 대답했다.

하인드가 유리에 관한 질문을 하자 키트레제는 아무것도 모르겠다는 모습을 보였다. 의아한 표정에서는 슬퍼하는 모습이 조금도 보이지 않았고, 연기가 아니라는 걸 알 수 있었다.

"이거라면 괜찮을지도 모르겠군요. 도련님, 이걸."

품에서 천을 꺼내 그 안에 담긴 씨앗 같은 붉은 알갱이를 키트레제에게 건넸다. 이것이 어제와 오늘 아침 하인드가 먹었던 비상식이다. 마력적으로는 키트레제가 먹고 있는 식사보다 낫다고 한다.

건네받은 피 알갱이를 입에 넣었다. 아무렇지 않아 보이는 얼굴에 하인드는 미소를 머금었다. 하지만 금세 키트레제의 표정이 일그러졌고, 녹기 시작한 알갱이를 토해냈다.

"도련님?!"

"실패? 하지만 유리라는 사람에 관한 건 기억하지 못하는 모습이었잖아?"

"그렇다면 마음의 상처가 무척이나 깊은 걸지도 몰라. 기억을 속여도 몸은 속일 수 없을 만큼."

"어떻게 할 수 없겠습니까?"

키트레제의 등을 쓰다듬으며 하인드가 물었다.

"음…… 있기는 있는데."

숲의 민족의 비약 이외에 떠올렸던 약을 말해도 괜찮을지 망설였다.

"일단 말씀해주십시오."

"마음의 상처를 물체화해서 몸 밖으로 꺼내는 약이 있어. 그걸 쓰러뜨리면 마음의 상처를 가볍게 할 수 있지. 어린아이에게 싸우라는 건 좀 그래서 말해도 될지 망설였고."

이 약은 키트레제 같은 환자를 치료하고 싶었던 숲의 민족의 약사가 생각해낸 것이다. 여러 가지로 생각이 막혔을 때 마음의 상처를 직접 때려눕힐 수 있으면 좋겠다는, 머리가 근육으로 된 지인의 발언을 그대로 채용했다고 한다.

한 번 사용으로는 완전히 낫지는 않는다. 하지만 몇 번이고 싸우는 사이에 트라우마에 맞선다고 하는 생각도 성장하는지, 단기간에 거의 해소된다는 모양이다.

"어쩔래? 만들라고 한다면 만들 수 있지만."

"……도련님과 상담해보겠습니다."

"그게 좋겠다."

하인드는 상태가 안 좋아 보이는 키트레제를 안고서 지정된 방으로 돌아갔다.

어떻게 되려나 생각하며 유지로 일행은 점심 식사를 마치고, 평소처럼 지냈다.

한 시간 후, 약효가 떨어진 키트레제와 하인드는 서로 대화를 나누었다. 그리고 약 30분 정도가 지나 하인드가 방에서 나와 유지로를 찾았지만, 유지로는 모두와 함께 사냥을 나가고 없었다.

다시 방으로 돌아갔던 하인드는 유지로 일행이 돌아온 것을 알아채고 다시 거실로 나왔다.

"저기."

"어떻게 할지 정했어?"

"예. 한번 시험해보기로 했습니다. 그러니 주의점을 들려주셨으면 합니다만."

"주의점은 싸움에 가세하는 사람은 있어도 괜찮지만, 그 기세는 공격을 피하는 걸 돕거나, 대신 공격을 받거나 하는 것까지만이야. 약을 사용한 사람이 아닌 다른 사람이 공격하면 안 된다는 거려나?"

"어째서입니까?"

"약의 효과는 15분간 이어지는데, 사용자 이외의 사람이 공격 의사를 보내면 시간이 다 되기 전에 사라져버린대. 그리고 그때의 치료도 의미 없는 게 된다는 모양이야."

"그러니까 제가 함께 물체화한 상처에 맞서는 것은 괜찮지만, 할 수 있는 건 방패가 되는 정도. 그런 말씀이십니까?"

"그 인식이 맞아."

유지로는 고개를 끄덕였고 하인드는 괴로워하는 표정이 되었다.

"그래도, 도련님 혼자 맞서야 하는 것보다는 낫다고 생각하기로 하지요."

재료를 모으는 데 사흘, 만드는 데 이틀이 걸려 약이 완성되었다.

닷새나 머물 예정은 없었기 때문에, 경과보고를 겸해서 키트레제 일행은 한 번 집으로 돌아갔다. 그 김에 과자 만드는 법을 쓴 종이와 약간의 조리 기구와 재료도 가져다주었다.

하인드에게 받은 레서피를 읽기 시작한 세리에를 거실에 두고 유지로와 키트레제 일행은 유적 밖으로 나갔다.

하인드는 유지로에게 빌린 방패를 들고 있었고, 키트레제는 가느다란 나무 막대를 들고 있었다. 공격을 맞추는 것이 목적인 만큼 위력이 큰 무기가 아니어도 괜찮다.

"바로 시작해볼까? 약은 이거야. 걸쭉해서 마시기 조금 힘들지도 모르지만, 참고 마셔줘."

작은 병을 키트레제에게 건넸다.

건네받은 작은 병을 휙 치켜들더니, 키트레제는 입안으로 들어오는 점성 높은 액체를 눈을 꼭 감고서 전부 마셨다.

약을 삼키고 1분이 지나자 키트레제의 몸 안에서 연보라색 연기가 피어올랐다.

"이게 물질화의 전조입니까?"

"그런 것 같아."

몸에서 나온 연기는 사라지지 않고, 한곳에 모여서 보라색 점액 덩어리가 되었다. 거기서 어떤 사람 형태를 취하려고 하지만 취하지 못하는, 그런 어중간한 물체가 되었다. 자세히 보니 여자의 얼굴 같은 것이 있었다.

유지로와 하인드에게 있어서는 조금 기분 나쁜 정도의 모습이지만, 키트레제의 안색은 나빠졌고 몸은 덜덜 떨렸다.

"도련님, 괜찮습니다! 제가 방패가 될 터이니, 틈이 생기면 내려치십시오. 도련님께는 손가락 하나 대지 못한다!"

하인드는 점액과 키트레제의 사이로 들어와 방패를 들고서 버티고 섰다.

점액은 개가 움직이는 것과 비슷한 움직임을 보였고, 키트레제에게 접근하려 했다.

"그렇게 둘성싶으냐!"

충분하고도 남을 정도의 기합으로 공격을 막았다. 철퍽하는 소리를 내며 점액이 방패에 부딪혔다.

가로막힌 점액은 한 번 떨어져 키트레제를 노리듯 원을 그리며 움직였다. 그에 맞춰서 하인드도 이동해갔다.

"도련님의 교육 담당이자 돌보미 역할을 맡은 나를 제칠수 있을 거라고는 생각하지 마라."

접근하려 하다 방패에 막히기를 10분 이상 반복했다.

그 사이 키트레제의 안색은 여전히 나쁜 채였다. 그런 키트레제를 재촉하는 일 없이, 하인드는 철저하게 수비에 나섰다. 그리고 시간이 흘러 점액은 공기 중에 녹아들듯 사라졌다.

"이번에는 이 정도인가요? 그렇게 강한 상대는 아니었습니다."

"하인드."

하인드의 뒤에 있던 키트레제가 머뭇머뭇하며 말을 걸었다.

시선은 하인드를 마주하지 못하고, 아래를 향하고 있었다.

"왜 그러십니까? 어디 다치시기라도?!"

걱정하는 하인드에게 휙휙 고개를 가로저어 보였다.

"움직이지 못해서 미안해."

"그것 때문이셨습니까. 마음 쓰지 않으셔도 괜찮습니다. 다치거나 하지는 않았으니까요."

아무런 이상도 없다는 것을 전하려는 듯, 팔을 돌리고 가볍게 뛰어 보였다.

"때리지 않으면 안 되는 거잖아?"

"그건 그렇습니다만, 누구나 처음부터 잘하는 건 아닙니다."

"……응."

풀죽은 듯 시선을 내린 채 고개를 끄덕였다.

휴식하자고 말하며 방패를 유지로에게 맡긴 하인드는 키트레제의 손을 잡고 방으로 돌아갔다.

"어땠어? 아, 그 모습을 보면 어땠는지 알 것 같지만."

여전히 레서피를 손에 들고 있던 세리에는 거실에 들어온 유지로에게로 시선을 돌렸다.

"아무것도 못 했어. 키트레제가 한 걸음도 움직이지 못했거든. 우리한테는 고작 슬라임 정도로밖에 안 보였는데 키트레제한테는 뭔가 무서운 걸로 보였는지 줄곧 떨고 있었어."

"그렇구나…… 공포를 극복할 수 있을 거라고 생각해?"

"어떠려나? 그 모습으로 봐서는 무리일 것 같기도 해."

움직이지 못했다고 해도 맞서려는 기개를 보였다면 그래

도 희망은 있었을 것이다. 하지만 그런 모습이 조금도 보이지 않았다. 솔직히, 지금 상태로는 몇 번을 반복하든 마찬가지일 거라는 게 솔직한 생각이었다.

"상처를 밖으로 꺼내는 약을 복용한 다음에, 기억을 봉인하는 약을 먹어서 때려눕히게 하는 건 어떨까?"

"명확한 이유를 설명할 수는 없지만, 왠지 안 될 것 같아. 내가 틀렸을지도 모르니까, 한번 해볼까?"

그대로 잡담을 나누고 퐁에게 약 만드는 법을 설명하고 있으려니 하인드가 마실 것을 가지러 왔다.

"약의 이중 사용이라고요?"

"세리에와 이야기하다 그건 어떨까 하는 얘기가 나왔어. 의욕이 없다면 의미가 없는 제안이지만."

"저로서는 해보고 싶습니다만. 도련님께 다시 여쭤보겠습니다."

그렇게 말하고 하인드는 차를 타서 방으로 돌아갔다.

다 마신 컵을 주방으로 가져왔을 때 하인드는 도전해보기로 했다고 알렸다.

그렇다면 저녁 식사 전에 해보자는 이야기가 되었고, 유지로 일행은 다시 유적을 나왔다. 약은 두 가지 모두 남아 있기 때문에 만들 필요는 없었다.

트라우마를 밖으로 꺼내는 약을 마시고, 밖으로 나온 연기가 형태를 갖추기 전에 키트레제는 기억을 봉인하는 약을 마셨다.

'어떻게 되려나.'

팔짱을 끼고 상태를 지켜보는 유지로는 마음속으로 중얼거렸다.

실행하고 있는 모습을 보고 있어도 잘 풀릴 거라는 생각은 떠오르지 않았다.

그 예감의 답이 눈앞에 나타났다.

몇 시간 전에 보았던 때는 형태를 취하려 했던 점액이, 갑자기 연기가 되어 사라졌던 것이다.

"어떻게 된 겁니까?"

하인드가 의아해하며 유지로를 보았다.

"……두 가지 추측이 가능해. 하나는 약끼리 효과를 지워버렸다. 양쪽에 서로의 성분을 상쇄하는 재료는 없으니까, 맞는지는 알 수 없어. 또 하나는 기억을 봉해서 사라졌다. 즉, 상처는 몸 밖으로 나왔지만 완전히 나온 게 아니라 키트레제와 이어져 있을지도 모른다는 말이야. 기억을 봉인한 탓에 그 연결이 옅어졌고 점액은 명확한 형태를 유지할 수 없게 된 거지."

그중 하나이리라고 말했다. 답은 후자다. 그것을 약사로서의 감각으로 느끼고, 실패하리라고 예상했던 것이다.

"어느 쪽이든 이 방법은 안 된다는 거군요. 시간이 상처를 치유해주기를 기다릴 수밖에 없는 걸까요?"

이상하다는 듯이 고개를 갸웃거리는 키트레제에게 하인드는 흐릿한 미소를 지어 보였다.

두 사람은 그대로 잠시 산책을 하기로 하고 유적에서 멀어져갔다.

주방에 모습을 보인 유지로에게 세리에는 결과를 물었다. 그 물음에 고개를 가로젓고, 추측한 이유도 이야기했다.

"손 쓸 방법이 없는 상태인 거야? 엄청나게 곤란해하고 있겠네."

"그렇겠지. 방법은 하나 더 남아 있지만, 상용할 수는 없는 방법이고."

"어떤 방법인데?"

"숲의 민족의 비약을 만드는 거야. 그건 마력을 회복시키니까."

"그거라면 피를 마시지 않아도 마력 보충은 되겠네. 재료를 구하기 힘들어 보이니까, 분명 상용은 어렵겠어."

두 사람은 앞으로 어찌 될지 이야기를 나누며 키트레제 일행이 돌아오기를 기다렸다.

다음 날 아침, 하인드는 아침 식사 후에 다시 약을 써줄 수 없을지 유지로에게 물었다.

"우리는 쓰지 않으니까 남은 건 마음대로 해도 되지만, 재도전하는 거구나?"

"그것밖에는 방법이 없을 것 같습니다. 몇 번 해봐도 안 되면 시간의 흐름에 맡기기로 했습니다. 약은 얼마나 남아 있습니까?"

"2회분 정도."

"그럼 오늘 안에 결과가 나오겠군요."

작게 고개를 끄덕이고, 하인드는 바로 첫 번째 도전을 하겠다고 말하며 키트레제를 부르러 갔다.

결과는 마찬가지였다. 키트레제는 움직이지 못했다. 하인드만 열심히 막을 뿐이었다. 그 결과에 키트레제는 면목 없어 했지만, 하인드는 미소를 지우지 않았고, 힘내라는 말도 하지 않았다. 그저 한결같이 키트레제를 믿고 미소 지을 뿐이었다.

점심을 다 먹고 나서는 바인들과 낮잠을 잤고, 그 후 두 번째 도전이 시작되었다.

하인드는 이것으로 마지막이라고 마음속으로 중얼거렸며 키트레제에게 약을 건넸다.

"재도전입니다. 지금까지처럼 제가 지키겠습니다. 도련님께선 움직일 수 있으면 움직여주세요."

"……응."

고개를 끄덕인 키트레제는 여전히 마시기 힘든 약을 패기 없는 모습으로 마셨다. 지금까지와 마찬가지로 한곳에 모인 연기가 점액으로 변했다.

"내가 할 일은 언제나 같다. 자, 와라!"

방패를 든 하인드의 뒤에서 키트레제가 떨고 있었다.

그 모습을 본 유지로는 오늘도 틀렸다고 생각했다.

1분 5분 시간이 흘렀지만 변화는 없었다. 그저 하인드가 점액의 접근을 막고 있을 뿐이었다.

하지만 변화가 일어났다. 우연이었을 테지만, 하인드가 발밑의 돌멩이를 밟고 균형을 잃은 것이다. 점액질이 그 틈을 놓치지 않고 키트레제를 향해 달려들었다.

"히익?!"

도망치지조차 못하고, 눈꼬리에 눈물을 매단 채 그 자리에 멈춰 서는 것밖에 하지 못하는 키트레제. 들고 있던 막대기는 땅에 떨어뜨리고 말았다.

"안 돼!"

그 접근을, 방패를 내던진 하인드가 사이에 끼어들 듯 몸으로 막았다. 서로 뒤엉키며 둘은 지면을 굴렀고, 점액질이 하인드의 얼굴을 뒤덮었다. 하인드는 호흡을 하지 못해 괴로워하는 모습을 보이고 있었다.

"하, 하인드한테서 떨어져."

그 모습을 본 키트레제가 눈에 눈물을 글썽인 채로, 쓰러진 하인드에게 다가가 힘없이 점액을 때렸다.

위력 따위 전혀 없이 손바닥으로 내리쳤을 뿐이지만 점액은 엄청나게 강한 공격을 받은 듯이 급히 키트레제에게서 떨어졌다.

일어선 하인드는 점액에게는 눈길도 주지 않고 키트레제의 손을 잡았다.

"도련님! 공격에 성공하셨군요! 일보 전진입니다!"

정신이 없는 사이에 공포를 잊었던 것이다. 하인드가 괴로워하는 모습을 보고 도와야 한다는 생각만으로 머리가 가득해져 몸이 멋대로 움직였다. 키트레제와 하인드 사이에 확실한 신뢰 관계가 쌓여 있었기에 가능한 행동이었으리라.

우연이라도, 명확한 의사가 없어도, 공격할 수 있었다는 사실에는 변함이 없었고, 키트레제에게서 점액에 대한 공포심이 옅어져갔다.

아직 무섭고 몸도 떨렸다. 하지만 움직일 수 있게 되었다. 공포 극복을 향한 길이 열렸다.

그 후에도 한 번 더 때리고 약의 효과가 다했다. 이렇게 되면 다음은 간단하다. 약을 몇 번 더 사용하면 피를 마실 수 있게 되리라.

약이 다 떨어졌으므로 키트레제와 하인드는 저택으로 돌아갔다. 저택에 돌아간 키트레제가 전한 낭보에 저택은 들끓었다.

답례로 유지로 일행을 저택에 초대하자는 이야기가 나왔지만 당장 물고 싶어질 정도의 마력 소유자라는 하인드의 보고에, 은인의 피를 전부 흡입하게 되면 큰일이라며 진행을 중지했다.

"당주님께서도 감사를 전해달라고 부탁하셨습니다."

약을 받으러 온 하인드에게 저택의 상황과 감사 인사를 전해 받았다. 오늘 키트레제는 오지 않았다.

"답례로 저희가 이뤄드릴 수 있는 범위 내에서 바람을 들어드리겠노라 말씀하셨습니다만, 무엇이 좋으시겠습니까?"

"답례라, 어렵네."

"그러게. 마을에서 살고 있는 거라면 돈을 받으면 됐을 텐데, 지금 생활에 그런 걸 받은들 말이지."

금화 은화조차도 거치적거릴 뿐이었다. 보석도 마찬가지였다. 세리에는 보석으로 장식하는 취미는 없었다.

"지금 생활에서 가치있는 게 좋겠지. 식재료는 똑똑한 너구리가 있으면 어떻게든 될 것 같고, 필요하지만 입수가 힘들 만한 거……."

생각에 잠겼던 유지로의 시선이 테이블 위에 있는 파운드 케이크에서 멈췄다. 하인드가 선물로 가져온 것이다. 건과일이 들어간, 소량의 술이 은은한 향기를 풍기는 꽤 맛있는 케이크였다.

"지식? 지식이 좋겠어. 지난번에 가르쳐줬던 과자 레서피라든가, 그리고 농업이나 원예 지식도 있으면 좋겠는데."

이미 고블린들과 농사를 시작했지만, 실제로 해보며 유지로 자신을 비롯한 모두가 초보자라는 사실을 새삼 깨달았다. 기초적인 기술이 쓰인 간단한 책이라도 있으면 큰 도움이 될 터였다.

"확실히 돈을 받는 것보단 그쪽이 좋을 것 같아."

"지식인가요. 알겠습니다. 원예 쪽은 도련님께서도 보탬이 될 수 있다며 기뻐하실 겁니다. 보답을 하고 싶다고 말씀하셨으니까요. 다른 건 뭔가 더 없으십니까? 지식만으로는 답례로 부족하리라 봅니다만."

"그런 말을 한들…… 그러고 보니, 세리에."

"왜?"

"예비용 검은 어때? 아직 여유 있어? 없으면 몇 자루 받는 게 좋을 것 같은데."

똑똑한 너구리에게 부탁하면 구해줄 것 같지만, 이쪽에 부탁하는 것도 괜찮지 않을까 생각했다.

"있으면 도움이 될 테지만, 괜찮아?"

"그 정도밖에 떠오르는 게 없어."

세리에는 유지로의 부츠도 공격에 쓰고 있으니 갈아신을 게 필요하지 않을까 생각했지만, 현재로는 직공의 정비도 필요하지 않은 상태였다.

"어떤 검을 원하십니까?"

"잠깐 기다려봐. 견본이 될 만한 걸 가져올게."

자리에서 일어나 방에서 적당한 크기의 검을 가져왔다. 그것을 가져가면 모으기 쉬우리라. 유지로가 사준 것이 제일 알맞지만, 그것을 맡길 마음은 없었다.

"이것과 비슷한 크기의 검이군요. 그럼 이제 그만 돌아가겠습니다. 마지막으로 당주님께서 또 하나의 전언을 부탁하셨습니다. 곤란한 일이 생겼을 때는 언제든 이야기해달라고. 이것은 저희 가신 일동도 같은 마음입니다."

그렇게 말한 하인드는 고개를 숙였다.

그리고는 자리에서 일어나 약과 검을 들고 저택으로 돌아갔다.

"아, 물어보고 싶은 게 있었는데, 잊어버렸어."

"중요한 일이야?"

유지로는 고개를 가로저었다. 묻고 싶었던 것은 마지막이라고 생각하고 약을 먹었을 때, 돌멩이를 밟고 균형을 잃었던 것이 노리고 한 행동이었는가 하는 점이었다. 그 전에도 지면에 돌멩이는 있었다. 하지만 밟는 일은 한 번도 없었다. 마지막에 실수를 범하고 위기를 맞은 덕에 키트레제는 움직일 수 있었다. 생각해보면 상황이 너무 잘 맞아떨어졌다.

"그게 일부러 한 거라면 주인의 아이를 속인 게 되잖아? 나는 잘 모르겠지만, 하인드 같은 직업을 가진 사람이 그런 걸 할 수 있을까?"

"……그런 입장이 있어도 개인으로서의 의사가 완전히 없어지는 건 아니잖아. 어떻게 해서든 고쳐주고 싶어서 연출했을 가능성은 있을, 지도."

진상은 하인드만이 알 뿐이다.

키트레제는 피를 마실 수 있게 되었고, 좋은 방향으로 이야기가 마무리되었으니 괜한 풍파는 일으키지 않는 편이 좋으리라 생각하고, 그 후로도 그 일은 묻지 않았다.

30 수룡

눈이 내려 숲은 하얗게 물들었다. 이제 곧 올해도 저문다.

밭에서는 눈이 쌓이기 전에 한 번 수확을 할 수 있었고, 고블린들은 평소보다 많은 식량을 갖고 겨울을 날 수 있게 되었다.

폭싱들처럼 자신의 모피와 제대로 된 옷을 갖고 있지 않은 탓에 고블린들에게 추위는 괴로운 것이었다. 누군가에게 열이 날 때마다 심부름꾼이 달려와 유지로에게 감기약을 받아가는 일이 반복되었다.

덕분에 예년보다 사망 수가 줄었고, 세력적으로도 숲 안에서의 지위가 조금 올라갔다. 개체수가 늘면 할 수 있는 일도 늘어난다. 집락의 경비와 사냥에 나서는 수를 늘리면, 그것만으로도 살아남을 확률이 올라간다.

하지만 좋은 점만 있는 것은 아니다.

식량의 소비 속도도 빨라져 수확한 채소가 없었다면 굶어 죽는 자가 나왔을지도 모른다. 그로 인해 고블린들은 채소 농사의 중요성을 이해하게 되었고, 고제로는 그 사실에 조금이나마 안도할 수 있었다.

폭싱들 쪽은 옥수숫가루 등을 비축해두었던 것과 뱀의 공격으로 수가 줄어든 것으로 예년과 달라진 부분은 없었다. 때때로 추위에 져서 열이 난 자가 있었지만 고블린과 마찬가지로 유지로에게 약을 받아 이겨낼 수 있었기에 사망자 수는

제로였다.

눈이 내리는 동안에는 불 주변에 모여 앉아 농기구 개발과 크로스보 개발과 협력 마법 개발에 힘썼다.

유지로 일행은 평소대로의 생활을 보내고 있었다. 식량은 충분하게 비축해두었고, 동면하지 않는 짐승도 있어 사냥도 할 수 있었다. 유적에는 난방도 있어 야영과는 비교도 되지 않는 생활을 보낼 수 있었다.

단련과 수업 같은 것으로 시간을 보내고, 이따금 밭의 상황을 살피고 약재료를 모으는 느낌으로 지냈다.

퐁의 수업은 벌써 마법약 만들기 단계에 들어갔다. 원래 소질이 있었던 데다 타고난 손재주 덕분에 진행이 빨랐던 것이다. 치료 촉진제의 붉은색을 70퍼센트의 성공률로 만들 수 있게 되었다.

바인은 마법약보다는 마술에 적성이 있었는지, 마법보다도 매끄럽게 마술을 쓸 수 있게 되었다. 사냥할 때면 가볍게 뛰어다니며 이전보다 쉽게 사냥감을 잡았다.

가끔 손님도 오게 되었다. 똑똑한 너구리와 흡혈귀에게 이야기를 들은 마물이 찾아오게 된 것이다.

지금도 유지로는 손님을 상대하고 있다. 세리에는 똑똑한 너구리에게 짐을 넘겨받고 다음 주문을 하고 있다. 바인은 짐 나르는 것을 거들었고, 퐁은 진찰하는 모습을 옆에서 보고 있었다.

"자, 입을 벌려봐."

"……."

복숭앗빛 머리카락과 날개를 가진 하피가 목소리 없이 입을 열었다. 유지로는 입안과 목을 살피며 진찰했다.

함께 온 똑똑한 너구리의 이야기에 따르면 목소리가 나오지 않는다고 한다. 두 달 전까지는 문제없이 목소리를 냈다고 하며, 똑똑한 너구리도 원인은 모른다고 했다. 혼자 살고 있던 특이한 녀석이라, 동료에게 사전에 어떤 변조가 있었는지 이야기를 들을 수도 없었다.

똑똑한 너구리에게 이야기를 듣고 유지로가 추측한 원인은 세 가지. 기침을 너무 많이 해서 목을 다쳤거나, 어떤 병에 걸려 성대가 이상해졌거나, 정신적인 충격으로 목소리를 낼 수 없게 되었거나.

문진과 실제 목 상태를 보고, 원인을 찾았다.

"다물어도 돼. 뭔가에 습격을 당한 충격도 아니고, 목이 부어 있는 것도 아니야. 그렇다고 한다면 병에 걸린 건가?"

해당하는 약이 있을지 지식을 찾아보았다. 목에 관한 약이 몇 개 있었고, 그중에 하피와 세이렌 같은 마물에게 쓰는 약이 있었다.

"언제나 생각하는 거지만, 옛날 사람들은 마물과 공존이라도 했던 걸까? 아니면 뛰어난 마물 의사가 있었나? 역사의 흐름을 좀 보고 싶은 기분도 드는데."

바인처럼 사람들의 일상에 섞여든 마물은 이해가 된다. 하지만 슬라임의 병을 치료하는 약까지 있다는 것에는 놀랐다.

슬라임이 병에 걸린다는 것에도 놀랐고, 거기까지 대응한 옛날 약사에게도 놀랐다.

"?"

"아무것도 아니야."

이상하다는 듯 고개를 갸웃거리는 하피에게 아무것도 아니라며 손을 저었다.

약에 의식을 되돌리며 필요한 재료를 확인했다.

"부족한 건 벌꿀인가. 치료하는 건 가능하지만, 재료가 부족하니까 조금 더 참아줘야 할 것 같아. 그래도 괜찮을까?"

나을 수 있다면 하고 하피는 기쁜 듯 몇 번이나 고개를 끄덕였다.

똑똑한 너구리를 불러서 벌꿀을 구할 수 있는지 물었다.

"벌꿀? 간단하지."

"그게 약에 필요하니까 부탁할게. 구하는 김에 우리가 먹을 것도 같이."

"알았어. 열흘 정도 후에 가져올게."

"그럼 다음에는 12일 후 정도에 와줘."

그렇게 말하자 하피는 고개를 끄덕여 답했다. 주문을 다 들은 똑똑한 너구리는 유적을 떠났고, 하피도 함께 돌아갔다.

"뭐라고 할까, 완전히 마물의 의사 선생님이네."

그 점에 불만은 없다. 방문 진료라면 귀찮겠지만 저쪽에서 가끔 찾아오는 정도라 심심풀이도 되었다.

"정말로. 자, 여기 차."

세리에는 하인드가 가져온 찻잎으로 끓인 차를 건넸다.

몇 번이고 방문한, 해할 뜻이 없는 마물과 접하는 사이에 세리에도 적대하지 않는 마물에 대한 경계심이 줄어들고 있는 느낌이었다. 세리에는 그것이 좋은 일인지 나쁜 일인지 생각해보았지만 답은 나오지 않았다.

"고마워. 음……."

유지로는 한 모금 마시고 무언가를 생각하는 동작을 해 보였다.

"차가 맛이 없어?"

"아니 아니 세리에가 타준 차가 맛없을 리 없잖아. 설령 맛이 없어도 맛있다고 느끼도록 자신을 속이는 건 간단해."

"맛없을 때는 맛없다고 말해주지 않으면 실력이 늘지 않 거든. 뭐, 그건 됐고. 무슨 생각을 했어?"

"세리에의 간호사복 차림을 보고 싶다는 생각."

낯선 옷 이름에 세리에는 고개를 갸웃거렸다.

참고로 무언가를 얼버무리기 위해 그런 말을 한 것이 아 니라, 정말로 그런 생각을 했다. 의사 같다고 말하고, 거기 서 간호사를 연상했다. 그리고 자신의 의사라면 간호사역 은 세리에이리라 생각했다.

"흰색도 좋지만 핑크도 좋은데. 청결감 넘치는 복장인데 허벅지까지 오는 스커트가 살짝 섹시하게 느껴진다니까. 그것 말고도 패션 안경을 쓴 교사도, 무녀복도 포기할 수 없지. 폭싱들에게 만들어달라고 할까? 큰맘 먹고 버니도 주문해볼까? 머리카락에 맞춰서 흰색 버니로!"

주먹을 움켜쥐며 자리에서 일어섰다.

"뭔지 모르겠지만 그만둬."

"분명 귀여울 텐데."

상상했더니 보고 싶어졌다. 유지로는 몰래 주문해야겠다고 결의를 다졌다.

버니 모습의 이런저런 포즈를 망상하려던 때, 적의로 가득한 포효가 울렸다. 가까이에서 들으면 마음이 부서졌을 듯한 강렬한 포효. 그것이 온 숲속에 울려 퍼지자 새와 짐승은 소란을 피웠고 대부분의 마물은 겁을 먹고 숨을 죽였다.

"뭐야? 방금 그거."

세리에의 안색도 나빴다. 바인과 퐁은 방구석에서 몸을 웅크리고 움직이지 않았다.

유지로도 간담이 철렁한 듯 표정이 굳어져 있었다.

모두 긴장하고 있으려니 그곳에 벅스 노이드가 나타났다.

"방금 그건 수룡의 목소리다."

소리에 놀란 것은 벅스 노이드도 마찬가지인지, 표정에 침착함이 없었다.

"원인은 알아? 때때로 저런 목소리를 내는데 우리가 몰랐던 것뿐인가?"

"몰라. 고제로라면 뭔가 알고 있을지도 모른다. 가보려고 하는데, 따라올 텐가?"

"나는 갈래. 세리에는 어쩔래?"

세리에는 망설이는 모습을 보였다. 지금은 밖에 나가는 것이 무섭다. 그 포효의 주인과 만에 하나 만나게 된다면, 움직일 수 있을지 알 수 없었다.

"오늘은 그만둘래."

"그래…… 바인이랑 퐁이랑 함께 있으면 진정될지도 몰라. 나중에 진정이 되는 약도 만들어줄게."

"응, 부탁할게. 다녀와."

"다녀올게."

세리에에게 배웅을 받으며 망원경을 들고 유적을 나온 유지로는 숲을 감싼 긴장감과 평소보다도 고요한 숲의 상태를 바로 눈치챘다. 호수 쪽에서는 처음보다는 작지만 포효가 여전히 들려오고 있었다.

마물의 움직임도 둔했고, 고블린 집락에 도착할 때까지 한 번도 싸움은 벌어지지 않았다.

"고제로 있나?!"

고블린들이 한데 모여 있는 모습은 보였지만, 움직임은 없었다.

"나간 건가?"

"그럴지도 몰라."

둘은 잠시 기다렸고, 20분 정도가 지나자 숲에서 고제로가 돌아왔다.

"와 있었나. 무슨 일인가?"

"이 상황에 관해 설명을 듣고 싶어."

"둘은 처음이었나. 이건 수룡과 거대종이 싸우고 있는 거다. 몇 년에 한 번, 주인의 자리를 노리는 거대종이 수룡에게 도전한다."

"끝나려면 얼마나 걸릴까?"

"하루다. 하지만……."

무언가 문제가 있는지 고제로는 말끝을 흐렸다.

"왜 그래?"

"평소에는 훨씬 여유가 느껴졌다. 저런 포효를 지르는 건 오랜만이다."

"아주 강한 상대와 싸우고 있다는 말이야?"

유지로의 말에 고제로는 고개를 가로저었다.

"어느 정도 가까이 접근해 확인했는데, 평소와 다르지 않은 수준의 상대와 싸우고 있었다."

"몸 상태가 안 좋다든가? 그런 상태라면 주인이 교대되는 일도 있을 수 있어?"

"그런 일은 없을 거다. 상태가 안 좋아도 거대종과 용은 강함의 격이 다르다. 진다는 건 있을 수 없다."

"그런가. 그럼 하루 정도 지나면 평소의 숲으로 돌아온다는 거지?"

유지로의 확인에 고제로는 고개를 끄덕였다.

그 답을 들었으니 유지로와 벅스 노이드의 용건은 끝이다. 벅스 노이드는 집락을 떠났고, 유지로는 환자 확인을 하고서 집으로 돌아갔다.

그 도중에 나무에 올라 망원경을 써서 호수를 확인했다.

"오오, 예쁜 뱀. 아니, 뱀이 아니지."

지금도 싸움은 계속되고 있었고, 커다란 독수리와 울퉁불퉁한 피부의 도마뱀이 하얀 물빛의 뿔을 가진 커다란 뱀 같은 용과 싸우고 있었다. 그 외에도 두 마리의 거대종이 있었는데, 그것들은 쓰러져 움직이지 않았다.

수룡은 신비하다고 할까, 보는 사람에게 공포 이외의 무언가를 느끼게 했다.

지금은 거친 분위기를 뿜고 있지만, 평소 차분한 상태라면 예술품에도 지지 않을 정도의 모습일지도 모른다. 사람을 싫어한다고 하니 유지로가 그 모습을 보는 것은 어렵겠지만.

유지로가 수룡의 모습에 넋을 잃고 있는 사이에도 싸움은 계속되었다.

거대한 도마뱀의 혀가 뻗어와 수룡의 몸통을 감았다. 수룡의 움직임이 멈추었고, 커다란 독수리가 머리 위에서 몸을 부딪쳐 왔다. 그것을 수룡은 몸을 틀어 피했고, 독수리는 공중에서 다시 회전하여 덮쳐들었다. 수룡은 입을 열어 머리 위로 고개를 치켜들었다. 입에 호수의 물이 모여들더니 호스에서 뿜어져 나온 물처럼 똑바로 방사되었다.

커다란 독수리가 급선회하여 피하자 그것을 쫓듯이 수룡은 얼굴을 움직였다. 움직임에 따라 방사된 물도 움직였고,

곧바로 큰 독수리의 날개를 포착했다. 물을 맞은 커다란 독수리의 날개는 잘린 듯이 몸통에서 떨어졌다. 날 수 없게 된 커다란 독수리는 지면에 떨어져, 그 자리에서 움직이지 않았다.

"워터 제트?"

굵은 워터 제트 같은 걸 맞고 무사할 수 있는 생물은 그리 많지 않으리라.

대단하다고 생각하는 시선 끝에서 수룡은 마지막 한 마리가 된 거대 도마뱀에게 꼬리를 내리쳤다. 그것으로 수룡의 몸통을 감고 있던 혀가 풀렸다.

수룡은 다시 입을 열어 물을 모았다. 쏘아진 것은 워터 제트가 아닌 물의 덩어리로, 그것을 맞은 거대 도마뱀은 꼼짝 못 하고 나무들을 쓰러뜨리며 날려갔다.

주변에서 거대종이 사라지자 수룡은 물속으로 돌아갔다.

"강하네."

끝까지 지켜본 유지로는 지면으로 내려와 유적으로 돌아갔다.

"다녀왔어."

"어서 와."

"싸우는 모습을 봤는데, 역시 상위 용이더라. 복수의 거대종을 압도하는 거 있지."

"싸우게 되면 도망칠 수 있을 것 같아?"

이길 수 있느냐고 묻지 않은 것은, 그 포효로 실력 차를 느꼈기 때문이리라. 유지로도 이길 수 있으리라는 자만은 하지 않았다.

"평지라면 어려울 것 같아. 여기처럼 차폐물이 있으면, 방심하지 않는다면 어떻게든?"

"희망은 있다는 거네. 아직은 안심할 수 있겠어."

자그맣게 한숨을 내쉬었다.

한 시간 정도가 지나자 다시 포효가 들려오기 시작했다. 다른 거대종이 싸움을 걸어온 것이리라.

포효는 고제로의 말대로 하루 동안 계속되었다. 유지로는 약한 정신 안정제를 만들어 세리에에게 건넸다. 그 덕분인지 세리에의 눈에서 두려움의 빛이 옅어졌다.

싸움의 여운인지, 다음 날 아침도 숲은 고요한 채였다. 점심이 지났을 무렵에야 조금씩 짐승의 울음소리 같은 것들이 들려오기 시작했다.

바인과 퐁은 여전히 경계하고 있는 모양인지, 유적에서 나오지 않고 지냈다. 세리에도 온 힘을 다해 밖으로 나오려 하지 않았다.

유지로는 호수의 상태를 다시 한번 확인하기 위해, 그리고 사냥을 위해 혼자서 밖으로 나왔다.

"마물과 동물도 경계해서인지 모습이 안 보이네."

평범한 산책이 되었다 생각하며, 눈 속을 걸었다.

잠시 후 앞쪽 나무들 너머에서 기척이 느껴지더니 드라이어드가 모습을 드러냈다. 무언가를 안고 있는 듯한 모습으로 표정에 여유도 없었다.

"안녕하세요."

"유지로 마침 잘 됐어!"

유지로의 모습을 확인한 드라이어드는 안도한 듯 자그마한 미소를 지었다.

"무슨 일이에요?"

"이 아이의 치료를 부탁할게!"

내밀어진 수룡의 아이를 보고 유지로를 말을 잃었다. 주변의 기온보다도 차가운 땀이 등을 타고 흐른 기분이 들었다.

"어째서 이렇게 상처투성이가 된 거예요?! 수룡의 분노가."

"그런 건 됐으니까, 우선 치료를."

"어, 저기, 알았어요."

기세에 눌리듯 품에서 회복약을 꺼내 3분의 2를 뿌렸다. 그것으로 몸의 상처는 사라져갔다.

"다음은 남은 걸 마시게 하면 되는데."

"일어난 후에 마시게 해도 될까?"

"마시기만 하면 언제든 괜찮아요."

"그럼, 일어날 때까지 이 아이가 이렇게 된 이유를 이야기할까?"

드라이어드가 팔을 휘두르자 지면에서 나무뿌리가 몇 개나 솟아 나와 뒤엉키더니 벤치 같은 형태가 되었다.

거기에 앉아 안고 있던 수룡의 아이를 다리 위에 살며시 눕혔다. 유지로도 앉자 드라이어드는 이야기를 시작했다.

"별거 아닌 이야기야. 어제 주인의 자리를 건 싸움이 있었잖아? 그래서 수룡은 무리를 했고, 움직일 수 없는 상태가 되었어."

"어제 본 바로는 꽤 여유 있는 것 같던데요."

"봤어? 여유가 있는 것처럼 보였어도 꽤 아슬아슬한 상황이었어. 일어나지 않는 수룡이 걱정돼서, 이 아이는 호수에서 내가 있는 곳까지 온 거야. 그 도중에 여기저기에 부딪혀서 상처를 입었지."

"거기로 갔다는 건, 수룡하고 사이좋은 거예요?"

"꽤 오래 알고 지냈지. 최근에는 몸 상태가 안 좋아서 만나러 가지 못했지만."

나이는 수룡 쪽이 위지만, 이 근처에 살기 시작한 것은 드라이어드 쪽이 먼저다.

지난번의 파괴 지진으로 호수가 생겼고, 그 얼마 후부터 수룡이 살기 시작했다. 그때부터 알고 지낸 사이다.

"큐웅?"

"어머, 일어났네. 어디 아픈 데는 없니?"

"쿄, 피큐."

"없구나. 그럼 이 사람에게 감사 인사를 하렴. 네 상처를 치료해주었단다."

"큐캬."

유지로에게 감사 인사 같은 것을 한 후, 수룡의 아이는 서두르듯이 드라이어드를 향해 울기 시작했다.

　"알고 있어. 하지만 쉬면 괜찮을 거라고 보는데."

　"삐, 삐!"

　"알았어, 알았어. 한번 가볼게."

　"호수에 가는 건가요?"

　드라이어드의 말에서 정보를 주워, 대략적인 대화를 추측했다.

　"응, 너도 갈래?"

　"아뇨, 수룡한테 살해당할 텐데요."

　"들키지 않으면 괜찮을 거라고 생각하지만, 자극하지 않는 편이 좋으려나? 치료 고마워."

　수룡의 아이에게 약을 먹인 드라이어드는 자리에서 일어났고, 나무뿌리를 원래대로 되돌렸다. 그리고 수룡의 아이를 안은 채 호수 방향으로 걸어갔다.

　유지로도 사냥을 마치고 집으로 돌아가기로 했다.

　돌아온 유지로는 드라이어드와 수룡의 아이를 만났다는 사실을 세리에에게 이야기했다.

　조금 시간이 흐르고, 세리에가 저녁 식사를 만들고 있을 때 드라이어드가 유적으로 들어왔다. 그 표정은 아까 만났을 때와는 전혀 다르게 심각했다.

　"꽤 여유가 없어 보이는데, 무슨 일이야?"

　냄비를 젓던 손을 멈추고, 세리에가 물었다.

드라이어드는 그 물음에 대답하지 않고 유지로를 똑바로 바라보았다.

"부탁이 있어. 함께 수룡이 있는 곳으로 가줄 수 없을까?"

"수룡한테 무슨 일이 있었어요?"

"상태가 좀. 말을 걸어도 반응이 없고, 강한 힘도 느껴지지 않아. 당신이라면 치료할 수 있지 않을까 싶어서."

"그 강함을 본 다음이라, 의식이 없다고 해도 가는 건 좀 주저되는데. 깨어난 다음에 갑자기 공격한다든가."

"내가 잘 타이를 테니까 괜찮아. 공격당해도 몸 상태가 나아진 지금의 나라면 세 번 정도는 막아줄 수 있어."

유지로 일행은 드라이어드가 원래 몸 상태로 돌아오고도 겨우 그 정도밖에 막지 못하는 것이냐고는 생각하지 않았다. 세 번뿐이라고는 해도 용의 공격을 막을 수 있다는 것에 감탄했다. 특히 싸우던 모습을 보았던 유지로는 솔직히 대단하다고 생각했다.

그 정도의 여유가 있다면 약을 마시고 도망치는 것이 가능하리라 판단했다.

"가까이에서 보고 싶다는 생각을 하기도 했었으니까, 가보도록 할까요? 세리에랑 너희들은 어떻게 할래?"

"나는 무리. 가까이 가고 싶은 마음이 없어."

"나도."

바인도 같은 생각이라며 고개를 끄덕였다.

아주 조금 안전이 보장되었다고 해도 공포 쪽이 더 앞선다.

위험에 접근하지 않는다고 하는 의미에서는, 생물적으로 보아 세리에들 쪽이 옳았고 호기심에 이끌려 보러 간다고 하는 유지로가 이상했다.

일단 회복약과 천의무봉을 들고 유지로는 유적을 나섰다.

"무슨 일이 생기면 바로 도망쳐야 해."

세리에는 걱정하는 표정을 감추지 않고 유적 앞에서 유지로에게 말을 걸었다.

"알아. 아무리 그래도 수룡과 싸우려는 생각은 안 해. 막아주는 사이에 바로 도망칠 거야. 무사히 돌아오면 키스 한 번만 부탁해."

"……알았어. 그러니까 무사히 돌아와."

"진짜로?!"

안 될 거라 생각하고 한 말이라고 할까, 그냥 말해본 것뿐이라 받아들여 줄 거라고는 기대하지 않았다.

사망 플래그? 라는 생각이 머리 한구석을 스치고 지나갔지만, 그 생각을 떨쳐내고 기합을 넣으며 호수로 출발했다.

숲속에는 새들의 울음소리가 들렸고, 거의 평소 그대로의 모습으로 돌아와 있었다. 내일쯤이면 완전히 원래대로 돌아가리라. 마물의 기척도 여기저기에서 느껴졌다. 하지만 유지로가 공격당하는 일은 없었다. 드라이어드가 옆에 있기 때문이다. 드라이어드의 강함은 숲에서 상위에 위치하고 있다. 공격하려고 생각하는 마물은 없다.

유적을 출발해 도보로 한 시간 조금 더 걸려 호수에 도착했다. 호수 주위에는 거대종의 시체가 굴러다니고 있었다. 전부 열여섯 구가 있었다. 약의 재료 등을 찾는 보람이 있을 것 같았다.

호수 자체에는 특별히 이상한 점이 없었다. 물속에는 물고기의 그림자가 보였다. 물가에는 화초도 자라나 있었고, 평소는 동물이 물을 마시러 오기도 한다. 수룡은 그런 동물들을 쫓아내지 않는다. 호숫가는 싸울 힘이 없는 동물과 마물에게는 안전지대라고도 할 수 있는 곳이 되어 있었다.

"수룡은, 혹시 물속에?"

"맞아. 걱정하지 않아도 돼. 잠수해 들어가라고는 하지 않을 테니까."

그렇게 말한 드라이어드는 물속에 손을 넣었다. 곧바로 수면이 흔들리기 시작했고, 물밑에서 그림자가 보이더니, 물보라를 일으키며 하얀 거체가 나타났다. 수룡을 지탱하고 있는 것은 나무뿌리였다. 그대로 물가까지 옮겨왔다. 수룡의 머리 부분에는 수룡의 아이가 타고 있었다.

움직여보아도 수룡은 아무런 반응도 보이지 않은 채 눈을 감고 있었다. 가까이에서 보니 비늘이 고르지 못했다. 윤기가 돌며 빛을 반사하는 것과 가느다란 금이 가 있는 비늘이 몸 전체 군데군데에 있었다.

"싸운 흔적, 은 아닌 건가?"

상처라고 하기에는 금이 간 비늘이 있는 위치가 이상했다. 상처라면 좀 더 한곳에 집중해 있을 터다.

"어제 생긴 상처는 아니야. 아이를 낳은 후유증."

"어떻게 된 건지 물어봐도 될까요?"

"상위의 용이 아이를 낳는 건 평생에 한 번, 드물게 두 번. 수룡은 단 한 번인 경우가 많아."

사람과 짐승처럼 암수가 함께하여 아이를 낳는 것이 아니라, 3년 정도에 걸쳐 힘을 모아서, 힘의 결정을 몸 밖으로 내보낸다. 그것이 알이 된다.

이때 모은 힘은 체력처럼 회복하기 쉬운 것만 있는 게 아니다. 영혼 같은, 소비하면 회복되지 않는 것도 있다. 한 번의 출산이라면 다소 힘이 약해지는 정도로 끝나겠지만 두 번째가 되면 다소 정도로는 끝나지 않는다.

"고블린의 대장에게 들었어요. 첫 아이는 인간에게 유괴당했다고. 즉, 이 아이는 두 번째 아이."

"맞아. 유괴당한 건 7년 전. 그 후로 힘을 모아 꽤 무리해서 낳은 아이야. 힘이 약해진 상황에서 어제의 싸움으로 더욱 힘을 잃은 것이 지금 상태."

"쇠약해진 상태를 어떻게 할 수 없을까, 하는 건가요?"

"맞아."

상위의 용을 치유하는 지식 같은 게 과연 있을까 하며 찾아보았지만, 역시 없었다.

의사와 약사를 필요로 하지 않는 강함을 갖고 있고, 부상 따위는 거의 당하지 않는다. 약간의 상처라면 쉬면 낫는다. 그런 존재가 약을 필요로 하는 일은 없었던 것이다.

"하위 용의 병에 대한 약 지식은 있지만, 중위와 상위의 약 지식은 없어요. 내가 지금 할 수 있는 건 회복약과 피로 회복제를 먹게 하는 것뿐이에요. 그것조차도 상위 용에게 효과를 발휘할지 알 수 없고요."

"일단, 할 수 있는 건 뭐든 해줄래?"

"알았어요. 가능한 한 질 좋은 약을 쓰는 편이 좋을 테니까, 오늘은 재료 모으기랑 약 만들기가 될 거예요. 그러니까 실제로 약을 쓰는 건 내일이나 모레."

"그럼 원래대로 돌려놓을게."

수룡의 아이에게 곁으로 오라고 말하고, 수룡을 연못 바닥으로 돌려놓았다.

"재료 모으는 걸 도울게. 마물에게 습격당하지 않으면 빨리 모을 수 있을 테니까."

감사히 받아들였다. 이동하기 전에 조금 기다려달라고 말하고, 거대종에서 바람의 진주 등을 채취했다.

필요한 재료의 형태를 설명하고 안내를 받았다. 오랫동안 이 숲에 있었던 만큼 이것저것 기억하고 있었다. 저쪽에서 본 것 같다고 하는 애매한 기억이라도, 실제로 그곳에 가보면 유지로가 바로 발견해냈다.

약 여섯 시간에 걸쳐서 필요한 재료를 전부 모은 뒤 유적으로 돌아왔다. 드라이어드와 수룡의 아이도 함께였다. 약이 완성되면 바로 가져가고 싶은 모양인지 유적에서 묵을 셈이라고 했다.

"그럼, 무사히 돌아왔으니까 약속한 거!"

자, 어서 어서 하고 세리에게 다가갔다. 너무 걱정된 나머지 저도 모르게 한 말인지라, 세리에는 냉정함을 되찾자 부끄러움이 끓어올랐다. 그러나 약속은 약속이니, 깨는 것도 망설여져 마음의 각오를 다졌다.

그런 두 사람을 드라이어드는 싱글벙글하며 호기심 가득한 표정으로 보고 있었다.

"부, 부끄러우니까 눈을 감아줄래?"

"알았어!"

힘차게 고개를 끄덕이고 눈을 감았다. 표정은 기대로 가득했다.

얼굴을 붉힌 세리에가 조금씩 다가갔다. 세리에의 손이 유지로의 얼굴을 살짝 감쌌다. 두 사람의 얼굴이 조금씩 가까워졌다. 거리가 10센티미터 정도까지 줄어들자 세리에가 한순간 움직임을 멈추었다. 그리고 다음 순간, 유지로의 얼굴을 옆으로 기세 좋게 돌리더니 뺨에 입을 맞췄다.

"해해해해해했어! 착각하지 마! 약속이라서 어쩔 수 없이 한 거니까."

빠르게 변명을 했다. 무척이나 부끄러웠는지, 너무 더듬거리는 게 아닌가 싶을 만큼 더듬거리는 말투였다.

"분명 해준 건 맞는데, 움직일 거면 움직일 거라고 한마디라도 해줬으면 좋았잖아."

목을 문지르면서도 유지로는 헤벌쭉한 표정을 지으며 말

했다.

입이 아니라 뺨에 한 키스라도, 유지로는 충분하고도 남을 만큼 기뻤다. 부드러운 입술의 감촉을 분명히 느끼고 기억에 새겼다.

유지로는 기분 좋게 짐을 두고 도구 등을 가지러 방으로 돌아갔다.

세리에는 얼굴의 열을 식히기 위해 심호흡을 반복했다. 어느 정도 진정이 된 세리에는 싱긋 웃음 짓고 있는 드라이어드의 품에 수룡의 아이가 안겨 있는 것을 눈치챘다.

"겉보기는 평범한 뱀이네. 아, 자세히 보니 뿔 같은 게 있어."

웃음을 무시하고 수룡의 아이를 들여다보았다. 무슨 일이 생길 수도 있으니 만지지는 않는다. 수룡의 기분을 상하게 할 수 있는 일은 하고 싶지 않았다.

수룡의 아이 쪽은 자신의 몸과 비슷한 색의 머리카락에 흥미가 있는지, 흔들리는 머리카락에 닿으려고 몸을 뻗고 있었다.

준비를 마친 유지로가 거실로 들어왔다.

"시작하기 전에, 배가 너무 고픈데. 세리에, 밥 먹지 않을래?"

"준비해놨어."

테이블에는 빵과 수프가 놓였다 하인드에게 효모를 받아서 빵을 구울 수 있게 되었다.

드라이어드는 먹을 필요가 없지만 수룡의 아이는 식사를 해야 하는지, 드라이어드가 식탁 위에 있던 베리를 입에 넣어주었다.

식사를 마치고 목욕을 해서 깨끗해진 유지로는 약 만들기를 시작했다.

이번에 필요한 것은 질과 양 모두 중요했다. 아스모라이를 쓰러뜨렸을 때처럼 소량으로는 효과가 없을 가능성이 있었다.

오늘 모은 재료를 전부 사용해 회복약과 피로 회복제를 만들었다. 사용한 재료에는 이전에 손에 넣었던 숙식 버섯도 들어 있었다.

약은 다음 날 저녁에 완성되었고, 유지로 일행은 마차를 이용해 약을 운반했다. 완성된 양을 안고 가기는 힘들었다. 바인이 가기 싫어했기에 약을 마신 유지로가 마차를 끌었다.

어제와 마찬가지로 나무뿌리를 써서 물 위로 띄우고, 수룡의 입에 약을 넣기 쉽도록 나무뿌리로 고정했다.

큰 통에 담긴 회복약을 작은 통에 옮겨 담아 몇 번이고 왕복해가며 벌려진 입에 흘려 넣었다. 피로 회복제도 같은 과정을 통해 먹였다. 양쪽 모두 30인분은 됐다. 회복약은 지금까지 인간이 만든 것 중 가장 뛰어난 품질의 흰색. 피로 회복제도 최고 품질인 보라색이었다.

"이걸로 눈을 뜨면, 본인에게 회복 방법을 물어볼 수 있을지도 모르겠네요."

그렇게 말하면서 언제든 도망칠 수 있도록 천의무봉을 마셨다. 드라이어드도 공격을 막을 수 있도록 준비를 했다.

"알고 있으면 좋겠는데 말이지."

드라이어드가 그렇게 말한 다음 순간에 수룡의 눈꺼풀이 떨리더니, 열렸다.

"안녕."

"……음? 싸움으로 지쳐서 잠들었던 건가?"

"힘이 떨어진 상태에서 한 싸움이라 힘들었던 거겠지. 불러도 일어나지 않아서, 슈피니아가 걱정했어."

"그런가, 걱정을 끼쳤구나…… 윽?!"

텅 비어 있던 시선에 빛이 돌아오더니, 그 시선을 드라이어드에게로 돌렸다. 그때, 드라이어드의 등 뒤에 있던 유지로를 눈치채고는 온화했던 눈동자에 적의가 깃들었다.

시선 자체에 물리적인 힘이 있기라도 한 것처럼 드라이어드의 머리카락과 풀이 흔들렸다. 유지로도 밀어내는 듯한 힘을 느꼈지만, 그 이상으로 박력이 무서웠다. 작게 떨리는 몸을 눌렀다.

덮쳐드는 차가운 물을 드라이어드가 출현시킨 커다란 나뭇잎으로 막았다.

공격을 받는데도 유지로는 공포로 움직이지 못하고 있었다. 몸을 떨면서 유지로는 자신이 상위 용을 무르게 봤다는 것을 자각했다.

"어째서 인간이 있지?"

적의로 가득한 목소리로 물었다. 친구에게 향할 것은 아니지만, 그만큼 인간을 향한 원한이 깊었다.

"내가 도와달라고 했기 때문이야. 너를 걱정해서 나를 찾아오다가 상처를 입은 슈피니아도 치료해줬어. 네가 눈을 뜰 수 있었던 것도 유지로 덕분이고, 나도 구해줬어. 그러니까 적의는 누르도록 해."

"무리라는 걸 알 텐데?!"

"핏! 큐캬캬앙!"

드라이어드의 품에 있던 수룡의 아이 슈피니아가 수룡을 향해서 호소했다.

"하, 하지만!"

"쿄 쿄피!"

분위기로 봐서는 슈피니아가 우세한 것처럼 보였다.

"뭐, 뭐라고 한 거예요?"

"도움을 받았으니까 난폭하게 굴면 안 돼, 라는 느낌이야. 슈피니아한테는 무르니까, 이제 공격받는 일은 없을 거라고 생각해. 자극하지 않는다면, 이라는 전제가 붙지만."

그렇다면 다행이겠다고 생각하면서 부모 자식의 대화를 지켜보았다.

1분도 지나지 않아 대화가 끝났다. 기분 나쁜 분위기를 풍기면서도 적의는 줄었다. 인간에게 당한 것을 생각하면 적의가 완전히 사라지지 않는 것은 어쩔 수 없는 일이리라.

그래도 어느 정도 편해진 유지로는 안도하며 크게 숨을

내쉬었다. 아무것도 하지 않았는데도 체력이 모조리 바닥났다.

"이야기를 계속할게."

"그래."

"눈을 뜰 수 있기는 했지만, 원래 몸 상태는 아니지?"

확신하듯 물었다.

"……어째서 그렇게 생각하지?"

"아까의 공격, 위력이 없었어. 미워하는 인간을 앞에 두고 힘을 뺄 리는 없을 테니까, 그게 진심을 다한 거겠지. 그 정도라면 세 번이 아니라 몇 번이라도 막을 수 있어."

"그래서?"

"뭔가 치료법을 알고 있으면 얘기해. 이 약사에게 부탁해서 준비하도록 할 테니까."

"인간의 힘 따위. 게다가 인간이 상위의 용을 치료할 수 있을 성싶은가."

"그래? 일시적이라고는 해도 나를 치료했는데? 보통 사람이라면 그것조차도 못 할 거라고 보는데. 게다가 주인으로서 공격을 받아칠 때마다 쓰러져서, 슈피니아에게 걱정을 끼칠 셈인 거야?"

드라이어드의 말을 듣고 눈동자가 흔들렸다.

슈피니아에 관한 걸 들이대자 수룡은 약해졌다.

"인간을 용서하라든가, 믿으라든가, 그런 말을 하고 있는 게 아니야. 나도 네 아이를 유괴해 간 인간을 용서할 셈은 없어. 하지만 여기, 유지로라고 하는 개인을 인정하는 정도는 괜찮지 않을까 생각해. 인간이면서도 마물을 치료하는 이상한 사람이거든. 조금은 믿을 수 있을 것 같지 않아?"

"이상한 사람이라니. 아니, 뭐, 그럴지도 모르지만."

피를 빨지 않겠다는 약속을 했다고는 해도 흡혈귀 같은, 인간에게 있어서는 해악이라 할 수 있는 마물을 치료한 시점에서 이미 보통 의사나 약사에게 제정신이 맞는지 의심받을 짓을 한 셈이리라

"그러나 치료용 약을 가장해 독을 쓰기라도 하면."

"수룡이여, 그 가능성은 낮다고 봅니다."

수풀 안쪽에서 벅스 노이드의 목소리가 들렸다. 세리에를 통해 유지로가 수룡에게 갔다는 말을 듣고, 고제로와 함께 상황을 살피기 위해 쫓아왔던 것이다.

"너는 벅스 노이드구나. 어째서 쓰지 않는다고 할 수 있는 것이냐?"

"저는 이자가 숲에 살기 시작한 후로, 벌레에게 부탁해 감시를 계속하고 있었습니다. 이 숲에서 사는 이유가 수룡의 아이를 납치하기 위함일 가능성도 있다고 생각했기 때문입니다. 그렇게 감시한 결과, 수상한 점은 전혀 없었습니다. 동료와의 대화에서 당신들을 붙잡는다거나 하는 이야기는 없었고, 용에게 해를 가할 약을 만드는 모습도 없었습니다. 그리고 숲 밖으로 누군가를 만나러 가는 일도 없었지요. 마물들과 접촉하면서 살 뿐이었습니다."

감시를 당하고 있었다는 사실을 전혀 눈치채지 못했던지라 유지로는 깜짝 놀랐다. 세리에와 바인도 그런 기색은 보이지 않았으니, 눈치채지 못했던 것이리라.

감시당했다는 걸 알면 기분 나빠 하리라 판단한 유지로는, 이 일을 세리에 일행에게는 비밀로 하기로 했다.

수룡을 자극하고 싶지 않다고 하는 사정은 이해하고 있으므로 불만은 말하지 않기로 했다.

"나도 괜찮다고 본다."

"고블린의 대표도 말인가?"

"수룡에게 해를 끼치려는 인간이, 마물을 치료하거나, 먹을 걸 함께 키우려고는 하지 않을 거라 생각한다."

"그 외에도 폭싱과 흡혈귀 같은 마물들도 도와주고 있는 모양이야."

드라이어드와 모두의 말을 듣고, 수룡은 생각에 잠긴 모습을 보였다.

"인간."

부르는 목소리에는 혐오의 감정이 섞여 있었다. 그래도 직접 말을 걸었다는 것은 모두의 말을 조금 받아들였다는 의미일까?

"왜요?"

"너는 어째서 마물을 도왔지?"

"어째서라…… 그다지 어려운 일이 아니었다는 거랑, 보답이 있었으니까?"

"인간에게 있어 마물은 적일 텐데?"

"기본적으로는 그럴 테지만, 인간도 적의를 보내면 적이 되니까. 그 반대로 적의를 보내오지 않으면 마물도 같은 편이 될 수 있지. 나한테 적은 해할 마음을 표하는 자. 거기에 들어맞는다면 마물이든 인간이든 관계없어."

"지금 나는 적의를 보내고 있는데, 그렇다면 나는 적이라는 거구나?"

수룡의 눈빛이 날카로워졌고, 시선을 받은 유지로는 중압감을 느꼈다. 잦아들었던 떨림이 되살아났다.

"당신과는 적대하려는 생각 같은 건 안 해. 얼른 도망가는 게 최고지."

정말로 진심이었다. 지친 상태에서도 거대종을 일격에 쓰러뜨린 존재와 적대할 마음은 생기지 않는다.

수룡에게서 발해진 중압감이 줄었다.

"……솔직한 자라고 해야 할지, 이상한 자로구나. 분명."

"그렇지? 그래서, 치료법은 어떡할래?"

드라이어드의 물음에 수룡은 다시 생각을 시작했다. 아무래도 불신감은 지워지지 않았다. 아이를 유괴당해 생긴 불신감이 그리 간단히 사라질 리가 없었다.

10분 동안 고민을 계속했다.

"지금 당장은 답이 나오지 않는다. 조금 기다려다오."

"얼마나 기다리면 될까?"

"내일은 답을 주마."

그렇게 말한 수룡은 물속으로 돌아갔다. 슈피니아도 드라이어드의 품에서 지면으로 내려가더니 호수로 들어갔다. 한 번 유지로를 돌아보았는데, 그때 보인 눈동자에는 감사의 빛이 어려 있는 것 같았다.

중압감이 완전히 사라지자 유지로는 그 자리에 주저앉았다.

"수명이 줄어든 것 같아."

무리하지 않는 한 죽을 시기는 정해져 있으니, 그것은 어디까지나 기분을 달래기 위한 농담이었다.

"고생했어."

"아무 일도 없이 끝나 다행이다."

"그래, 수룡을 만나러 갔다는 말을 하프에게 듣고, 안 좋은 예감이 끊이지를 않았다."

벅스 노이드와 고제로는 안심한 분위기를 풍겼다.

일어선 유지로는 일행과 함께 호수를 벗어났다. 돌아가는 길에 대화를 나누었고, 내일은 드라이어드 혼자서 대답을 들으러 가기로 정해졌다.

다음 날 점심이 지났을 때, 드라이어드가 대답을 갖고 유적을 찾아왔다. 표정이 밝은 것을 보면 말로 듣지 않아도 수룡의 답을 알 수 있었다.

"약은 있다고 해."

"상위 용을 치료하는 약은 모르는데."

"당신도 모든 약을 알고 있는 건 아니잖아?"

옛날 약이라면 모르는 것이 없지만, 그것을 설명할 마음은 없는지라 애매하게 긍정해두었다.

"어떤 재료를 쓰는 건데요?"

"물의 진주랑 치료 촉진제랑."

그 시점에서 유지로의 머릿속 지식에서 해당하는 약은 네 개로 추려졌다.

나이트라테 조정환, 유유미러 액, 혈액 정화약, 바다의 민족 전용 고성능 치유약. 모두 용을 치료할 만한 것은 아니다.

재료에 세 가지가 추가되었고, 필요한 약은 나이트라테 조정환이라는 것이 판명되었다.

"정말로 그거예요? 내 지식에 따르면 그 약은 물을 깨끗하게 유지하는 약인데."

"수룡은 물이 깨끗할수록 몸에 좋다나 봐. 그 깨끗한 물속에서 누구에게도 방해받지 않고 깊은 잠에 들면 치유가 진행된다고 했어. 완전히 회복되지는 않겠지만, 지금보다는 훨씬 나아진다고 들었어."

즉, 수룡 본인을 회복하게 하는 약은 아니고, 치료를 위한 환경을 갖춘다는 것이다. 회복 자체는 본인에게 맡기는 것이니 유지로가 생각해내지 못한 것도 무리는 아니었다.

"그래서, 만들 수 있을까?"

"재료 두 개를 모을 필요가 있지만, 가능해요."

그렇게 단언하자 드라이어드는 기쁜 표정을 지었다.

유지로는 모두를 불러서 산책 겸 재료를 찾으러 나섰다. 평소대로 돌아온 숲을 보며 세리에 일행은 일상이 돌아왔다는 것을 느꼈고, 안심한 듯한 표정을 지으며 산책을 계속했다.

아무 일도 없이 재료를 다 모을 수 있었고, 약은 다음 날 완성되었다. 검정에 가까운 재색을 띤 골프공 크기의 환약이다.

찾아온 드라이어드에게 무사히 완성되었는지 확인받기 위해 단지에 물을 채우고 환약을 하나 떨어뜨려 넣었다. 10초 정도 지나자 환약에서 자그마한 거품이 나오기 시작했다.

"나는 잘 모르겠는데. 효과 있는 거야?"

투명감이 더해졌을 뿐인 결과에 세리에가 고개를 갸웃거렸다. 유지로와 풍도 같은 반응이었다.

드라이어드는 차이를 알 수 있는 것인지, 빙긋 미소를 지었다.

"물고기도 못 살 정도로 깨끗해졌어. 독이 있는 것도 아니니까 완성이라고 봐도 돼."

"그럼 여기."

유지로는 환약 세 개를 건넸다.

약을 받은 드라이어드는 호수로 향했다. 수룡을 부르자 바로 수면이 흔들리며 얼굴을 내밀었다.

"이게 약. 여기에 오기 전에 시험해서 아무런 문제 없다는 걸 확인했어."

"그래…… 그럼 슈피니아를 부탁한다."

"그래, 맡겨둬."

호수에서 나온 슈피니아가 드라이어드의 품 안으로 이동했다.

수면을 방해하지 않도록, 드라이어드가 슈피니아를 맡아 돌보기로 한 것이다.

수룡은 물을 조종하여 호수 속 작은 물고기 등을 강으로 옮겼다. 약을 쓰면 죽을 가능성이 있다. 자신의 치료에 말려들어 죽게 하는 건 참을 수 없다며, 살 수 있는 곳으로 이동시킨 것이다.

"반년은 자야 한다고 했던가?"

"그래, 내 부모에게 들은 이야기로는 그렇다고 했다."

"그럼 약을 넣을게."

먼저 말해두고 환약 세 개를 던져 넣었다. 항아리보다 훨씬 넓은지라 약효가 나오기까지는 조금 시간이 걸렸다. 그러나 5분 정도 지나자 물에서 탁함이 사라져가고, 지상에서도 물밑이 보일 만큼 물이 맑아졌다.

"분명 문제 없는 것 같군. 잠시 이별이다."

"캬피."

"잘 자."

슈피니아와 드라이어드가 지켜보는 가운데 수룡은 물속으로 들어가 눈을 감았다.

물에 바위 같은 걸 던져 넣지 않는 한은 수룡의 잠을 방해하는 것은 불가능하리라.

드라이어드와 슈피니아가 떠난 후, 고요한 호수에 접근하는 것은 동물과 약한 마물 정도였다. 그들도 수룡의 잠을 방해해서는 안 된다는 것을 아는지, 소란을 피우는 일은 없었다.

8장

마왕

cheat kusushi no
isekai tabi

Tona Akayuki
illustration / kona

31 재액이 다가온다?

시기는 붉은 달의 종반에 들어서려 하는 무렵, 2월의 중반. 밖을 걸으면 추위가 누그러졌나 싶은 느낌이 들었다.

여러 마물과의 교류로 생활이 안정되기 시작해 이곳 생활에도 완전히 익숙해졌다. 유지로도 세리에도 여기서 평생 살라고 해도 문제없다고 대답할 수 있었다.

"평화롭네."

"평화롭구나."

세리에와 유지로가 거실에서 차를 마시며 느긋한 시간을 보내고 있었다.

퐁과 바인은 드라이어드를 따라온 슈피니아와 밖에서 놀고 있다.

처음에 퐁은 수룡의 아이라는 사실을 알고 내켜 하지 않았는데, 눈치채지 못한 바인과 노는 모습을 보며 서서히 익숙해졌다. 일부러가 아니라면 약간의 상처가 생겨도 문제없다는 것을 알게 된 것도 함께 놀게 된 요인 중 하나지만.

유지로는 옆에 앉은 세리에를 보며 헤벌쭉 웃음을 띠고 있었다.

지금 세리에가 입고 있는 옷은 홍백의 무녀복이었다. 정확하게는 흉내 낸 것이지만. 폭싱들에게 만들어달라고 부탁하겠다던 결의는 거짓이 아니었고, 결국 똑똑한 너구리와 흡혈귀에게 부탁하여 조달한 천을 써서 폭싱들이 만들어주었던 것이다. 그 외에도 간호사복과 흰 버니도 있지만, 그 쪽은 옷장 안에 들어가 있는 채다. 다만 무녀복만은 세리에의 마음에 들어 가끔 입고 있었다.

"엘프 무녀. 이걸 본 나는 분명 승자야!"

힘껏 주먹을 쥐고 생각을 소리 내 말했다.

"갑자기 무슨 말을 하는 거야?"

"넘쳐흐를 정도의 마음이 억제되지 못하고 밖으로 나왔어. 그러니까, 세리에와 함께 있을 수 있는 나는 행복한 사람이라는 거야."

"뭐, 나도 유지로와 만나서 다행이라고 생각하고 있어. 현재 상황에 불만도 없고."

세리에는 시선을 컵으로 떨어뜨리고, 살짝 뺨을 물들이며 그렇게 대꾸했다. 유지로는 그 모습이 너무나도 귀엽다고 생각했다. 그리고.

"흰 버니 입어주세요!"

그렇게 부탁했다. 최근 보이는 빈도가 올라간 부끄러워하는 세리에의 모습에, 참지 못하겠다는 마음이 이런 발언으로 튀어나왔다.

분위기를 완전히 깨버렸다. 세리에는 뚱한 눈으로 "안 입어"라고 짧게 대답했다.

"이 분위기라면 가능할 거라고 생각했는데."

"그 분위기에서 할 말이 아니라고 생각하는데."

버니 슈트는 자신의 방에서 딱 한 번 입어본 일이 있었다.

그 모습을 유지로에게 보여주는 건가 생각하자, 얼굴은커녕 온몸이 뜨거워졌고 무척이나 부끄러워졌다.

"그것만은 무리."

"정말 보고 싶은데."

"절대 무리…… 윽?!"

딱 잘라 말한 후, 세리에는 동쪽으로 고개를 돌렸다. 그 표정은 무척이나 진지해서 유지로도 무슨 일이 생긴 것인가 하고 긴장했다.

"왜 그래?"

"동쪽에서 뭔가 안 좋은 느낌이."

"수룡 같은 강한 마물이 숲에 있다는 거야?"

"뭐라고 할까, 수룡 같은 강력함이 느껴지는 게 아니라, 분위기가 다르다고 해야 할까? 표현하기 어려워. 수룡이 힘으로 밀어붙인다면, 이쪽은 소리 없이 다가온다?"

"아무튼 이변이 있다는 것은 확실한 거지? 밖에 나가보면 뭔가 알 수 있을까?"

어쩌려나 하며 고개를 갸웃거리고 세리에는 컵을 내려놓았다.

두 사람이 밖으로 나오자 바인과 드라이어드가 세리에와 마찬가지로 이변을 느끼고 있었다.

"드라이어드 씨는 어떻게 생각하세요?"

"좋은 것인지 나쁜 것인지 묻는다면, 나쁜 것이라고 말하겠어. 얽히고 싶지 않다고 말해야 할까? 하지만 접근해 오고 있으니까, 얽히지 않는 건 무리일까."

그 자리에서 이야기를 하고 있으려니 이변을 느낀 고제로도 나타났다.

다 함께 의논한 결과 확인하러 가보기로 정해졌다. 가는 것은 유지로, 세리에, 고제로다. 드라이어드는 슈피니아들을 지키기 위해 유적에서 대기하기로 했다.

복수 능력 상승약 등을 지참하고, 속도 능력 상승약을 마신 유지로 일행은 기척이 느껴지는 곳으로 향했다.

조금씩 진해지는 기척에 유지로도 세리에가 말했던 안 좋은 느낌이라는 것을 감각으로 이해할 수 있었다. 감기에 걸려 한기를 느끼는 것에 가깝다고 할 수 있을까? 오싹오싹한 감각이 서서히 강해졌다.

마물과 동물도 느끼고 있는지, 땅굴에 숨거나 다른 곳으로 피난하여 모습이 보이지 않았다.

벌레 울음소리조차 들리지 않게 된 고요한 숲속, 눈을 밟으며 나아가다 어느 지점에서 세리에와 고제로의 걸음이 멈추었다.

"이 이상은 좀 힘들어. 미안."

"나도 그렇다."

예민한 감각이 걸음을 막고 있는 것이리라. 얼굴을 찡그리고 기척이 느껴지는 방향을 노려보고 있었다.

유지로도 나아가는 것이 괴로워졌지만, 조금 더 견딜 수 있을 것 같았기에 두 사람에게는 유적으로 돌아가라고 하고 혼자서 나아가기로 했다.

"유지로."

어찌할 줄 몰라 불안한 표정으로 세리에가 유지로를 불렀다.

"왜?"

"이 상황, 뭔가가 걸려. 유지로는 짚이는 거 없어?"

"짚이는 거?"

생각해보지만 기척 탓에 생각이 잘 정리되지 않았고, 유지로는 고개를 저었다.

그래, 하고 중얼거리고 조심하라는 말을 남긴 세리에는 고제로와 물러났다.

나아갈수록 풍경이 변화했다. 겨울이라도 잎이 달려 있던 나무에서 잎이 떨어지고 있었던 것이다.

세리에, 고제로와 헤어진 뒤 유지로는 5분 정도 만에 기척의 근원에 이르렀다. 회복약을 조금씩 마시면서 나아왔다. 마음의 위안이라도 되었으면 하고 조금씩 마셨고, 움직일 체력을 확보할 수 있었다.

'평원의 민족 아이? 아이 혼자 이런 데 있을 리가 없는데.'

유지로의 시선 끝에는 나무에 등을 기대고 앉아, 꾸벅꾸벅 고개를 흔드는 열 살 정도로 보이는 소녀가 있었다. 엉덩이 근처까지 자란 칙칙한 은발을 늘어뜨린 채, 얼굴과 팔 같은 노출된 피부는 더러워져 있었다. 낡은 망토 아래로 보이는 옷도 심하게 더러웠다. 겨울을 나기에 적당하다고는 할 수 없는 모습이었다. 옷에는 더러운 것 외에도 베인 듯 찢어진 흔적도 있었다. 상단이 마물이나 사람에게 습격을 당해서 도망쳐 온 것일지도 모른다고 유지로는 생각했다.

이 부근을 지나가는 인간 상인 같은 건 없으니 그 생각은 틀린 것이었다. 소녀는 론타에게서 도망쳐 여기에 이른 마왕이었다.

'어떡해야 하려나. 기분이 점점 나빠지는 게, 오래 생각할 시간은 없을 것 같아.'

유지로의 머릿속에 떠오른 선택지는 둘. 돌아갈 것인가 깨울 것인가. 불온한 기척을 발하고는 있지만 겉보기는 평범한 어린아이다 보니 기습 같은 걸 하리라는 생각은 들지 않았다.

답을 정하지 못한 유지로는 둘 중 어느 쪽으로 할지를 신에게 맡겨 정하기로 했고, 결국 깨우게 되었다.

소녀에게 닿으면 소녀는 깨어나도 유지로가 정신을 잃을 것 같았다.

"그렇다면, 말을 걸어볼까?"

어이, 거기 아가씨, 하고 큰소리로 외쳤다. 귀가 어둡진 않았는지, 소리에 눈꺼풀이 흔들리더니 바로 눈을 떴다. 일어나지 않으면 가볍게 뭉친 눈을 맞출 셈이었다.

다시 한번 말을 걸자 소녀는 유지로에게 시선을 보냈다. 그 시선에는 기대와 경계와 공포와 외로움이 뒤섞여 있었고, 눈은 복잡한 색을 띠고 있었다.

둘은 서로 목소리를 내지 못한 채 한동안 마주 보고 있었다. 그러나 그 사이에도 체력은 깎여나갔다. 이대로는 여유가 없어지겠다고 생각한 유지로가 먼저 말을 꺼냈다.

"가능하면 그 흉흉한 기척을 가라앉혀주면 고맙겠는데. 그거 네가 발하고 있는 거지?"

"……."

아무 말 없이 고개를 옆으로 작게 저었다. 지금 소녀에게는 몸을 지킬 수단이니, 그런 말을 들었다고 해서 간단히 따를 수는 없었다.

가라앉힐 마음이 없다고 판단한 유지로는 요구를 들이대기로 했다.

"이 앞에는 휴식을 취하는 자가 있어. 그 기척으로 접근하면 자는 데 방해가 되니까 숲에서 나가줬으면 좋겠어."

그렇게 말한 다음, 회복약을 마셨다. 순순히 나가주면 고맙겠다고 생각하면서 모습을 살폈다.

나가라는 말을 들은 소녀는 슬픈 표정을 지었다.

"여기에도 있을 곳은 없는 거야?"

"솔직히 말해서, 그 기척을 계속 뿜어대고 있으면 어디에 가든 경계당할걸."

쓸쓸한 목소리에 어떤 사정이 있으리라고 판단했지만, 유지로는 지금 이대로는 환영할 수 없다고 지적했다.

소녀는 고개를 숙였다.

"나도 좋아서 이렇게 된 게 아닌데. 그리고 억누르려는 노력도 하고 있지만, 할 수 없어."

"억누를 수 있는 거라면 그렇게 해줬으면 하는데."

"그렇지만 공격해 올지도 모르잖아."

론타 일행에게 받은 공격의 아픔이 떠올라 표정이 일그러졌다.

"일단은 대화로 어떻게든 하고 싶으니까, 공격은 하지 않을게. 약속해."

양손을 들어 전의가 없음을 표시했다. 그 모습에 의심스러운 시선을 보냈지만, 오랜만의 대화에 마음이 끌리기도 하여 소녀는 기적을 억눌렀다. 조금 괴로워하는 모습을 보였다. 그것은 기적을 억제하는 것이 소녀에게 있어서도 힘든 일이기 때문이다.

몸이 점점 편해지는 걸 느낀 유지로는 크게 숨을 내쉬고 그 자리에 주저앉았다. 코트가 눈에 닿아 젖었지만 신경 쓰이지 않았다. 그것보다도 줄어든 체력 회복 쪽이 먼저다. 조금씩 마시던 회복약을 마저 다 들이켰다.

소녀는 자리에서 일어나 유지로에게 다가왔다. 키는 140센티미터가 안 되었고, 체중도 평균을 밑돌 듯했다.

"나는 마카벨. 너는?"

"나는 사와베 유지로. 유지로라고 부르면 돼."

"응. 유지로, 유지로란 말이지. 뭐부터 말하지?"

마카벨은 기대감으로 가슴이 뛰었다. 표정도 밝아졌다. 제대로 된 대화를 몇 년 동안 하지 못했던 것이다. 론타 일행과의 만남에서는 대화라고 부를 만한 것이 없었다.

"어째서 이 숲에 온 건지. 여기가 어떤 곳인지 알고 왔는지, 이려나? 여행 중이라고 하기에는 짐이 너무 적어 보이는데. 그 점도 묻고 싶어."

"이 숲이 어떤 곳인지는 몰라. 이동하는 도중에 살 수 있으려나 해서 들러봤을 뿐. 짐은 이게 전부."

마카벨이 가진 짐은 토드백뿐이었고, 짐이 가득 담겨 있는 것도 아니었다. 빗과 거울과 나이프 같은 작은 물건들뿐이었다. 갈아입을 옷과 보존식은 전혀 없었다. 여행자의 짐이 아니다. 이 물건들은 마물에게 살해당한 모험가들이 떨어뜨린 것을 주워 확보한 것들이었다.

"여기에 살 셈이었던 거야? 뭐, 남 얘기할 처지는 아니지만."

"나는 여기 살아도 돼? 괜찮아?"

"쭉 기척을 누르고 있을 수 있다면 괜찮을 거라고 생각해."

"쭉은 무리."

마카벨에게 있어 기척을 누르는 것은 숨을 멈추라고 하는 것과 마찬가지로, 언젠가는 한계가 찾아온다.

"그럼, 어렵겠네. 여기에는 엄청 강한 마물이 있어. 그런 기척을 뿜으면 화가 나서 공격할지도 몰라."

"만약 어떻게든 해서 기척을 계속 억누를 수 있게 되면, 여기에 살 수 있게 돼? 쫓겨나지 않아?"

"억제할 수 있으면 괜찮아. 그러고 보니 그건 뭐야? 이능 같은 건가?"

"아주 오래전에 이능이라고 들은 적이 있는 것 같아."

유지로는 아주 오래전이라는 말에 5년 이상 되었으려나 생각했다. 그것은 크게 빗나간 예측이었다. 마카벨은 겉모습은 열 살 정도로 보이지만, 실제로는 70년 정도 살아왔다. 아주 오래전이라는 것은 약 60년 전의 일을 가리키고 있었다.

"어릴 때는 주변 모두의 기운을 북돋아 줬는데, 점점 반대가 되었어."

마카벨은 론타와 같은 평원의 민족의 돌연변이로, 거기에 이능까지 더해진 상태였다.

본래의 이능은 주변의 인간들에게 활력을 부여하여 강화를 지원하는 것이었다. 그러나 돌연변이로서 론타를 간단히 뛰어넘는 너무나 큰 힘이 이능을 강제적으로 강화하여 주변에 악영향을 미치게 되었다.

"그래서 살던 곳에서 쫓겨난 거야?"

마카벨은 고개를 끄덕였다.

"숲속으로 도망가서, 나무 열매 같은 걸 먹고, 외로워지면 기척을 죽이고 마을에 가기도 했어."

기척을 몇 시간씩 억누를 순 없었기에 사람들에게 말을 걸어 사이좋게 지내는 일 같은 건 할 수 없었다. 여기저기를 돌아다니며 들려오는 이야기만으로 외로움을 달랬다. 사람들도 초라한 소녀에게 마음을 쓰지 않았고, 말을 거는 일 같은 건 없었다. 잠시 머물다 보면 숲이 메마르기 시작했고, 이변을 발견한 모험가들에게 쫓겨나 다른 땅으로 이동했다. 그것을 몇십 년이나 반복한 결과, 이윽고 나라에서 쫓겨나게 되었다.

평범한 사람이라면 미치고 말 법한 생활이다. 그러나 소녀는 외로움을 느끼면서도 뛰어난 신체 능력과 정신 스펙으로 아무렇지 않게 지내왔다. 차라리 미쳐버리면 편했을지도 모른다.

식량 사정도 변변치 않았다. 하지만 풍부한 마력이 생명을 유지한다고 하는 흡혈귀에 가까운 현상이 일어나, 약간의 식사만으로도 계속 살아남을 수 있었다. 가끔 열이 나거나 하는 일도 있었지만 몸을 웅크리고 누워 견디다 보면 어느샌가 다 나았다. 안 좋은 걸 먹었을 때도 비슷했다.

"그 숲에서도 쫓겨난 거야?"

"응. 숲을 나와서 여기저기 다니다가, 자리 잡을 만한 곳을 발견해서 한동안 거기에 있었어. 하지만 무기를 든 5인조가 공격해 왔어. 내 이걸 받고도 아무렇지 않은 얼굴을 하고 있길래, 평범하게 이야기할 수 있을 거라고 생각했는데."

"응?"

뭔가가 마음에 걸렸다. 세리에도 뭔가 짚이는 바가 있는 듯한 모습이었으니, 기분 탓은 아니리라며 생각을 시작했다.

'방금 이야기에서 마음에 걸린 건, 상대가 아무렇지 않게 있었다는 말. 세리에는 뭐가 걸렸던 걸까? 이 기척일까? 이 걸 맞춰보면…… 몸 상태가 나빠질 만한 상황에서도 아무렇지 않다. 그런 약을 만든 적이 있어! 그건 용사에게 건넨다고 했었지. 마왕 대책에 필요하다고.'

"마왕?"

"윽?!"

불쑥 새어 나온 유지로의 말에 마카벨이 반응하여 조금 물러났다.

그 반응으로 확정에 한 걸음 접근했다.

그리고 죄악감도 조금 생긴 유지로는 얼굴을 한 손으로 덮었다. 용사들이 공격할 기회를 만든 것은 유지로인 것이다. 너덜너덜한 옷을 보면 부상도 당했으리라. 겉모습이 특별할 것 없는 소녀인지라 죄악감도 한층 더했다.

"이미지와 다르네. 마왕은 훨씬 음산한 느낌일 줄 알았는데. 어째서 슬금슬금 물러나는 거야?"

"그게."

마왕이라는 소리를 들으며 쫓겨난 일이 있기 때문이다. 론타 일행도 자신을 그리 부르며 공격했었다. 들키면 도망가야만 한다. 그런 생각을 갖고 있으니 도망치려는 자세가 되는 건 어쩔 수 없다.

"그쪽이 공격하지 않으면 이쪽에서 공격하는 일은 없어. 처음에 말했던 것처럼 오늘은 이야기를 나누는 게 목적이니까."

"정말? 정말로?"

끄덕이는 유지로의 모습에 마카벨은 물러난 채 자그맣게 숨을 내쉬었다.

"게다가 어린애를 공격하고 싶지는 않아."

"어린애 아니야."

"그래 그래, 어린애 아니구나."

어른인 척하고 싶어 할 나이라고 여기고 진짜 나이를 묻지 않은 채 넘겼다. 마왕이 옛날부터 존재했다는 것을 유지로는 잊고 있었다. 마카벨에게 오랫동안 살아온 삶의 무게 같은 것이 느껴지지 않는 것도 요인 중 하나이리라.

마카벨은 인생 대부분을 숲속에서 특별히 하는 일도 없이 혼자 지내왔다. 그런 상태에서 지식과 경험을 쌓기란 어려운 일이었고, 나이에 걸맞은 분위기 같은 건 가질 방법이 없었다.

"여기에 있는 건, 용사한테 졌거나 어떻게 했다는 거라고 생각하면 될까?"

"공격해 온 사람들이 용사인지는 몰라."

"검을 든 빨간 머리 남자였어?"

"응."

창백해진 얼굴로 긍정했다. 제일 많은 공격을 한 것이 론타다. 꿈에서도 볼 정도로 무서워서 기억에 새겨져 있다.

"그럼 용사일 가능성이 높아. 그렇다면 이대로 방치해두는 것도 좀."

유지로가 원인으로 여기에 온 것이나 다름없다. 이대로 떠나라고 말할 마음은 사라지고 말았다.

어떻게 할 수 없을까 하고, 이능에 관련된 약을 찾아보았다. 마물에 관한 약이 있을 정도니 동족이 쓰는 힘에 관련된 약 정도는 있으리라 생각했다.

"……있기는 한데, 재료가 귀한 거네."

"왜 그래?"

"이능을 억제하는 약을 만들 수 있어. 그게 있으면 여기만이 아니라, 마을 같은 데서도 문제없이 살 수 있을 거야."

"정말로? 정말 그런 게 있어?"

그것만 있으면 더는 쫓겨 다닐 일이 없을 거라는 기대로 표정이 밝아졌다. 실제로는 정체를 알고 있는 자에게 쫓겨 다니는 것은 변하지 않으리라. 그래도 갈 수 있는 곳이 늘어난다는 것은 틀림없다.

반짝반짝한 눈으로 바라보는 마카벨을 향해 유지로는 고개를 끄덕여 보였다.

"있어. 하지만 재료가 꽤 귀해서, 많이 준비할 수 없다는 게 문제점이란 말이지…… 개량을 해볼까?"

"얼마나 걸리는데?"

"약을 만드는 것만이라면 재료를 모으고, 닷새? 개량은 모르겠어."

복수 능력 상승약도 개량했다고 할 수 있는 약이지만, 방향성이 다르니 참고하기는 힘들다. 그쪽은 효과 상승을 목적으로 한 것이고, 이쪽은 효과를 그대로 유지한 채 재료를 값싼 것으로 바꾸고 싶은 것이다.

"솔직히 1년 이상 걸린다고 해도 이상하지 않은 일이거든."

"기다릴게! 그만큼 걸려도 기다릴게!"

마카벨에게는 연 단위도 기다릴 만한 가치가 있는 약이다.

방심하자 이능의 제어가 느슨해져 주변에 농밀한 기척이 새어 나왔다. 얼굴을 찡그린 유지로를 보고 마카벨은 허둥지둥 이능을 억제했다.

"만들어보겠지만, 그 사이에 마냥 기다리는 것도 좀 그렇네. 그러니까 이능을 제어하는 훈련을 해보는 게 어떨까? 잘 되면 약이 없어도 괜찮을 것 같은데."

"훈련은 어떤 걸 하면 되는데?"

"나는 이능을 못 쓰니까 모르겠는걸. 그러네, 지금 할 수 있는 건 어떤 거야?"

"억누르는 거랑 많이 내보내는 거."

온 오프 같은 조절은 못 하는 데다, 늘 온으로 두는 편이 자연스럽다고 하는 상태다.

"그 둘?"

"응."

유지로는 적다고 생각했지만, 억제하는 것만으로도 큰일인 것이다. 게다가 자유자재로 쓸 수 있도록 훈련하지 않는 것이냐고 지적할 상대도 없었다.

카트루나와 피나에게 물어보면 효과적인 훈련 방법을 알 수 있을 테지만 무리인 상황이니, 결국 유지로 나름대로 생각해볼 수밖에 없었다.

"내보내는 양과 방향을 지정할 수 있도록 해보는 건 어때?"

"잘 모르겠어."

"예를 들면 안쪽에서 흘러나오는 힘의 방출을 제어하고, 머리 위로만 방출하는 거야. 그렇게 하면 주변의 생물들에게는 영향을 주지 않게 되는 게 아닐까 싶거든. 힘을 완전히 억누르는 게 아니니까 마카벨도 괴로워하지 않아도 되고."

유지로가 이미지한 것은 공이다. 제어하기가 어렵다는 것은 늘 공 안에서 공기가 계속 늘어나고 있는 상태로, 안쪽에서 밀어내고 있는 것 같은 느낌이 아닐까 생각했다. 그렇다면 작은 구멍을 내주면, 편하게 억제할 수 있지 않을까 싶었다. 구멍을 낼 방향을 앞뒤 좌우로 하면, 그 방향에 있는 생물에게 영향을 주게 될 터다. 하지만 머리 위나 지면을 향해서 방출하면 주변에 영향은 주지 않을 것이다. 아래가 아니라 위로 방출하도록 말한 것은 흙에 힘이 배어들어 식물이 말라버릴 가능성을 생각했기 때문이다.

"그런 게 가능해?"

"몰라…… 아니, 가능해. 본 적 있어."

단언했지만 본 적은 없다. 거짓말이다. 여기서 모른다고 대답해버리면 제어 실패로 이어질지도 모른다고 생각했다.

할 수 있다고 믿어버리면 정말로 성공시킬지도 모른다고 생각했다.

제어 성공으로 연결하기 위해 유지로는 더욱 말을 거듭했다.

"제어를 하기 쉽게 만드는 약도 있어. 그것도 만들게. 그러니까 열심히 연습해봐."

"알았어. 열심히 할게!"

힘을 억누르고 있는 것은 조금 힘들겠지만, 희망에 차 힘껏 고개를 끄덕이는 마카벨을 보고 유지로는 자리에서 일어섰다.

"벌써 가는 거야?"

"금방 돌아올게. 텐트라든가 가져올 거야. 여기에 머무르려면 비바람을 피할 게 필요하잖아? 그리고 머물 장소는 조금 더 저쪽, 숲의 입구까지 이동하기로 하자"

가능한 한 호수에서 떨어져 수룡에게 영향을 주지 않도록 해두고 싶었다.

"정말로 돌아와? 쫓아내려고 하는 거 아니지?"

"반드시 돌아올게."

불안해하는 마카벨의 머리를 쓰다듬고 미소를 지어 보였다. 더러워진 탓인지 머릿결은 거칠거칠했다.

이야기하는 것도 오랜만이지만, 그 이상으로 누군가가 쓰다듬어 주고 사람의 체온을 느낀 것은 훨씬 더 오랜만이라 마카벨은 간지러운 듯 기뻐하는 미소를 지었다.

유지로는 유적을 향해, 마카벨은 숲의 입구를 향해 걸었다.

3분 정도 걷자, 유지로는 등 뒤에서 마카벨이 기척 제어를 멈춘 것을 느꼈다.

"이거라면 바로 있는 곳을 알 수 있겠네."

다시 저 기척을 향해서 걸어와야 한다는 걸 생각하자 조금 우울한 기분이 되었다.

"용사에게 줬던 약도 만들까. 만나는 게 편해질 테니까."

먼저 돌아갔던 세리에와 고제로는 유적 앞에서 유지로가 돌아오기를 기다리고 있었다.

무사히 돌아온 것을 보고 모두는 안심한 기색을 보였다.

"어서 와."

"다녀왔어. 아, 지친다."

"고생했어. 힘든 때 미안하지만, 묻고 싶은 게 있어. 기척이 나오던 곳에 있던 건 혹시 마왕?"

부담이 사라지자 제대로 생각을 할 수 있었던 세리에는 이내 그 가능성에 이르렀다. 가진 힌트가 유지로보다 적은 탓에 확신까지는 못했지만.

"세리에도 눈치챘구나. 마왕이래. 용사한테서 도망쳐서 여기로 왔다고 그러네."

"마왕이라…… 무슨 목적이 있어서 온 것은 아닌가?"

고제로도 여행을 하던 때 소문 정도는 들은 적이 있었다. 성가신 자가 찾아왔다며 고제로는 심각한 표정을 지었다.

"응. 우연히 여기에 온 것 같아. 우리처럼 살 곳을 찾는 모양이야. 수룡을 깨우면 안되니까 숲에 들어오지 말라고 말해뒀어."

"한 번 기척이 줄어들던데, 무슨 일이 있었어?"

"제어해준 거야. 그편이 이야기하기 쉬우니까. 다만 계속 억누를 수는 없나 봐. 그래서 헤어진 후에 기척 제어를 멈춘 모양이고. 날뛰거나 하지는 않을 테니까, 필요 이상으로 겁먹지 않아도 될 거야."

"이 숲에서 살게 되는 거야?"

드라이어드의 물음에 유지로는 고개를 끄덕여 보였다.

"그렇게 될 것 같아요. 저 기척은 이능인 모양이고, 이능을 제어할 수 있는 약을 만들어서 주기로 했어요. 그거라면 문제는 없을 거라고 보는데, 어떻게 생각하세요?"

"그렇군…… 날뛰지 않는다, 저 기척을 마구 흩뿌리지 않는다, 이 두 가지를 지켜준다면 문제는 없다고 본다만."

유질의 물음에 먼저 답한 것은 고제로였다. 수룡을 쓸데없이 자극하지 않고, 고블린과 폭싱의 생활을 황폐하게 만들지 않는다면, 고제로가 반대할 이유는 없었다.

드라이어드도 마왕이 난폭한 짓을 하지 않는다면 환영해도 좋다고 생각했다.

"어째서 약을 만들어주기로 한 거야? 협박이라도 받았어?"

세리에는 마왕의 체재에 조금 불안해졌다. 그것이 표정에 드러났다.

"아니, 협박받은 건 아니야. 동정이라고 할까, 미안함이라고 할까."

"무슨 뜻이야?"

마왕이라는 존재에 대해 동정이나 그와 비슷한 감정을 품게 된 경위가 전혀 이해되지 않았다.

유지로는 자신의 약이 원인이 되어 부상을 당했고, 원래 살던 곳에서도 이동할 수밖에 없었다는 것을 이야기했다.

"마왕이라고 해도 너덜너덜한 모습의 열 살쯤 되는 여자아이야. 게다가 내가 원인이라는 걸 알고 나니 쫓아낼 수 없었어."

"겉모습은 그래도, 벌써 수십 년 단위로 살아 있거든? 여기가 아니어도 살아갈 수 있는 강함은 있을 거라고 생각하는데."

"수십 년? 아, 그러고 보니 마왕은 그렇게나 오래전부터 존재가 확인되었던가? 그렇게나 오래 산 것처럼은 보이지 않았는데. 세리에도 직접 보면 그런 나이로는 안 보일 거야."

실제 나이를 알았어도, 유지로는 마카벨이 그렇게나 오래 살아왔다고 생각할 수 없었다.

"직접 보다니, 가까이 가지 않을 거야."

"그건 용사에게 줬던 약으로 어떻게든 될 거라고 생각해. 식량을 주러 갈 때라든가, 같이 가면 돼."

"또 만나러 가는 거야?"

"혼자는 외로울 테고, 식량을 찾아서 숲을 어슬렁거리면 곤란하잖아."

"혼자? 그러고 보니 아무도 접근하려 하지 않는다고 했지."

아버지가 죽은 후의 일을 떠올리고, 느끼는 바가 있었는지 세리에는 생각에 잠겼다.

"그런 상황이니까, 마왕은 숲 동쪽 입구 근처에서 머물게 될 거야."

"음, 알았다."

일단 정리되었다고 판단한 고제로는 집락으로 돌아갔다. 드라이어드도 오늘은 그만 돌아가겠다며 슈피니아와 함께 본체인 나무로 돌아갔다.

유지로는 텐트와 모포 등, 여유분이 있는 생필품을 찾아내 배낭에 채워 넣었다. 옷은 세리에의 것을 두 벌 정도 받아 가고 싶었다. 유지로의 옷 중에서는 사이즈가 맞는 게 없을 것 같았기 때문이다. 하지만 세리에가 아직 생각에 잠겨 있어 다음 기회에 하기로 했다. 셔츠라면 다소 헐렁헐렁해도 괜찮으리라 생각해 자신의 것을 두 벌 챙겼다.

"그럼 다시 한번 갔다 올게."

"다녀오세요."

"왕!"

세리에 대신에 퐁과 바인이 인사해주었다.

빠른 걸음으로 한 번 지나온 길을 나아가, 기척을 따라 마카벨을 찾아냈다.

"게임에서 대미지를 받으며 나아간다는 게 이런 느낌일까? 서둘러서 용사에게 줬던 약을 만들어야겠어."

한 걸음 내디딜 때마다 줄어드는 체력에 그런 감상을 떠올렸다.

마카벨의 모습이 보이게 되었을 때 유지로는 거기서 말을 걸어서 기척을 누르게 했다.

약속대로 돌아온 유지로의 모습을 보고 마카벨은 환한 표정으로 기척을 제어했다.

"가져왔어. 지금부터 텐트를 칠 테니까 기다려줘."

"응!"

지면에 쌓인 눈을 치우고 익숙한 손놀림으로 텐트를 금세 쳤다.

지붕 없는 생활, 나무 구멍 안에서 살았던 마카벨에게 있어 텐트는 충분하고도 남을 정도의 집이었다.

완성된 텐트에 바로 들어가 누워보거나 하며 앞으로의 생활을 상상한 마카벨은 즐거운 분위기를 띠었다.

텐트가 단단히 잘 쳐졌는지 확인한 유지로도 안으로 들어갔다.

"가져온 걸 일단 확인할게."

"응."

"이건 모포. 사용법은 설명하지 않아도 되겠지? 이쪽이 셔츠. 입고 있는 옷은 너덜너덜하니까 일단 이걸 입어. 나중에 사이즈가 맞는 옷을 준비할게. 이게 봐. 마실 물을 넣어두거나, 세수할 물을 넣어두면 돼. 일일이 마법으로 만들어내는 건 귀찮을 테니까."

"나, 마법 못 써."

"……뭐? 마왕이잖아? 마법 잘 쓰는 거 아냐? 아니, 이것도 내 선입관인가."

이능을 쓴다고는 들었지만, 마법에 관해서는 아무 말도 듣지 못했다. 마왕이라는 이미지에 당연히 쓸 수 있으리라 생각한 것이다.

"마실 물 같은 건, 샘이나 강에서 조달했어?"

"응."

"밤도 달빛에 의지해 지냈어?"

"응."

빛 마법도 불 마법도 쓰지 못하고, 달이 구름에 가려진 어둠 속에서 혼자 지냈을 모습을 떠올려본 유지로는 자신이라면 그런 생활은 견디지 못하리라 생각했다. 벌레 소리, 새 울음소리, 짐승 소리, 어둠 너머에서 들려오는 모든 것들이 불안을 자극할 것 같았다.

마카벨에게 있어 그런 소리는, 혼자가 아니라고 마음을 달랠 수 있는 것이지 불안해지는 것은 아니었다.

늘 누군가와 함께 있던 자와 오랜 시간을 홀로 보낸 자의 차이이리라.

그래서 마카벨에게는 이런 별것 아닌 대화조차도 무척이

나 기쁜 일이었다.

"지금부터 간단한 마법을 가르쳐줄게. 여러모로 편리할 거야."

"고마워."

바인과 퐁에게 가르쳐주었듯, 사용법을 설명했다. 말이 통하는 만큼 설명은 편했다.

유지로가 시범 삼아 빛 마법을 쓰고 마카벨에게도 해보게 했더니 단번에 성공했다.

"한 번에 쓰게 되다니 대단하다. 말로 설명하는 것만으로는 마력이란 걸 이해하기 어렵다고들 하는데."

"몸 안에 뭔가가 있다는 건 알고 있었어. 그 무언가랑 빛에서 느껴지는 게 같아서, 그걸 움직이면 되는 거라고 생각했어."

그 무언가는 잘 알 수 없는 것일 뿐이었기 때문에 사용하지 않았던 것이다. 어느샌가 있는 것이 당연하게 되었고, 신경 쓰이지 않게 되었다.

"다음은 물 마법인데, 여기서 쓰면 바닥이 물에 젖을지도 모르니까, 밖으로 나가자."

물과 작은 불 마법을 가르쳐주고 텐트 안으로 돌아왔다. 양쪽 모두 역시나 단번에 성공했다.

다시 가져온 물건들 설명으로 돌아가, 빠르게 마무리했다. 슬슬 제어가 힘들어지고 있는 것 같았다.

"오늘은 이만 돌아가야겠다. 내일 또 마법을 가르쳐주러 올게."

"조금 더 참을 수 있어."

더 함께 있고 싶다고, 유지로의 소매를 꾹 잡아당기며 흡뜬 눈으로 바라본다.

"그렇게 말해도, 괴로워 보이거든."

마카벨의 손을 살짝 쥐고 손가락을 떼어냈다. 하나 하나 손가락이 움직여질 때마다 마카벨의 표정은 어두워져갔다.

"내일 또 보자."

"꼭 와야 해. 꼭이야."

유지로는 고개를 끄덕이고 텐트를 떠났다.

혼자가 된 마카벨은 손이 닿았을 때 느껴졌던 온기의 여운에 잠겼다.

10분 이상 손을 끌어안은 후, 이능 제어 훈련을 시작했다. 잘 제어되지 않은 채, 시간이 흐르고 날이 저물었다. 저녁부터 구름이 많아지더니 달이 가려지고 말았다.

"빛나라."

배운 마법을 써서 텐트 안을 밝게 했다.

어둠이 사라지자 기분도 조금 나아졌다. 한동안 빛을 바라보고 있던 마카벨은 음식도 가져다주었다는 것을 생각해냈다. 천에 싸여 있던 빵과 건과일을 먹었다.

"배불러."

유지로는 두 끼 먹을 양을 가져왔다. 하지만 마카벨은 한

끼도 안 되는 양을 먹고 배불러 했다. 평소 배부르게 먹지
못한 탓에 소식을 하게 된 것이다.

저녁 식사를 마치고, 다시 이능 단련으로 돌아갔다. 하지
만 마법처럼 잘되지는 않았다. 끌어모았다가 방출하는 것
을 반복할 뿐인 상태가 되었다.

이윽고 집중력이 떨어져 잘되는 마법으로 관심이 옮겨갔
다. 물도 불도 텐트 안에서는 쓸 수 없기 때문에 빛 마법을
몇 번이나 쓰며 시간을 보내다 졸음을 느낀 마카벨은 모포
로 몸을 말고 잠들었다. 겨울에도 따뜻하게 잘 수 있다는 사
실에 마음도 따뜻해졌다. 그렇게 마카벨은 기분 좋은 수마
에게 이끌려 갔다.

마카벨과 헤어진 유지로는 약에 필요한 재료를 모으며 유
적으로 돌아갔다.

유적 앞에서는 생각을 멈춘 세리에가 훈련을 하고 있었
고, 그 근처에서 바인과 풍도 마법 훈련을 하고 있었다.

모두가 어서 오라며, 돌아온 유지로를 맞아주었다.

"그거, 이능을 억누르는 약의 재료야?"

유지로가 들고 있는 것을 가리키며 세리에가 물었다.

"그것도 있고, 용사에게 건넸던 약재료도 있어. 이게 완
성되면 함께 가지 않을래?"

그 외에도 또 한 종류의 약재료도 모았다. 마카벨에게 이
능 제어에 도움이 된다고 거짓말을 했던 약의 재료다.

"괜찮지만, 어째서?"

세리에가 유지로의 제안을 받아들인 것은 마왕의 처지를 생각해보고 조금 이야기해보고 싶어졌기 때문이었다.

"그 애 온몸이 더럽고, 조금 냄새도 나. 그래서 씻겨줬으면 해."

마카벨도 강과 샘에서 씻고 있기는 했지만, 깨끗이 씻지는 못하고 있었다. 게다가 지금은 추운 날씨다 보니 아무래도 서둘러 끝내게 되었고, 그러다 보니 더 대강 씻고 마는 것이었다.

"비누 마법을 모르는 거야?"

"마법을 하나도 쓰지 못했었나 봐. 몇 개 가르쳐주고 왔어."

전부 단번에 성공시켰다는 말을 듣고 바인이 부러운 듯 자그맣게 울었다. 유지로는 미소를 머금고 위로하듯이 바인의 머리를 쓰다듬었다.

"또 안 입는 옷이 있으면 줬으면 좋겠어. 나도 주고 왔어."

"알았어. 준비해둘게. 내일 갈 거야?"

"내일 점심 전에는 완성되려나?"

다음 날, 점심을 먹고서 출발하기로 했다.

오전에는 평소처럼 퐁의 수업 등을 하며 보냈고, 오후에 약을 들고 나섰다. 바인과 퐁은 집을 보기로 했는데, 그 사이에 사냥을 다녀올 셈인 듯했기에 능력 상승약을 건네두었다.

이것저것 짐을 든 유지로와 세리에는 동쪽의 숲 입구로 향했다. 이윽고 세리에가 더 나아갈 수 없게 되자 그 지점에서 약을 마셨다.

"마왕의 힘에도 제대로 효과가 있구나. 엄청 편해."

세리에는 감탄하며 몸을 움직여보고 있었다. 조금 전까지 느껴졌던 나른함이 전혀 없었다. 이런 효과라면 용사들도 분명 힘이 넘쳤으리라고, 두 사람은 생각했다.

발걸음 가볍게 텐트로 향했다. 마카벨의 기척은 텐트 안에 있었다.

"들어갈게."

말을 걸고서 입구를 열었다. 무심히 텐트 안을 보고 유지로와 세리에는 입을 반쯤 벌리고 멍해졌다.

"이게 뭐야?!"

텐트 안은 밝은 동물원 같은 느낌이 되어 있었다.

새가 있고, 나비가 있고, 개가 있고, 사슴이 있었다. 어쩐지 윤곽이 흐릿했지만, 동물이라는 것을 알 수 있었다. 그 전부가 빛으로 되어 있었다.

나타나자마자 놀라 소리를 지른 유지로를 보며 마카벨은 깜짝 놀란 표정을 지었다.

"마, 마카벨. 이게 뭐야?"

"빛 마법인데?"

"빛 마법으로 이런 걸 할 수 있던가?"

세리에에게 물었지만, 세리에도 알지 못해 고개를 저었다.

"어떻게 하면 그렇게 되는 거야?"

"그냥 왠지 모르게 할 수 있지 않을까 싶어서 해봤더니 됐어."

"왠지 모르게 할 수 있는 게 아닐 것 같은데. 역시 마왕이라고 해야 하려나."

여기에는 두 개의 요인이 있었다. 마법은 이미지에 의지하는 부분이 있다. 그리고 마카벨은 언제나 상상했던 것이다. 때때로 발견한 동물들과 함께 노는 것을. 실제로는 가까이할 수 없기 때문에 욕구는 커져만 갔고, 오랜 시간에 걸쳐 상세한 이미지가 완성되었던 것이다. 그 이미지가 현재 상황에 큰 영향을 끼치고 있었다.

또 하나의 요인은 그녀의 마법 재능이 뛰어나다는 점이다. 기본을 안 것만으로 응용을 감각적으로 해낼 수 있는 재능이 단시간에 기존의 마법에서 새로운 마법을 만들어내는 것을 가능하게 했다.

지금은 마력과 재능에 맡긴 거친 기술이지만, 몇 번이고 몇 번이고 쓰면서 새로운 마법을 파악하게 된다면, 세세한 부분까지 분명하게 모습을 만들어낼 수 있게 될 것이다.

"당신은 누구?"

새로운 손님을 발견한 마카벨은 불안과 기대가 뒤섞인 시선을 보냈다.

그 시선에 세리에는 지금까지 갖고 있던 마왕의 이미지가 들어맞지 않는다고 느꼈다. 유지로와 마찬가지로 세리에도

마왕에게서 오래 살아온 삶의 무게를 느낄 수 없었다. 앞으로 접촉을 가질 것인지 말 것인지는 역시 이야기해보고 정하자고 생각했다. 이전의 자신이라면 이야기를 나눈다는 선택지는 고르지 않았을 것이다. 여유 있는 지금의 자신에게 신기함을 느끼기도 했다. 좋은지 나쁜지를 따지자면, 좋은 변화라고도 생각했다.

"나는 세리에. 유지로의…… 파트너?"

동료보다는 그쪽이 가깝다고 생각했다. 하지만 딱 잘라 말하기는 어쩐지 부끄러워 의문형이 되었다.

"나는 마카벨. 그러고 보니 힘을 멈추고 있지 않은데, 괜찮아?"

두 사람이 아무렇지 않은 얼굴을 하고 있었던지라 힘의 제어를 잊고 있었다.

"버틸 수 있는 약을 만들었으니까, 한동안은 괜찮아. 하루 종일 계속되는 건 아니지만."

"그렇구나!"

어제보다도 오래 머물 수 있으리라며 목소리에 힘이 넘쳤고 표정도 밝아졌다.

"세리에, 일단 몸단장을 부탁할게. 나는 밖에서 물을 데우고 있을 테니까."

"맡겨줘."

유지로는 불 마법을 써서 커다란 돌에 열을 가했다. 돌이 뜨거워질 때까지 통에 물을 채우고, 돌을 안에 넣어서 물을 데웠다.

세리에에게 따뜻한 물이 준비되었다는 것을 알리고 텐트 입구 앞에 둔 다음 유지로는 텐트에서 거리를 두었다. 세리에의 알몸에는 흥미가 많지만, 마카벨의 알몸에는 흥미가 없었다.

물이 데워지는 사이에 세리에는 젖은 천으로 마카벨의 얼굴을 닦아주고 있었다. 몇 번이고 닦아내자 때가 지고 윤기가 돌았다.

"따뜻한 물이 준비된 것 같으니까, 옷 벗어줄래?"

"응."

유지로에게 받은 셔츠를 벗은 마카벨의 몸 여기저기에는 론타 일행에게 베인 흔적이 남아 있었다. 아프지는 않은지 물에 적신 천이 닿아도 반응은 없었다.

한 번 따뜻한 물만으로 몸 전체를 닦았고, 다음으로 비누 마법을 써서 몸을 닦아 더러움을 꼼꼼하게 제거했다.

세리에는 마카벨을 씻겨주며 지금까지 어떤 생활을 했는지 물었다. 사람들에게 쫓겨 산에 숨은 일. 산의 생물과 나무들이 죽어가서 산기슭의 마을 사람들에게 쫓겨난 일. 사는 곳을 바꾸고 쫓겨나는 일을 반복하며 방랑하고, 결국에는 나라에서 쫓겨나 무관리지대에 자리 잡은 일. 한동안 평온한 생활이 이어지다 론타 일행이 나타난 일. 그리고 공격을 받아 도망친 일.

이야기를 듣는 사이에 자신과 겹쳐지는 부분도 있어서인

지, 세리에는 못 본 척할 수 없다는 마음을 품었다. 동시에 자신도 비슷한 생활을 보냈을 가능성도 있었다고 생각했다. 그랬다면 마카벨만큼 강하지 않은 자신은 길에서 쓰러져 죽었으리라는 것도 쉽게 상상이 되었다.

적의, 해의를 보내지만 않는다면, 접촉을 갖는 것에 이론은 없었다.

"응, 깨끗해졌어."

"고마워. 에취."

몸이 식어 작게 재채기를 했다.

세리에는 마카벨에게 셔츠와 자신의 바지를 입혔다. 양쪽 모두 컸지만, 소매를 접어 올리고 벨트로 조여서 어떻게든 모습을 갖추었다.

"입고 있던 옷은 어떡할래? 빨아도 깨끗해지지 않을 것 같은데, 버려도 될까?"

"......응."

잠시 망설인 후에 고개를 끄덕였다. 많지 않은 자신의 물건에 나름대로 애정이 있었다. 그러나 찢어진 곳을 보고 있으면 론타 일행이 떠오르고 만다. 어떻게 할까 망설인 끝에 유지로와 세리에가 있으면 괜찮다고 생각해 버리기로 했다.

"다음은 머리카락도 조금 자르도록 할까? 이대로는 너무 길어. 그래도 돼?"

"응."

망토를 바닥에 깔고 마카벨에게 그 위에 앉으라고 했다. 등 뒤로 돌아 머리카락에 가위를 가져다 댔고, 사각사각 어쩐지 차분해지는 소리가 울렸다.

엉덩이 아래까지 자랐던 머리카락은 허리 조금 위쪽까지의 길이가 되었다.

"일단 완성이야. 밖에 나가서 머리카락을 털고 와."

마카벨은 고개를 끄덕이고, 텐트를 나갔다. 세리에도 망토를 접어 들고 밖으로 나왔다.

"도와줄게. 깔끔해졌네."

유지로는 머리카락을 털고 있는 마카벨에게 다가가 아직 털지 못한 부분을 털어주었다.

부랑자에서 좋은 집안의 아가씨 같은 느낌으로 변한 마카벨을 본 유지로는 놀란 기색이었다.

그저 씻기만 했는데 이 정도라니. 몸 상태가 완전히 돌아오고 세리에가 쓰는 화장품 등을 쓰면, 얼마나 변하게 될지 멍하니 생각했다.

머리카락을 다 털어낸 마카벨에게 세리에가 다가와 신경 쓰이는 부분을 조금 더 자르는 것으로 완성이 되었다.

"이걸로 다 됐어."

"점심 가져왔으니까 먹도록 해. 그다음에 마법을 가르쳐줄게."

셋이서 텐트에 들어가 가져온 샌드위치를 건넸다. 양손으로 받아 들고 냠냠 먹는 모습을 지켜보고 있으려니, 마카벨이 절반 정도를 먹고 멈추었다.

이상하다는 듯 세리에가 이유를 물었다.

"더 안 먹는 거야? 혹시 맛이 없었어?"

"맛있었어. 하지만 배불러."

"그 정도로 배가 부르다니, 혹시 어제 가져온 것도 아직 남아 있어?"

"응."

받아두었던 음식을 꺼냈다. 두 사람은 그것을 보고 다음 부터는 조금 적게 가져오는 게 좋겠다고 생각했다.

점심 식사를 마치고, 오늘 쓴 비누 마법 같은 생활에 도움 이 되는 것을 중심으로 마법을 가르쳐주었다.

"슬슬 약 효과가 떨어질 때가 됐으니까 그만 돌아가야 할 것 같아."

세리에는 조금씩 몸 상태가 달라지는 것을 느꼈다.

"또 올 거지? 응?"

다시 유지로의 소매를 꼭 잡으며 묻는다.

"올 거야. 밥을 주러 와야만 하잖아."

돌아가기 전에 할 일이 있다며, 유지로는 주머니에서 가 루약을 꺼내 컵에 넣고 물에 탔다.

"이걸 마셔줄래? 어제 말했던 이능을 제어하기 쉬워지는 약이야."

유지로가 내민 컵을 마카벨은 아무런 의심도 없이 받아 들어 마셨다. 박하처럼 산뜻한 맛으로, 마카벨은 잘 못 먹는 맛이었다.

"억제 쪽은 어떻게 되고 있어? 어제오늘 큰 진보가 있거나 하지는 않을 테지만."

"어려워. 생각하는 대로 안 돼."

마카벨은 풀죽은 듯 표정을 흐렸다. 실마리도 잡지 못하고 있어서, 이걸로 정말 제어할 수 있게 될지 불안했다.

"그렇구나. 하지만 괜찮아. 제어할 수 있어. 제대로 제어한 사람을 본 적 있으니까. 하면 할 수 있어. 매일 단련을 계속하면 여기서 혼자 지내지 않아도 돼."

"두 사람이랑 계속 함께 있을 수 있게 돼?"

"돼. 반드시."

"열심히 해."

세리에가 어깨를 두드리자 마카벨은 힘차게 고개를 끄덕였다.

"그 자세야. 안 될 리 없으니까, 힘들어도 포기하지 마."

"힘낼게!"

"함께 지낼 수 있게 되기를 기대할게."

자신만이 아니라 유지로도 그렇게 생각해주었다는 사실에 마카벨은 기뻐졌다. 반드시 제어할 수 있게 돼서 함께 있겠다며 기합을 넣었다.

두 사람은 기합 넘치는 마카벨과 헤어져 유적을 향해 걸었다.

32 마왕의 새로운 생활

"유지로."

마카벨에게서 충분히 떨어진 위치에서 세리에는 입을 열었다.

"왜?"

"뭐라고 할까, 확신은 없는데. 약을 마시게 한 후에 좀 억지스럽다고 할지, 부채질하는 것 같다고 할지. 그런 느낌이 들었는데."

"들켰어? 확실히 부채질했지."

"어째서?"

"제어를 성공시키기 위해서. 그건 이능에 관한 약이 아니라, 세뇌하는 약? 조금 다른가? 다른 사람의 말을 쉽게 믿게 되는 약이거든."

세뇌라고 할 정도로 강력하지는 않다. 강한 의심을 품고 있으면 효과는 발휘되지 않는다.

그 약을 건넨 시점에서 마카벨이 의심을 품는 일은 없으리라고 생각했다. 표현은 나쁘지만, 약점을 파고든 형태다. 함께 지낼 수 있다는 희망도 보여주었으니 자신의 말을 의심할 가능성은 무척이나 낮을 것이다.

"그런 약을 쓸 필요가 있었어?"

"마카벨의 능력이니까, 제어하지 못할 리 없다고 생각했어. 지금은 휘둘리고 있는 것 같지만 진심으로 할 수 있다고 믿고 노력하면 제어할 수 있지 않을까? 그걸 돕기 딱 좋겠다고 생각해서 준 거야."

어느 정도 효과를 낮추어 만들었으니 맹목적으로 믿게 되는 일은 없을 것이다. 어디까지나 등을 살짝 밀어주는 정도의 도움이 되었으면 하는 마음이었다.

하지만 그 도움은 유지로의 예상을 넘는 일을 일으켰다. 사이좋게 지내주고, 도와주고, 믿어주었다. 그것은 마카벨의 마음에 강한 영향을 주고 말았다. 각인에 가까운 호의가 발생한 순간이었다.

그것을 예감했는지 세리에는 고개를 갸우뚱하며 "으음" 하고 작게 신음했다.

기합이 충분히 들어간 단련이 시작되었고, 감에 맡긴 상태에서도 마음 내키는 대로 돌진한 마카벨은 15일 정도 만에 실마리를 잡았다. 그때까지의 답보 상태가 거짓말이었던 것처럼 이능을 제어해냈다. 약 덕분이기도 했지만, 제일 큰 이유는 역시 누군가와 함께 지낼 수 있다는 상이 기다리고 있었기 때문이리라. 노란 달 초에는, 유지로 일행이 약을 먹지 않아도 문제없을 정도로 제어해 보였다. 자고 있을 때도 힘을 흘려보내는 일이 없게 되었고, 숲 입구에서의 생활을 끝내게 되었다.

"오늘부터 유적에서 생활해도 괜찮을 것 같은데, 세리에는 어떻게 생각해?"

"제어할 수 있으니까, 나도 반대는 하지 않아."

지금 두 사람은 힘을 막는 약 없이 마카벨 옆에 있었지만 몸 상태가 나빠지는 일은 없었다.

"정말? 정말이야?"

만세, 하고 크게 기뻐하며 유지로에게 안겨든다. 안겨들 때에는 힘을 순식간에 체내로 억제하여 피해가 나오지 않도록 하고 있다. 이러한 부분에서도 성장의 흔적이 보였다.

"네네, 어서 텐트를 정리하고 유적으로 돌아가자."

세리에는 그렇게 말하면서 마카벨을 유지로에게서 떼어 놓았다. 때때로 나오는 마카벨의 스킨십에 세리에는 마음 한구석을 자극받는 기분이었다.

떨어진 마카벨은 네, 하고 순순히 대답하고 적은 짐을 정리하기 시작했다.

짐을 넣은 토드백을 든 마카벨이 밖으로 나오자 유지로와 세리에는 텐트를 정리했다.

"얼른 가자!"

유지로와 세리에의 손을 잡은 마카벨은 숲으로 나아가려 했다. 그런 마카벨을 유지로가 제지했다.

"그 전에 밭 상황을 보러 가자. 이 시간이면 영감님도 있을 테니까, 인사를 해두는 것도 나쁘지 않을 거야."

"영감님이 누구야?"

"고블린의 대장. 폭싱이라는 마물과도 협력해서 밭을 만들고 있어."

교류는 깊어졌고, 유지로는 고제로를 이름이 아니라 영감님이라고 부르게 되었다.

"마물? 안 무서워?"

"마물보다 무서운 마왕이 무슨 말을 하는 거야? 적대하지 않으면 저쪽도 평범하게 대해줄 거야."

숲에 온 지 얼마 안 되었을 무렵의 세리에에게서는 나오지 않았을 말이리라. 그만큼 이곳의 생활에 익숙해졌다는 뜻일까? 여러 마물과 만나고, 마왕과도 아무렇지 않게 접하고 있으니 익숙해질 만도 하리라. 수룡 앞에 설 배짱이 생겼는지는 알 수 없지만.

참고로 마카벨은 마물을 무서워하지만, 직접 피해를 입은 일은 없다. 마카벨의 이능을 경계하여 다가오지 않았던 것이다. 그렇다면 어째서 무서워하는 것이냐고 묻자, 어릴 때 아직 누군가와 함께 있었을 때에 마물은 무서운 것이라고 배웠기 때문이라고 했다. 선입관으로 무서워한다는 부분은 유지로가 전에 유령을 무서워했던 것과 비슷했다.

세 사람은 손을 잡은 채, 숲의 가장자리를 따라서 남쪽으로 이동했다. 눈이 녹기 시작했다. 아마 열흘 정도 지나면 전부 녹아 없어지리라.

30분 정도 걸어가자, 농기구를 든 고블린들이 일하는 모습이 보였다. 그중에 커다란 몸집의 고블린도 있었다.

밭은 눈이 내리기 전보다 더 넓어졌다. 그에 맞춰 마물과 짐승 대책을 위한 울타리도 설치하기 시작했다. 울타리는 유지로가 심심풀이 삼아 만들어 완성한 벽돌을 폭싱들이 흙

내 낸 것을 쓰고 있다. 이 벽돌은 집락 쪽에서도 쓰이기 시작했고, 배고픈 마물의 공격을 막을 수 있지 않을까 하는 기대가 높아지고 있었다. 유지로가 만든 것은 흉내만 냈을 뿐인 벽돌인지라, 그것을 폭싱들에게 전할 때 완전한 것을 만들어내는 걸 목표로 삼아도 괜찮지 않겠느냐고 말해두었다. 새로운 개발에 폭싱들은 즐거워하며 소리를 질렀다.

키트레제를 통해 얻은 지식도 전달해 계절에 맞춘 채소와 과일을 심을 수 있도록 했다. 채소만이 아니라 성장 촉진제 같은 약의 재료도 키우기 시작했다.

더듬더듬이지만 인간의 말을 하는 고블린들에게 인사를 받으며, 고제로에게 다가갔다.

고제로는 밭 끝에 있었다. 그곳에는 윗부분이 부서진 바위가 있었는데, 그 아랫부분은 아직 땅속에 묻혀 있었다. 고제로는 그 바위에 올라 주먹을 쥐고 눈을 감고 있었다.

유지로 일행이 접근하기 전에 눈을 감은 고제로가 주먹을 바위에 때려 넣었다. 바위가 부서지는 소리가 밭 전체로 퍼졌다.

"영감님. 의욕 넘치네."

"응? 약사인가."

"마술에 익숙해졌나 보네."

"바위를 부수는 정도라면. 젊을 때는 마술 없이도 간단히 했는데 말이다. 많이 쇠했다."

"이명을 가진 마물이니까, 그 정도는 할 수 있었겠지."

아버지에게 들었던 고제로의 이야기를 떠올린 세리에는 바위를 부순 것에 그리 놀라지 않았다.

고제로가 부순 바위 위에서 물러나자, 고블린들이 바위를 밭 밖으로 운반했다. 그 바위 안에서 화정(火晶) 등이 나왔고, 유지로는 나중에 받으러 가기로 했다.

"그 인간 아이가 이야기로 듣던 마왕인가?"

"맞아. 유적에서 살 수 있게 되어서 얼굴을 보여줄까 하고."

"처, 처음 뵙겠습니다."

생김새가 보기 좋다고는 말할 수 없는 고제로에게 겁을 먹은 듯, 마카벨은 유지로의 등에 숨어서 인사를 했다.

"앞으로 잘 부탁한다."

"자, 잘 부탁해."

이것이 그 기척의 주인인가 하고 고제로는 고개를 갸웃거렸다. 힘의 크기는 어렴풋이 알 수 있었다. 그러나 그때의 기척이 느껴지지 않았다. 유지로 일행이 거짓말을 할 이유는 없으니 마카벨을 얕보지는 않았다. 시험 삼아 기척을 내보여 달라고 해볼까 하는 생각을 했지만, 입 밖으로 내지 않고 멈추었다.

여기서 그 기척을 발하면 고블린들이 키우고 있는 채소에 피해가 생긴다. 이제야 다들 밭일에 익숙해지기 시작해 키우는 채소에 애착을 갖고 있다. 그것이 시들면 마카벨이 원망을 받게 된다. 쓸데없는 원한을 낳을 필요는 없다며, 언젠가 보여줄 그때를 기다리기로 했다.

"밭의 진척 상황은 어때?"

"빠르게 수확하는 것 외에 천천히 키우는 쪽도 시작했다. 다른 자들도 작업에 조금씩 익숙해지고 있는 모양이야."

"순조롭게 진행되면 좋겠는데."

"그러길 바란다. 앞으로를 위해서도."

생활이 윤택해지고, 고블린과 폭싱의 수를 늘릴 수 있는 기회다. 실패하고 싶지 않다고, 고제로는 진심으로 생각했다.

유지로 일행은 약의 추가 주문을 받고 유적으로 돌아갔다. 돌아가는 길에 이전에 치료해주었던 하피가 말을 걸어왔다. 그녀는 이 숲에서 살기로 했다. 상처가 생기거나 병에 걸렸을 때 바로 대처할 수 있기 때문이라는 것이 그 이유라고 한다.

"안녕하세요. 약사님, 세리에 님."

나무 위에서 내려와 아름다운 목소리로 인사를 한다. 하지만 또 병에 걸리기라도 한 것인지 안색이 나빴다.

"안녕. 안색이 나쁜데, 또 어디가 아픈 거야?"

"아뇨, 방금 잠깐 기분이 안 좋아진 것뿐이에요. 벌써 괜찮아지기 시작했고요."

"……아, 마카벨의 진로 상에 있었던 건가."

지금도 마카벨의 상공을 향해 힘을 방출하고 있다. 그것이 나무 위에 있던 하피에게 닿은 것이리라. 영향이 적었던 것은 제대로 접촉한 것이 아니라 스쳤기 때문일까? 한데 모아 방출하고 있기 때문에 직접 닿으면 기분 나빠지는 정도로는 끝나지 않는 것이다.

"무슨 뜻인가요?"

"이 아이는 이능을 갖고 있거든."

어떤 이능이고 지금 어떠한 상태인지를 설명했다.

"그런 거였나요?"

"저기, 죄송해요."

"신경 쓰지 않아도 돼요. 불행한 사고인걸요. 나는 하피인 히아. 잘 부탁해요."

"잘 부탁합니다."

사람과는 다른 모습이지만 고제로처럼 무서운 외모는 아니기 때문인지, 겁먹지 않고 답했다.

특별한 용건 없이 인사만 하려던 것이었는지 히아는 세 사람에게 미소를 지어 보이고 산책을 위해 날갯짓을 했다.

히아와 헤어진 세 사람은 유적에 도착하자 바인과 퐁이 맞아주었다.

"바인, 퐁!"

바인의 모습을 본 마카벨이 기쁜 듯 달려갔다. 바인과 퐁도 두 번 정도 유지로와 동행하여 마카벨과 만났었다. 동물과 어울리는 것을 기대하며 지냈던 마카벨은 약을 먹어 접근해도 아무렇지 않게 된 바인과 퐁과 놀 수 있어 기뻤다. 바인 쪽도 마카벨에게 적의가 없다는 것을 이해하고, 바로 경계를 풀고 함께 놀았다. 퐁은 겁이 많은지라 바로 익숙해지지는 않았지만 두 번째의 마지막 무렵에는 어찌어찌 이야기를 나눌 수 있게 되었다.

"오늘부터 유적에서 살게 되었어. 아직 무서울지도 모르지만, 조금씩 적응해줄래?"

"응. 노력할게."

여전히 조금 겁먹은 표정으로 퐁이 고개를 끄덕였다. 그 표정 그대로 유창해진 말로 손님이 와 있다는 것을 알렸다.

"하인드 씨가 왔어."

"또 심심풀이인 건가?"

하인드는 키트레제가 약을 필요로 하지 않게 되었어도 때때로 과자 등을 들고 놀러 오곤 했다. 실력 좋은 약사와 연줄이 끊어지지 않도록 하라고 주인에게 명령을 받았던 것이다.

다 함께 거실에 들어가자 하인드는 퐁이 끓여준 차를 마시고 있었다.

"어서 오십?!"

방에 들어온 유지로 일행을 본 하인드는 경악한 표정을 보였다.

"다녀왔어, 아니 왜 그래? 그렇게 놀란 얼굴을 하고."

"그그그분은 누구십니까?!"

하인드의 시선은 마카벨에게 고정되어 있었다. 시선에는 경외의 감정이 담겨 있었다.

공포가 아닌 존경의 시선 같은 건 처음 받아본 마카벨도 어찌하면 좋을지 알 수 없어 유지로의 옷을 움켜쥐었다.

"설명하기 전에, 왜 그렇게 놀라고 있는지 물어도 될까?"

"압도적인 마력입니다. 무릎을 꿇고 싶어질 정도군요."

마력이 많은 자의 피를 좋아하는 흡혈귀가 피를 빨고 싶다는 생각조차 하지 않았다. 느껴지는 마력의 풍부함에 그런 생각을 하는 것조차 불경하다고 느꼈다. 섬기는 자가 없었다면 주인으로 모시겠다면서 바로 무릎을 꿇었을 것이다.

"이 아이는 마왕이라고 불리는 존재야."

"분명 평원의 민족에게서 때때로 태어나는 돌연변이를 그리 불렀지요. 그런 존재가 있다는 것은 몇 번인가 들은 적이 있습니다만 직접 마주하는 것은 처음입니다. 이 정도일 줄은."

"그렇게까지 놀랄 만한 존재인 거야?"

세리에의 물음에 하인드는 고개를 끄덕였다.

"예. 흡혈귀라면 모두가 같은 마음을 가질 겁니다. 왕으로 군림하겠노라 이분이 그리 말씀하신다 해도 반론은 나오지 않을 겁니다."

"그 정도구나."

힘의 강하다 해도 타종족이다. 그런데 반론이 적을 거라고 진지한 표정으로 예측하는 하인드를 보며 유지로와 세리에는 마카벨의 높은 잠재능력을 엿본 듯한 기분이 들었다. 마카벨이 흡혈귀를 부리는 모습은 상상되지 않았지만.

"마카벨에 관한 건 일단 제쳐두고, 오늘은 무슨 용건이야? 아니면 그냥 놀러 온 거야?"

"얼굴을 뵙고 인사를 드리고자 왔습니다. 또 큰 어르신이 허리를 다치셔서 그 약을 받아갔으면 합니다."

"허리 다친 흡혈귀라니."

세리에가 무심코 어이없어하는 목소리를 냈다.

"이미 노령이라고 해도 좋은 나이시니 그런 일도 생기지요."

"마법약이 아니라 평범한 약이라도 괜찮은 거지?"

"예."

"그렇다면 바로 만들 수 있어. 잠깐만 기다려."

유지로가 퐁을 데리고 밖으로 나갔다. 퐁에게 설명을 해가며 유적 주변의 들풀에서 재료를 찾았다.

분말로 만든 풀을 일정 비율로 섞은 뒤 뜨겁게 달군 돌그릇에 넣어 볶는다. 작은 접시에 옮겨 담아 열을 식히고, 기름으로 섞어서 병에 담는다.

이 정도라면 슈미센가에 있는 약사도 할 수 있을 테지만, 어떠한 약을 가져올지 약사 자신도 흥미가 있는지라 유지로를 의지하는 것에 끼어들지 않았다.

"천을 이 약에 적셔서 환부에 붙여두면 괜찮을 거야."

"괜찮으시다면 레서피도 받을 수 있겠습니까? 우리 약사가 흥미 있다고 말하더군요."

알겠다며 고개를 끄덕이고 하인드가 내민 종이에 빠르게

레서피를 적어 넣었다.

"다 됐어."

"고맙습니다."

받아 든 종이를 주머니에 넣고, 유지로 일행과 조금 이야기를 한 다음 하인드는 저택으로 돌아갔다. 이번에는 서둘러 돌아가야 하는지, 준비해두었던 새의 피를 마셔 날개가 돋아나게 하더니 하늘을 날아서 돌아갔다.

세리에는 점심밥을 만들기 시작했고, 유지로는 마카벨에게 유적 안을 안내해주었다. 방은 1인실을 준비했지만, 마카벨이 두 사람 중 한쪽과 함께 있는 게 좋다고 말해서 세리에와 한방을 쓰게 되었다.

점심은 하인드가 선물로 가져온 냉동 연어를 쓴 뫼니에르였다. 저녁은 연어를 넣은 수프라고 한다. 우유가 있으면 스튜를 만들 수 있었을 거라며 세리에는 안타까워했다. 유지로로서는 간장이 있으면 회로 먹어보고 싶었다. 겨자 간장이나 차조기 잎 간장을 구할 수 있다면, 평소보다 맛있게 먹을 수 있으리라.

낮에는 공부와 단련을 하며 시간을 보냈다. 날이 저물어 저녁 식사를 마치고 목욕할 시간이 되었다.

"유지로랑 같이 할래."

사용법을 아직 잘 모를 테니 세리에와 함께 목욕하라고 유지로가 말하자 마카벨은 고개를 저으며 그렇게 말했다.

"뭐, 딱히 상관없지만."

"안 돼."

그 정도라면 하고 유지로가 고개를 끄덕이자 세리에가 끼어들었다. 마카벨이 이상하다는 듯 고개를 갸우뚱했다.

"어째서?"

"남자랑 여자가 함께 목욕하는 건 이상한 일이야."

"하지만."

"안 돼."

"한 번 정도라면 괜찮지 않을까?"

유지로의 도움에 마카벨의 표정이 밝아졌다.

그런 유지로에게 세리에는 무척이나 차가운 시선을 보냈다. 말로 표현할 수 없는 압력이 있어 유지로는 저도 모르게 등을 곧게 폈다.

"혹시 마카벨의 알몸에 흥미 있는 거야?"

"없습니다. 네. 세리에와 함께 목욕하는 게 제일이라고 생각합니다."

"유지로도 그렇게 말하니까, 그만 가자."

"그렇구나."

세리에에게 등을 떠밀린 마카벨은 욕실로 걸음을 옮겼다. 두 사람이 목욕을 마친 다음에, 유지로는 퐁을 데리고 목욕을 했다.

마카벨은 오랜만에 한 기분 좋은 목욕에, 유지로와 함께 목욕하지 못해 아쉬워했던 마음은 금세 잊어버렸는지 포근포근한 기분으로 잠이 들었다.

다음 날은 퐁과 함께 폭시의 집락에 가게 되었다. 바인의 등에는 퐁과 마카벨이 타고 있었다. 둘을 합해도 어른 한 사람의 무게도 안 되기 때문에 바인이 괴로워하는 모습을 보이는 일은 없었다.

겨울잠을 자고 난 배고픈 마물들에게 습격당하기도 했지만, 특별히 고전하지 않고 도착했다. 이 싸움에 마카벨이 참전하는 일은 없었다. 지는 일은 없겠지만, 겁을 먹고 퐁의 등에 달라붙어 있었다.

나무 울타리뿐이었던 집락은 빠른 속도로 울타리를 벽돌 담장으로 바꾸는 중이라 폭싱들은 바쁘게 움직이고 있었다.

퐁이 돌아온 것을 눈치챈 폭싱들은 손을 멈추고 모여들었다. 유지로 일행에게도 손을 들어 인사를 했다.

낯선 마카벨에 대한 반응은 좋지 않았지만, 낯을 가린다는 것을 알고 있어 마카벨이 낙담하는 일은 없었다.

한바탕 인사를 끝낸 유지로 일행은 지금까지 해온 일의 성과를 확인하는 시간을 갖기로 했다.

폭싱들의 안내를 받아 집락 끝으로 이동하자 흙이 높게 쌓여 있는 곳이 있었다. 이전에는 없었던 것이다. 벽돌 재료로 놓아둔 것이다.

"우선은 마법이래."

1열로 선 폭싱들이 지금부터 하려고 하는 것을 퐁이 듣고 통역해주었다.

"쿠우!"

한 마리의 폭싱이 큰 소리를 내자, 불꽃 화살이 날아가 흙에 명중했다.

마찬가지로 폭싱들은 잇따라 소리를 냈고, 얼음 돌멩이와 흙덩어리가 날아갔다.

"우리가 쓰는 것과 비교해도 손색없네."

"그러게. 보조약을 쓰면 방어를 위한 훌륭한 무기가 되겠어."

감탄한 듯 유지로와 세리에가 말했다. 가르쳐준 인간용 마법을 자신들이 다루기 쉽게 개량하여 성과를 내고 있다. 충분히 칭찬받을 만한 일이다.

한편 마카벨은 고개를 갸웃거리고 있었다.

"그렇게까지 대단한 일이야?"

"마카벨과 비교하면 뒤떨어지지만, 평원의 민족과 비교하면 전혀 부족하지 않거든."

"그렇구나."

마카벨은 단기간에 이전 숲의 민족이 쓰던 위력과 동등한 불꽃의 마법을 만들어내고 있다. 그것과 비교하면 폭싱들이 불쌍해진다.

마법 실연이 끝나고, 다음은 크로스보 시험작 피로다.

"협력 마법은 아직 미완성이니까, 안 하겠대."

"미완성이라는 건 나름대로 진전이 있다는 거지? 거의 아무런 힌트도 없었는데, 대단하네."

"협력 마법이 뭐야?"

마카벨이 유지로의 옷을 잡아끌며 물었다.

"아까 본 것처럼, 한 마리가 쏜 마법은 그다지 강하지 않잖아?"

"응."

"그걸 어떻게든 해보려고 한 게 평원의 민족 특유의 마법이야. 마법약을 쓴 복수의 사람이 하나의 큰 마법을 쓰는 거지. 그게 협력 마법이야."

"우리도 쓸 수 있어?"

"방법을 모르니까 무리야. 그런 걸 폭싱들은 제로에서부터 만들어내려고 하고 있는 거지."

"대단하다."

마카벨이라도 이건 역시 대단하다고 생각했다. 자신을 비춰 생각해보면, 유지로와 세리에게 마법을 배우지 않고 마법을 쓸 수 있었다는 뜻이다. 그것은 자신에게는 무리였다. 솔직히 놀랐다.

실제로는 힌트가 전혀 없었던 것은 아니니 약간 오해도 있었지만.

그런 이야기를 하고 있으려니 폭싱들이 완성한 크로스보를 가져왔다.

아니, 크로스보가 아니라 발리스타다. 폭싱들은 자신들에게 맞춘 사이즈의 크로스보는 위력이 부족하다며 커다란 것을 만든 것이다.

"저게 크로스보라는 거야? 활 같지 않은데."

"저건 발리스타라고, 고정해서 쓰는 대형 궁이야. 아바레스트라고도 하던가? 크로스보는 그것의 소형판으로 들고 다니기 쉬워."

흙더미에서 8미터 정도 떨어진 위치에 발리스타를 두고, 발사 준비를 진행했다.

폭싱들이 만든 발리스타는 현 중심에 끈이 묶여 있었고, 그 끈은 후방에 있는 큼직한 수동 핸들에 연결되어 있었다. 핸들에는 좌우에 손잡이가 달려 있어, 두 마리에서 네 마리가 끈을 감게 되어 있었다.

지금도 두 마리의 폭싱이 열심히 릴을 감고 있다. 크로스보에는 코킹 로프라고 하는, 현을 당기기 쉽게 하는 장치도 있지만 유지로가 그 부분을 몰랐기 때문에 이 발리스타에는 쓰이지 않았다.

시험 사용에 적당하다 싶을 정도로 현을 당기자 다른 폭싱이 신호를 보냈다. 두 마리의 폭싱은 감는 것을 멈춘 뒤 릴이 회전하지 않도록 힘을 실어 고정시키고 있었다. 손을 놓아도 괜찮게 만들어지지는 않은 모양이다.

현이 당겨진 상태에서 폭싱이 길이 1미터 두께 3센티미터 정도의 가느다란 나무 말뚝을 얕게 파인 홈에 세팅했다. 그 폭싱은 서둘러 물러나더니 옆에 아무도 없다는 것을 확인한 다음 릴을 멈추고 있는 폭싱들에게 신호를 보냈다.

릴에서 손을 떼자 현이 기세 좋게 말뚝을 밀었다. 발사된 말뚝은 흙 속에 깊숙이 파고 들어갔다.

"엄청난 위력이야. 적어도 내 활보다는 강력해."

마술을 실은 위력으로도 질 것 같다고, 세리에는 파고든 말뚝을 보며 생각했다.

이게 있으면 전에 왔던 뱀도 무섭지는 않을 것이다. 명중했을 경우의 이야기지만. 양산하면 거대종에게도 대항할 수 있을 터다. 역시 명중했을 경우의 이야기지만.

"연사성은 활만 못하지만."

"뭐, 여러 과정을 거쳐야 하니 연사는 어렵겠지."

"그것 말고도, 명중이 어렵다는 것도 다들 알고 있나 봐. 그래서 뭔가 좋은 생각이 없을까 하고 이야기 중이야. 모두는 마법으로 발목을 잡은 다음에 발사하는 방법을 생각했대."

운용 방법은 폭싱들 나름대로 생각하고 있었다. 앞으로의 개량으로 해결할 수 있을지도 모른다. 그들은 달리 뭔가 생각이 없는지 물어보고 싶어 했다.

"나도 바로 떠오르는 건 마법으로 붙잡아두는 정도려나. 그리고 네트나 끈끈이 같은 걸로 움직임을 제한하거나?"

"네트와 끈끈이라는 게 어떤 거냐는데?"

양쪽 모두 폭싱들의 지식에는 없는 것이었다. 그들도 물고기는 잡지만, 그물은 쓰지 않고 몰아서 손으로 잡는다.

"네트는 폭싱들이 입는 카디건을 짤 때 그 코를 훨씬 성기고 크게 만드는 거야. 그걸 대상에게 덮어씌워서 움직임을 제한하는 거지. 대상을 끌어들여서 나무 위에서 던지거나 하는 거려나? 끈끈이는 끈적끈적한 물체. 그걸 던지거나, 설치한 곳에 대상을 불러들인다거나? 더 간단하게 마비독을 대상에게 붓는 방법도 있겠는데?"

그런 내용을 퐁을 경유하여 전하자, 그들은 퐁에게 끈끈이나 혹은 그 대용품, 그리고 마비 독을 가르쳐달라고 했다.

마비 독을 유효하게 쓰기 위해서는 크로스보도 양산해야 한다는 이야기도 나왔다. 치명상은 입히지 못하더라도, 꽂히는 정도라면 소형이어도 가능하다고 깨달은 것이다.

움직임을 제안하는 거라면 볼라도 유효할지 모른다. 그러나 유지로는 볼라를 모르는 데다, 대형 마물이나 뱀처럼 다리가 없는 마물에게는 유효하다고 할 수 없기 때문에, 말을 꺼내지 않는 것이 정답이었는지도 모른다.

발리스타를 선보이는 것으로 개발품 발표는 막을 내렸다.

폭싱들은 작업으로 돌아갔고, 퐁도 모두의 성과를 파악하기 위해 여기저기 돌아다니고 있었다.

"이제부터 뭐 해?"

조금 심심해하던 마카벨이 겨우 자유롭게 움직일 수 있게 되었다며 두 사람에게 물었다.

"음, 오늘은 묵고 가게 될 테니까, 근처에서 사냥을 하거나 약재료를 모을까 해. 그 김에 드라이어드 씨에게도 인사하러 가볼까?"

"그게 좋겠어."

"드라이어드는 어떤 사람?"

"나무의 정령이야. 거기에는 수룡이라는 상위 용의 아이도 있으니까, 상처 입히는 일 없게 조심해야 해. 아이가 다치면 수룡이 마구 날뛸 가능성도 있거든."

"수룡이라니?"

"엄청나게 무서운 마물. 만나지 않고 살 수 있다면 쭉 만나고 싶지 않은 상대."

"……무서워?"

순간 마카벨의 눈동자가 불안하게 흔들렸다.

안심시키듯 유지로가 마카벨의 어깨를 가볍게 두드렸다.

"호수에 가지 않으면 만날 일 없으니까 그렇게까지 겁먹지 않아도 돼. 세리에가 말한 것처럼, 수룡의 아이 슈피니아를 일부러 다치게 하거나 하지 않으면 괜찮아."

"조심할게."

기운 내라며 바짝 다가온 바인에게 감사 인사를 하고 쓰다듬어주었다.

유지로 일행은 퐁에게 나갔다 오겠다고 말한 뒤 집락을 나섰다.

서쪽으로 나아가 드라이어드의 본체에 도착했다. 하지만 유지로 일행이 다가가도 모습을 보이지 않았다. 만약을 위해 줄기를 노크해봤지만 반응은 없다.

"어디 간 걸까? 산책 중이거나 유적에 갔으려나?"

"조금 기다려보다가 안 오면 돌아가자."

그렇게 하기로 정한 유지로는 주변을 둘러보며 약의 재료를 찾았다. 세리에와 마카벨은 함께 바인을 빗질해주며 시간을 보냈다.

15분 정도 지났을 때 세리에와 바인은 접근해 오는 기척을 느꼈다. 드라이어드의 기척이라 바인은 경계하지 않고 드러누운 채 있었다.

금세 슈피니아를 안은 드라이어드가 모습을 드러냈다.

"어머? 여기 있었구나. 그래서 없었던 거네."

"유적에 갔었어?"

"응, 벅스 노이드에게 외출했다고 듣고 돌아온 참이야. 그 아이가 이야기로 들었던 마왕? 무척 귀엽네."

드라이어드가 미소 지으며 바라보자, 마카벨은 세리에의 뒤로 몸을 숨겼다.

부끄럼쟁이인 걸까? 하며 고개를 갸우뚱한 드라이어드의 팔 안에서 슈피니아가 미끄러져 내려와 마카벨의 발밑으로 이동했다.

"이 아이가 수룡의 아이?"

"맞아."

웅크려 앉은 마카벨은 자신을 올려다보는 슈피니아를 바라보았다.

상처 입히면 안 된다는 말을 들었기 때문에, 이능을 억누르고서 손을 뻗었다. 그 손길을 슈피니아는 슥 피했다. 마카벨이 다시 한번 손을 뻗자 또 피했다. 그것을 반복하는 사이에 그런 놀이가 되어버린 것인지 양쪽 다 즐거워 보였다.

"지금 모습을 보면 위험해 보이진 않는데. 커다란 힘은 느껴지지만."

"본인이 다툼을 좋아하는 성질이 아니니까. 이능이 폭발하거나 하지 않으면 안전하다고 생각해."

폭발해도 괜찮도록, 이능이 제어되고 있는 지금도 약 개발은 진행되고 있다.

노는 모습을 보면서 마카벨에 관한 이야기를 계속했다. 흡혈귀의 반응에 관해서 이야기하자 드라이어드는 납득한 듯한 표정이 되었다.

"마력에 영향을 받는 마물이니까. 저 아이의 힘을 느낀다면 가능한 반응이라고 생각해."

슈피니아와 노는 모습에서는 흡혈귀를 거느린다고 하는 모습을 상상하기 어려웠다. 앞으로의 일은 알 수 없지만, 지금은 저렇게 놀고 있는 모습이 어울린다고 유지로들은 생각했다.

마카벨이 슈피니아에게 닿으면서 놀이가 일단락이 났을 때, 드라이어드는 마카벨에게 다가갔다. 잠시 이야기를 나누고 인격 등을 파악해두기로 한 것이다.

그 사이에 유지로 일행은 조금 떨어져 사냥을 하기로 했다.

"나랑 잠시 이야기하지 않을래?"

"그건 좋지만, 유지로랑 다들 어디 갔어?"

두고 간 것은 아닐까 하고 불안한 듯 주변을 둘러보았다. 눈꼬리에 희미하게 눈물이 고였고, 그것을 본 드라이어드는 마카벨을 진정시키기 위해 웅크려 앉아 시선을 맞추었다.

"괜찮아. 사냥하러 갔을 뿐이야. 바로 돌아올 거니까."

"정말로? 정말로?"

거듭해 묻는 마카벨에게 드라이어드는 미소를 지으며 분명하게 고개를 끄덕여 보였다. 그것으로 조금은 불안이 사라졌는지, 안절부절못하는 모습은 사라졌다.

"자기소개는 안 해도 되겠지? 서로 이름은 알고 있으니까. 지금 생활은 어때? 뭔가 싫은 일이 있거나 하니?"

"혼자가 아니니까, 엄청 즐거워. 밥도 맛있어. 싫은 일 같은 거 없어."

"그 두 사람에게 사양 같은 걸 하고 있는 건 아니고?"

지금까지의 생활과 비교해 커다란 차이가 있다는 건 알고 있다. 그 차이 때문에 싫은 것을 깨닫지 못했을 수도 있다. 저도 모르는 사이에 참고 있는 것은 아닌지 물어보았다.

"사양? 예를 들면?"

"그러네…… 아침은 원래 안 먹는데, 모처럼 만들어줬으니까 먹는다든가, 이건 뭔가 아닌 것 같네. 두 사람이 즐겁게 이야기하고 있는데 끼어들기가 주저된다든가?"

"그런 적은 없어."

"그렇구나. 그럼 뭔가 곤란한 일이라든가 모르겠는 건?

지금까지 혼자였으니까, 다른 사람과 생활하는 것에 관해 모르는 게 있을 것 같은데."

마카벨은 고개를 갸웃거리더니 곧바로 생각해냈다.

"유지로랑 같이 목욕하고 싶은데, 세리에한테 안 된다는 말을 들었어. 남자와 여자가 함께 목욕하는 건 이상한 일이래. 그게 잘 모르겠어."

"세리에가 안 된다고 했어? 유지로는?"

"처음에는 된다고 했어. 하지만 세리에한테 안 된다는 말을 들은 다음에는 안 된대."

"흐음."

질투인 걸까? 하고 속으로 고개를 갸웃거렸다.

"인간의 규칙으로는 일정 나이를 넘으면 그렇다고 하나 봐. 나도 자세한 건 모르지만 윤리라든가 절도의 문제?"

"잘 모르겠어."

윤리나 절도라고 말해도 마카벨에게는 이해되지 않았다.

부끄러운 거라고 설명해서 납득시키는 것이 제일이겠지만, 인간 사회에서 불거져 나온 지 오래된 마카벨에게 그런 감정은 옅었고, 어릴 때 배운 규율은 기억 저편으로 사라진 상태였다. 서바이벌 생활에서 그런 규율 따위는 아무런 도움도 되지 않았다.

드라이어드도 마카벨도 알몸을 드러내는 것을 부끄러운 일이라 여기지 않았다. 옷은 방호용이자 보온용이다.

"설명이 어렵네."

애초에 인간이 아닌 종족이 인간에게 그러한 것을 설명한다는 것이 이상한 일이다.

"기회가 있으면 언젠가 함께 할 수 있다고 생각할 수밖에 없는 거 아닐까?"

"할 수 있을까?"

"아마도라고 말할 수밖에 없겠네. 달리 뭔가 의문을 느끼는 일이 있니?"

명확한 조언은 할 수 없는지라, 화제를 바꾸기로 했다.

"다른 거…… 유지로도 세리에도 바인도 퐁도 다 좋아. 하지만 유지로랑 이야기하거나 손을 잡거나 하면 때때로 몸이 찌릿해져."

"찌릿? 아프거나 괴롭거나?"

아니라고 고개를 저었다.

"기쁜, 걸까? 찌릿한 다음에는 포근포근한 게 가슴에 퍼져."

살짝 뺨을 붉히며 말하는 마카벨을 본 드라이어드는 혹시, 하고 추측을 세웠다. 삼각관계인가 하고 얼굴에 미소가 번지려는 것을 참으며 진지한 표정을 가장했다.

"그건 유지로에게 특별한 좋아한다는 마음을 갖게 되었기 때문이야."

"유지로, 특별?"

"그래, 특별. 나도 지나가는 벌이나 나무 옆에 핀 꽃에 비슷한 마음을 가졌지. 하지만 수명의 차이에는 이길 수 없었

361

어! 아아, 그리운 청춘의 나날!"

옛 기억을 떠올린 드라이어드는 어딘가 먼 곳을 바라보았다. 다시 기억난 것은 날아가는 벌의 용맹한 모습, 씨앗에서부터 성장하여 어엿하게 피어난 꽃, 하룻밤 묵어갈 곳을 찾아 몸을 기댔던 철새, 수액을 원하며 접근해 왔던 주고 빼앗아 갈 뿐인 관계인 딱정벌레. 다양한 만남과 이별의 기억이 세피아색으로 떠올랐다 사라져갔다. 뭐, 대부분의 기억이 일방적인 마음이지만.

어째서 당신들은 그렇게도 빠르게 가버리는 거야, 하고 커다란 동작을 취하며 말하고 있는 드라이어드를 마카벨과 슈피니아는 입을 떡 벌린 채 지켜보았다.

진정이 된 드라이어드에게 마카벨은 물었다.

"특별한 좋아하는 마음을 가진 나는 어떻게 하면 돼? 뭔가를 해야만 하는 거야?"

"그대로 괜찮다고 생각해. 지금은 아직 무리해서 무언가를 할 필요는 없어. 그 마음을 소중히 키워가렴. 다만 그 마음이…… 아니, 아직 이르려나."

유지로의 마음이 세리에만을 향하고 있다는 것은 드라이어드도 알고 있다. 지금 여기서 그것을 마카벨에게 전한들, 상처를 입힐 뿐인지도 모른다.

특별한 좋아해와 평범한 좋아해의 명확한 차이를 모르는 상태다. 특별한 좋아해가 자신을 향하고 있지 않다는 것을 알게 되면, 단순히 그 반대인 싫어한다는 감정이 자신을 향하고 있다고 착각하고 상처를 입을지도 모른다.

유지로의 마음의 종류와 방향을 마카벨이 스스로 깨달을 수 있을 만큼 성장하면, 물러날지도 모른다. 포기하지 못해 계속 마음을 보낼 가능성도 있다. 그때는 '기정사실'이라는, 수령 약 3백 년 동안 얻은 쓸데없는 지식을 가르쳐주어야겠다고 생각했다.

"키운다는 건 어떻게 하면 되는 거야?"

"유지로와 함께 있으렴. 그러면 자연스럽게 된단다. 약 만드는 걸 가르쳐달라고 하면 함께 있을 구실이 될 거야. 그리고 세리에에게는 요리도 배우고 싶다고 말하면, 잘 얼버무릴 수 있을 테고."

마카벨의 행동은 세리에 자신도 미처 파악하지 못한 세리에 자신의 마음에 좋은 자극이 되리라고 생각했다. 그리고 약에 대해 배우면 최종 수단인 '미약' 입수도 가능해지리라며 속으로 중얼거렸다.

드라이어드식 시한폭탄이 설치되는 순간이었다. 폭발할지 안 할지는 마카벨의 성장에 달렸다.

수풀 너머에서 발소리가 들려왔다.

"돌아온 모양이야."

드라이어드의 말에 마카벨의 표정이 단숨에 밝아졌다.

모습을 드러낸 두 사람에게 달려가 안겼다. 그 모습을 보고 있자니 삼각관계로 발전하는 것은 아직 먼 일이 아닐까 하고, 드라이어드는 생각했다. 그것을 바라는 것은 아니다.

세 사람에게 있어 행복한 관계가 만들어지기를 바라는 마음을 담아서 그들을 지켜보았다.

"마카벨이 부탁이 있다는 모양이야."

"부탁이라니, 뭔데?"

두 사람은 안겨드는 마카벨을 쓰다듬으며 드라이어드의 말에 고개를 갸웃거렸다.

"저기 있지, 약이랑 요리를 만드는 법을 배우고 싶어."

"좋아."

유지로는 즉답했고, 세리에도 고개를 끄덕였다.

"나도 좋지만, 갑자기 왜 그런 생각을?"

어떻게 말하면 좋을지 몰라 입을 다무는 마카벨 대신에 드라이어드가 설명했다.

"두 사람이 하는 일에 흥미가 생겼나 봐. 여러 가지 일에 관심이 생기는 건 좋은 일이라고 보는데."

"그런 거야?"

유지로의 확인에 마카벨은 응응 하고 고개를 끄덕였다.

그 모습에 두 사람은 의심하는 일 없이 납득했고 유적으로 돌아가면 시작하자고 말했다.

두 사람에게서 떨어진 마카벨은 여러 가지 것들을 가르쳐 주고 도와준 드라이어드에게 감사의 말을 보냈다.

천만에, 하고 미소 지으며 답했다. 멀어져가는 유지로 일행의 뒷모습을 보며 드라이어드는 마카벨의 옆에 그들이 있는 한은 평범한 소녀와 다름없이 지낼 수 있으리라며, 마왕이라는 존재에 의구심을 품는 것을 그만두었다.

　그런 드라이어드의, 앞으로를 생각한 온화한 심정과 달리, 먼 동쪽 땅 헤프시밍에서는 어떤 움직임이 있었다.

　욕심에 범벅이 된 의지가 꿈틀대고, 움직일 시기를 이제 나저제나 기다린다.

　그 의지에 따라 평온이 혼란스러워지고, 이 땅이 피와 살로 얼룩질 시기는 그리 멀지 않았다.

　피바람이 불어와 목숨을 갉아먹을 그런 일 따위 조금도 예상하지 못한 유지로 일행은 평화로운 한때를 당연하다는 듯 보낼 뿐이었다.

　고난의 시작은, 어떤 마물의 말에서부터……

《치트 약사의 이세계 여행》 4에서 계속

부록 약 이야기 4 미약

미약이라고 하면 설명할 필요도 없는, 글자 그대로 누군가를 반하게 만드는 약이다. 남녀에 관계없이 누구나 관심이 갈 터인 약으로, 약을 원하는 자는 언제나 간단히 찾아낼 수 있다.

역사는 길다. 시작의 시대 후기 무렵, 사람이 문명을 어느 정도 발달, 성숙시켰을 때. 실물은 없었으나, 인식 속에서는 태어나 있었다.

반면, 미약이라고 불리는 마법약이 만들어진 것은 약 4천 년이 흐른 후였다. 공상을 지식이 따라잡을 때까지, 긴 시간이 걸린 약이라고도 할 수 있을 터다. 비슷하게 시간이 걸린, 아니, 지금은 실현되지 않은 약으로는 소생의 약이 있다. 이것이 실현되는 날이 올지는 불명이다.

교훈이나 빈정거림으로 이런 말을 하기도 한다.

미약에는 세 가지가 있다고.

하나. 대상의 의사를 자신에게 묶어 노예화하는 약. 둘. 대상에게 호감을 주는 인상 조작의 약. 셋. 대상의 취향을 조사해 손수 만든 요리.

세 번째는 약이라고 할 수 없지만, 호감을 준다고 하는 의미에서는 결과가 같다. 좋아하는 사람을 사로잡는 데는 위장을 장악하는 것이 유효한 수단이라고 하기도 하니, 꼭 틀린 말도 아니니라.

이 말이 가리키는 것은 간단하다. 비겁한 방법 따위 쓰지 않고 올곧게 노력한 자가 이기는 일도 있다고 하는 것이다. 요리만이 아니라, 상대에 관해 알고, 생각하고, 행동하는 것이 가장 가까운 길이 아닐까 하는 의미라고 할까?

반면 정당한 수단으로는 이뤄질 수 없는 사랑도 있기 때문에 미약이라는 약이 태어났다고 하는 주장도 있다. 마음까지는 손에 넣을 수 없다고 해도 몸만이라도, 그리 생각하는 자가 몇 명이나 있었던 것이리라. 그러한 생각으로 미약을 사용하고, 사랑이 성취되었다고 생각한 자가 있었을까? 그것은 알 수 없다.

미약에 얽힌 이야기는 정말이지 많다. 화제로 부족함이 없는 약이다.

그중 하나로 '약사의 착각'이라고 불리는 이야기가 있다.

산의 민족 시대가 끝난 다음 시대, 파괴 지진의 영향이 수습되기 시작한 어느 마을에 스무 살이 안 되는 여자 약사가 있었다. 그 약사에게는 좋아하는 남자가 있었지만, 내성적인 탓에 인사나 사소한 대화만으로도 버거웠다. 그러다 친구에게 어찌하면 좋을지 상담을 했고, 친구도 진지하게 생각을 해주었다. 그리고 자신다움을 어필하는 것이 좋지 않겠느냐고 조언했다.

약사는 자신다움이란 어떤 것일까 생각했고, 약을 만들 수 있는 것에 주목했다. 그리고 미약을 만들면 되는 것인가 하는 결론을 내고, 그날부터 미약을 만들기 위한 자료 모으기를 시작했다. 그것을 마치고는 재료를 모으기 위해 집을 비우게 되었다.

연애를 성취하기 위해 노력하고 있는 것인가 생각했던 친구는 부상당한 약사를 보고 아무래도 무언가가 이상하다고 여겼다.

한번 이야기를 들어보는 편이 좋겠다고 판단한 친구에게 잡혀서, 약사는 미약을 만들려 하고 있다고 이야기했다.

어찌하다 그런 생각을 했는지 이유를 물었고, 착각했다는 것을 깨달았다. 아니야, 그게 아니라고. 그렇게 말한 친구는 자신의 생각을 이야기했다. 친구가 보기에 약사의 성격은 나쁘지 않으니, 일하는 모습 등을 보여주어 성실함 같은 장점을 어필하면 좋을 거라고 조언했던 것이다.

그랬던 것이냐고, 약사는 허를 찔린 듯한 표정을 지었다. 새삼 자신의 좋은 점을 친구에게 듣고 어필을 해보았다. 그 결과 좋은 인상을 주는 데 성공해 사랑은 결실을 맺었다.

연애 성취는 기쁘지만 여기저기 너무 뛰어다닌 그 고생은 무엇이었던 건가 싶어, 약사는 힘이 쭉 빠졌다고 하는 이야기다.

그 외에 '경국의 시인'이라고 불린 남자의 이야기가 있다.

그 남자는 듣기 좋은 목소리와 열 명 중 일곱 명이 호감을 가질 만한 외모를 갖고 있었다. 술집이나 광장에서 노래를 부르며 일당을 벌고, 밤에는 여자에게 달콤한 말을 속삭이며 지냈다. 어느 정도 여자의 속박이 심해지면 다음 마을로 이동해 또 같은 일을 하며 지냈다.

다리를 걸친 여자는 많았다. 평민부터 귀족의 사용인까지. 그러한 짓을 하는 사이에 돈 많은 귀족의 귀에 닿아, 집에 초대되어 체재하는 일이 많아졌다.

생활은 점점 호화스러워졌고, 시인은 더욱 나은 삶을 원하게 되었다. 어떻게 하면 좋을지 생각하면서도 같은 일을 반복했고, 어떤 약사 여자에게 수작을 걸었다. 그 약사에게서 좋은 인상을 줄 수 있는 약에 관해 듣고 그것을 쓴다면, 하는 생각을 했다. 그리고 고명한 약사에게 "반한 여자가 있어. 반드시 나를 바라보게 하고 싶어"라고 연기하며 호소했다. 여자를 홀리며 단련된 연기에 그 약사는 완전히 속아 약을 만들어주게 되었다.

약을 쓴 시인의 평판은 더욱 퍼졌고, 결국에는 자국의 여왕에게까지 닿게 되었다.

왕궁에 불려 갔고, 약을 사용한 노래에 여왕은 푹 빠졌다. 그리고 시인을 곁에 두게 되었다. 여왕은 시인과 이야기를 나누고, 달콤한 말에 뺨을 물들이고, 때로는 시인의 부탁을 들어주었다.

여왕이 독신이었던 것이 좋지 않았다고 해야 할까. 시인에게 푹 빠진 상태는 나날이 심해져갔고, 결국 가신들보다 시인을 우선시하게 되었다. 여왕이 정치에 소홀해지자 국

가는 잘 돌아가지 않게 되었다.

가신들은 이래서는 안 된다며 시인에게 여왕을 설득해달라고 부탁했다. 이때 시인은 착각을 하고 말았다. 자신이 고관조차 함부로 할 수 없는 위치에 서게 되었다고. 우쭐해진 시인은 대가를 요구하는 등, 행동에 오만함이 배어 나오게 되었다. 대가를 거부한 자는, 여왕에게 청하여 배제당하게 했다.

가신들은 원만하게 일을 해결하고 싶었지만, 이제 어찌할 수 없다며 시인을 배제하기로 정했다.

그리하여 시인은 갑자기 성을 떠났다. 표면적으로는 목소리를 혹사하여 치료하기 위해 떠났다고 알려졌지만, 실제로는 목을 베여 현세에서 떠난 것이다.

시인에게 의존했던 여왕은 갑작스러운 이별에 혼이 빠진 듯 지냈다. 가신의 말도 듣지 않았고 정무도 쌓여갔다. 시인의 말에 의해 실력 있는 가신이 줄어든 탓도 있어 나라는 힘을 잃어갔다.

그 틈을 노린 이웃 나라가 공격을 해 왔고, 이 나라는 속국이 되고 말았다.

우쭐해져 제멋대로 군 한 명의 시인에 의해 한 나라의 역사가 막을 내리게 되었던 것이다.

부록 약 이야기 5 마물의 약

마물의 약이라고 해도, 그 한마디로 다 표현할 수 없을 만큼 많은 종류가 있다.

인간으로서는 마물이 약을 만들 수 있는 것인가 하고 고개를 갸웃거리고 싶어지겠지만 마물의 약은 분명히 존재한다. 마물에게도 지능을 가진 자는 있으므로 자신들에게 듣는 약을 만들어냈다고 해도 이상할 것 없었다. 그렇게 말해도 맨 처음에 마물용 약을 만든 것은 인간이었다.

역사는 오래되었다. 시행의 시대에는 이미 존재했었다. 그것은 그 시대에 인간과 마물이 공존했던 나라가 있었기 때문이다. 그 자취가 협화신 신앙으로서 훗날까지 남게 된다.

그 나라의 시작은 한 소녀와 한 마리의 고양이형 마물이었다.

첫 파괴 지진이 일어났을 때는 그러한 것이 일어나리라고는 아무도 생각하지 못했기에 대책 같은 건 아무것도 준비되어 있지 않았다. 피해는 컸고 사람도 마물도 그 수가 크게 줄었다. 70퍼센트가 죽었다고 하니, 세계가 전멸로 나아갔다고 해도 이상하지 않았을 것이다.

그런 지진에서 열 살도 되지 않은 한 소녀가 살아남았다. 살고 있던 마을은 괴멸되었고, 가족도 친구도 마을 주민도 소녀를 남겨두고 죽었다. 들려오는 것은 무너져 내리는 건

물 소리, 폐허를 지나가는 바람 소리 정도였을까. 사람의 비명조차 들리지 않는 폐허 속을, 소녀는 울며 가족을 찾아 걸었다. 그러나 누구와도 만나지 못했고, 어느샌가 마을 밖으로 나가게 되고 말았다.

그러다 소녀는 무너진 흙더미 속에서 아기 고양이의 울음소리를 들었다. 지진 후에 처음으로 들린 생물의 목소리에 소녀는 반응했고, 흙더미를 치우기 시작했다. 흙더미에서 나온 것은 어린 고양이 마물이었다. 하지만 소녀는 그 사실을 깨닫지 못하고 마물을 안고 걸었다.

소녀는 구한 마물을 돌보며 다른 누군가를 찾아 움직이기 시작했다. 십수 일에 걸쳐 온 마을을 뒤졌지만 살아 있는 자는 아무도 없었다. 소녀는 절망하지 않고 눈물을 훔치며 앞으로 나아갔다. 음식을 모으고 다른 마을로 향하기로 한 것이다.

그 무렵 기운을 되찾은 마물은 자신이 어리다는 것을 자각하고 있었고, 소녀와 함께 있는 편이 자신에게 좋으리라고 판단하여 떠나지 않고 함께 행동했다.

한 명과 한 마리의 여행이 시작되었고, 고락을 함께하며 사람과 마물과 만났다.

만난 사람들 중에는 소녀가 살려준 고양이가 마물이라는 사실을 눈치챈 자도 있었다. 소녀는 수긍하지 않았다. 함께 여행하고 서로 협력하며 그 인연은 깊어졌던 것이다. 여행 중에는 마물이 아니라 인간에게 습격을 당한 일도 있었다.

그래서 사람도 마물도 위험한 자는 위험하다고 이해했다.

사람과 마물을 구별하지 않고, 절망하지 않고, 살기 위해 노력하는 소녀의 곁에 사람과 마물이 모여들었다. 다양한 생각이 있었다. 사람과 마물의 벽을 넘어선 모습에 감동한 자, 혼자 있는 것보다는 안전하리라 생각한 자, 집단으로서의 힘을 이용하려는 자.

그것들 모두를 이끌며 소녀는 살아갔다. 그 결과 어느 틈엔가 집단은 마을을 만들고, 마을의 소문이 퍼져 더욱 사람과 마물이 모여들어 나라가 되었다.

세월이 흘러가는 사이에 사람과 마물은 서로가 옆에 있는 것이 익숙해졌다. 그리고 함께 살아가는 사이에 여러 기술이 개발되며 삶은 윤택해져갔다.

그 관계는 소녀와 고양이 마물이 정점에 있는 동안에는 큰 문제 없이 이어져갔다.

관계가 무너진 것은 소녀가 수명을 다하여 정점에 선 자가 바뀐 다음이었다. 균열이 생겨나 서서히 퍼져갔고, 사후 10년 정도 만에 나라의 주민은 각자의 길을 가기로 선택했다. 이 이상 함께 있으면 피가 흐르게 될지도 모른다. 손을 잡고 함께 했던 자와의 싸움을 피하기 위한 선택이었다. 사람과 마물은 세계로 흩어졌고, 나라에는 소녀를 열렬히 추앙한 자만이 남았다.

세계로 흩어진 사람들은 각지에서 현지인과 교류를 나누어갔다. 이해할 수 없는 일도 있었지만, 자신들도 비슷한 이유로 나라를 나온 것이니 무리하게 강요하거나 하는 일 없이 지냈다. 그 과정에서 기술도 퍼져나가 각지에서 각각의 형태를 싹틔웠다.

그 기술들은 이후에 일어난 몇 번의 파괴 지진으로 인해 대부분 소실됐다. 뿌리 깊게 남아 있는 것도 있지만 그 유래를 기억하는 자는 없었다.

치트 약사의 이세계 여행 3

2018년 10월 24일 1판 1쇄 인쇄
2018년 11월 1일 1판 1쇄 발행

저   자 아카유키 토나
일 러 스 트 우에다 유메히토
옮 긴 이 이신
발 행 인 유재옥
본 부 장 조병권
편 집 부 김다솜 김민지 김혜주 이경규 이문영 정영길 조찬희
디 자 인 강혜린 박은정
라이츠담당 박선희 오유진
디 지 털 최민성 박지혜
발 행 처 ㈜소미미디어
제 작 처 코리아피앤피
등   록 제2015-000008호
주   소 서울시 마포구 토정로 222, 403호(신수동, 한국출판콘텐츠센터)
판   매 ㈜소미미디어
마 케 팅 한민지 한주원
물   류 허석용 최태욱
전   화 편집부 (070)4164-3962, 3963 기획실 (02)567-3388
          판매 및 마케팅 (070)4165-6888, Fax (02)322-7665

ISBN 979-11-6190-893-9
     979-11-5710-463-5 (세트)